용감한 Arthur&George 친구들 2

Julian Barnes

용감한 친구들 2

Arthur & George

줄리언 반스 장편소설 • 한유주 옮김

다산책방

차례

1권

제3장.

시작이 있는 결말

아서&조지

셜록 홈스가 첫 번째 사건을 해결한 이후로 전 세계에서 온갖 요청과 요구들이 쏟아지기 시작했다. 사람이나 물건이 불가해한 상황에서 사라진 경우, 경찰이 평소보다도 당혹스러워하는 경우, 부당한 일을 당한 경우, 사람들은 본능적으로 홈스와 홈스를 창조해낸 사람에게 호소하면 된다고 생각하는 모양이다. 221B 베이커 스트리트로 날아오는 편지들은 이제 우체국에서 자동으로 '주소불명' 도장이 찍혀 반송된다. '아서 경 댁의 홈스 씨 귀하' 앞으로 보낸 편지들도 비슷하게 처리된다. 수년간 앨프리드 우드는 독자들이 분명 실재한다고 믿을 수밖에 없는 인물을 창조한 자신을 자랑스러워하는 동시에 그들의 믿음이 낳은 논리적인 결과를 짜증스럽게 여기는 고용주에게 가끔 놀라고는 했다.

그리고 정교하고 복잡한 범죄를 소설로 구성할 정도로 지적인 작가라면 실제로 일어난 범죄도 해결할 수 있을 거라고 가정한 사람들이 변호사에 의존할 생각을 버리고 아서 코난 도일 경에게 직접 호소하기도 한다. 아서 경이 감동을 받거나 깊은 인상을 받으면 가끔은 직접 답장을 보내기도 하겠지만, 그 대답은 영락없이 부정적인 내용일 가능성이 높다. 그는 자신이 나폴레옹 보나파르트의 명령을 받드는 쾌활한 기마장교나 14세기의 잉글랜드 궁수가 아닌 것과 마찬가지로 사설탐정 역시 아니라서 유감이라고 대답할 것이다.

그래서 우드는 별 기대 없이 에들지의 서류를 접시에 올려놓았다. 그런데 이번에는 아서 경이 한 시간도 지나기 전에 우드의 사무실로 돌아와, 문이 다 열리기도 전에 비서를 외쳐 부른다.

"이건 너무 명백하네." 그가 말한다. "이 사람은 자네의 타자기보다도 결백하네, 우디! 이건 무슨 농담도 아니고. 밀실 사건을 거꾸로 뒤집어놓은 사건이라는 거야. 그가 어떻게 해서 방 안에 들어갔을까가 아니라, 어떻게 해서 나올 수 있었을까의 문제라는 거지. 이런 터무니없는 일을 보았나."

우드가 이토록 분개한 고용주의 모습을 본 건 몇 달 만의 일이다. "제가 답장을 쓸까요?"

"답장이라고? 답장만 보내선 안 되지. 사건을 다시 되살려낼 거야. 여기저기 부딪혀봐야겠지. 그들은 이토록 결백한 사람을 이런 일로 몰아넣었던 날을 후회하게 될 거야."

우드는 '그들'이 누구인지, 혹은 '이런 일로 몰아넣'는다는 게 무슨 뜻인지 여전히 알 수가 없다. 탄원서를 보내온 사람의 성이 흔하지 않다는 점을 제외하고는, 아서 경이 그 혼자의 힘으로 뒤집어주기를 기대하며 보내온 다른 수많은 잘못된 사건들과 별 차이가 없어 보였던 것이다. 그러나 우드는 이 순간 에들지 사건에서 뭐가 옳고 뭐가 그른지를 신경 쓰지 않는다. 그는 단지 지난 몇 달간 무기력과 낙담에 빠져 괴로워하던 고용주가 단번에 기운을 차린 듯 보인다는 데 안도한다.

맨 앞에 첨부한 편지에서 조지는 그가 현재 처하게 된 이례적인 상황에 대해 설명한다. 전 내무장관인 에이커스 더글러스 씨가 그를 조건부로 석방한다는 결정을 내렸고, 이는 현 내무장관인 허버트 글래드스톤 씨에 의해 시행되었다. 하지만 둘 다 석방 사유에 대한 공식적인 설명은 내놓지 않았다. 조지에 대한 유죄 선고는 여전히 철회되지 않았고, 그의 수감에 대한 공식적인 사과도 표명되지 않았다. 은근한 눈짓이 오가는 관료들의 오찬에서 흘러나온 이야기를 들은 게 분명한 한 신문은 부끄러운 줄도 모르고 다음과 같은 기사를 실었다. 내무성은 해당 죄수가 유죄라는 데 한 치의 의심도 없지만, 그가 저지른 범죄에 3년 복역이면 적당한 형기라 생각되어 그를 석방하게 된 것이라는 내용이었다. 기사에 따르면 7년 형을 선고한 레지널드 하디 경은 스태퍼드셔의 명예를 수호하고자 열과 성을 다한 것이었고, 내무장관은 이러한 열정에 약간 수정을 가한 것뿐이었다.

이 모든 상황을 겪은 조지는 도덕적으로는 절망에, 실생활에서는 진공상태에 빠지게 되었다. 그들은 그가 유죄라고 생각하는 것일까, 아니라고 생각하는 것일까? 그들은 그의 복역에 대해 사과하는 것일까, 아니면 그 정당함을 재차 확인하는 것일까? 그에게 내려진 유죄선고가 철회되지 않는 한, 그는 변호사 인명부에 다시 오를 수 없다. 내무성은 아마도 조지가 침묵으로 안도감을 보이고, 먼 식민지쯤으로 떠나 다른 직업을 찾는 걸로 감사를 표하기를 바라는지도 모른다. 그러나 조지가 감옥에서 살아남을 수 있었던 건 다시 사무변호사로서 어떻게든, 어디서든 일을 하겠다는 생각, 혹은 희망이 있었기 때문이었다. 그리고 여기까지 함께해온 조지의 지지자들 역시 포기할 뜻이 없었다. 옐버턴 씨의 한 친구가 조지를 자신의 사무실에 임시 사무원으로 고용해주었다. 하지만 이는 해결책은 아니다. 해결책은 오직 내무성에서만 나올 수 있다.

아서는 은행 관련 업무에 발목이 붙들린 나머지, 채링 크로스의 그랜드 호텔에서 조지 에들지와 만나기로 한 약속에 늦는다. 이제 그는 서둘러 로비로 들어와 주변을 둘러본다. 그를 기다리는 손님을 알아보기는 어렵지 않다. 갈색 얼굴을 한 남자는 12피트 앞에 옆모습을 보이며 앉아 있는 저 단 한 사람뿐이다. 아서가 곧장 다가가서 늦었다고 사과하려는 찰나, 무언가가 그의 걸음을 붙든다. 허락 없이 누군가를 관찰한다는 건 신사답지 못한 행동일지도 모른다. 그러나 조지프 벨 박사의 외래환자들을 담당했던 아서에게는 그럴 만한 이유가 있다.

그렇게 해서 아서의 사전 진찰이 시작된다. 아서가 곧 만나게 될 사람은 키가 작고 마른 체격의 동양계 남자로, 짧게 깎은 머리카락은 왼쪽으로 넘겨져 있다. 그는 지방 사무변호사답게 잘 재단된 점잖은 정장을 입고 있다. 이는 전부 의심할 바 없이 사실일 테지만, 니스칠장이나 왼손잡이 구두공을 식별하는 것과는 완전히 다른 일이다. 하지만 아서는 관찰을 계속하면서 벨 박사 밑에서 일하던 에든버러 시절이 아니라 그가 직접 의사로 일했던 시절로 돌아간다. 로비의 다른 사람들과 마찬가지로 에들지는 신문과 높은 팔걸이가 달린 의자로 일종의 바리케이드를 치고 있다. 하지만 그가 앉아 있는 방식은 다른 사람들과 좀 다르다. 그는 신문 양쪽 면을 잡고 부자연스러울 정도로 얼굴 가까이 가져다대어 거기에 머리를 처박다시피 하고 있다. 사우스시와 데본셔 플레이스에서 안과의로 일한 도일 박사는 자신 있게 진단을 내린다. 근시, 아마도 고도근시. 그리고 난시도 약간 있을 것이다.

"이달지 씨."

신문이 흥분에 차서 훌렁 뒤집히는 게 아니라 조심스러운 손길로 접힌다. 젊은이는 구세주가 될지도 모르는 사람 앞에서 펄쩍 뛰지도 발을 구르지도 않는다. 그와 반대로, 그는 천천히 일어나 아서 경의 눈을 바라보며 손을 내민다. 그는 홈스를 가지고 이러쿵저러쿵 떠들어댈 작자로 보이지 않는다. 그와는 반대로, 그는 정중하고 예의바른 태도로 아서의 말을 기다린다.

그들은 비어 있는 문서실로 들어간다. 아서 경은 이제 막 알게 된 사람을 가까이서 관찰한다. 넓은 얼굴, 두툼한 입술, 뺨 한가운데 도드라진 보조개. 깨끗이 면도한 흔적. 루이스와 포틀랜드에서 3년을 복역한 사람치고는, 게다가 그전에 아늑한 삶을 살았을 사람치고는 시련을 겪은 티가 별로 나지 않는다. 그의 검은 머리카락에는 드문드문 새치가 엿보이지만, 이는 외려 그가 생각이 깊고 교양 있는 사람이라는 인상을 준다. 그는 분명 현업 사무변호사로 통할 법하다. 비록 지금은 아니겠지만.

"시력이 어느 정도인지 정확히 아십니까? 6, 7디옵터쯤 되십니까? 물론 추측으로 말씀드리는 것입니다만."

조지는 아서의 첫 질문에 동요한 기색이다. 그는 상의 주머니에 넣어둔 안경을 아서에게 건넨다. 아서는 안경을 살펴보고, 교정이 필요할 만큼 시력이 나쁜 조지의 눈을 바라본다. 약간 튀어나온 눈 때문에 사무변호사는 무언가를 빤히 쳐다볼 때 약간 멍한 표정을 짓는다. 아서 경은 전직 안과의의 눈으로 조지를 살핀다. 또한 그는 일반 대중이 특이한 눈을 가진 사람을 두고 도덕적으로 잘못된 판단을 내리는 성향이 있다는 사실을 잘 알고 있다.

"죄송하지만 잘 모르겠습니다." 조지가 말한다. "전 최근에야 안경을 쓰기 시작했고, 시력검사 결과는 물어보지 않았습니다. 게다가 전 안경을 쓰고 있어야 한다는 사실을 늘 기억하지도 못하고요."

"어렸을 때도 안경을 쓰지 않으셨나요?"

"네, 안 썼습니다. 어렸을 때도 시력이 좋지 않았지만, 버밍엄의 안과의가 아이에게 안경을 쓰게 하는 건 현명한 생각이 아니라고 했어요. 그리고 그다음부터 전 너무 바빠졌고요. 물론 불행히도 석방된 이후로는 그다지 바쁘지 않습니다만."

"편지에서도 설명하셨지만, 이달지 씨—"

"에들지라고 합니다. 그렇게 불러주셨으면 합니다." 조지는 본능적으로 이렇게 대답한다.

"사과드리죠."

"제겐 익숙한 일입니다. 하지만 제 이름이니까…… 아시겠지만 파르시의 이름은 전부 첫 번째 음절에 강세를 둡니다."

아서 경은 고개를 끄덕인다. "좋습니다, 에들지 씨. 당신은 맨체스터 스퀘어의 케네스 스콧 씨에게서 전문적으로 시력검사를 받아야 할 것 같습니다."

"그렇게 말씀하신다면 해야겠죠. 하지만—"

"비용은 물론 제가 부담하지요."

"아서 경, 전 그럴 수가—"

"그럴 수 있습니다. 그리고 검사를 받으셔야만 하고요." 조지는 상냥하게 대답하는 그의 말투에서 처음으로 스코틀랜드 억양을 감지한다. "당신은 절 탐정으로 고용하시는 게 아닙니다, 에들지 씨. 전 다만 당신을…… 도와드리려는 겁니다. 그리고 우리가 이긴다면, 선고 철회뿐 아니라 당신의 부당한 복역에 대해 큰 금액의 보상금을 받게 될 겁니다. 그때 스콧 씨의 청구서를 당신에게 보내기로 하죠. 물론 보내지 않을 수도 있습니다만."

"아서 경, 제가 편지를 쓸 때는 이런 걸 기대하지 않았습니다."

"그러시겠죠. 저도 당신의 편지를 받았을 때는 그랬습니다. 하지만 이렇게 만났잖습니까."

"돈은 중요하지 않아요. 전 제 이름을 되찾고 싶습니다. 전 다시 사무변호사로 일하고 싶어요. 그게 제가 원하는 전부입니다. 전 다시 일을 하면서 조용하고 쓸모 있고, 정상적인 삶을 살고 싶습니다."

"물론입니다. 하지만 거기에 전부 동의할 수는 없어요. 돈은 무척 중요합니다. 당신이 인생에서의 3년을 그렇게 보낸 데 대한 보상을 받아야 하기 때문만은 아닙니다. 돈은 상징적이기도 합니다. 영국인들은 돈을 존중합니다. 당신에게 내려진 선고가 철회된다면 사람들은 당신이 무죄라는 것을 알 겁니다. 하지만 당신이 보상금까지 받게 된다면 사람들은 당신이 완전히 결백하다는 걸 알게 되겠죠. 이건 큰 차이입니다. 돈을 받게 되면 당신을 감옥으로 보낸 내무성이 부패하고 타성에 젖어 있다는 것도 알려지게 될 겁니다."

조지는 이 말을 받아들이면서 천천히 고개를 끄덕인다. 아서 경은 이 젊은이에게서 좋은 인상을 받는다. 그는 침착하고 신중한 정신의 소유자로 보인다. 스코틀랜드 어머니에게서 물려받은 기질일까? 아니면 성직자 아버지에게서? 아니면 두 사람의 기질이 보기 좋게 섞인 것일까?

"아서 경, 경이 기독교도이신지 여쭤도 되겠습니까?"

이제 아서가 놀랄 차례다. 목사의 아들에게 상처를 주고 싶지 않았던 그는 질문을 되받는다. "어째서 물어보시죠?"

"아시다시피 전 목사관에서 자랐습니다. 전 부모님을 사랑하고 존경합니다. 그리고 어렸을 때는 당연히 부모님의 믿음을 공유했죠. 어떻게 안 그러겠습니까. 전 사제가 될 생각은 한 번도 하지 않았지만, 성경 말씀이 진실하고 영예로운 인생을 살아가는 데 가장 훌륭한 지침이라는 걸 받아들였습니다." 그는 아서 경의 반응을 살핀다. 약간 고개를 기울인 아서가 상냥한 시선으로 자신을 바라보고 있음을 알아차린 그는 용기를 낸다. "전 여전히 성경 말씀이 가장 훌륭한 지침이라고 생각합니다. 영국의 법은 일반 시민이 진실하고 영예로운 삶을 살아가는 데 가장 훌륭한 지침이라고 생각하고요. 하지만…… 제…… 시련이 시작되었죠. 처음에는 법을 집행할 때 발생할 수 있는 행정적인 실수에 제가 불행히도 걸려든 것이라고 생각했습니다. 경찰이 실수를 했죠. 하지만 치안판사들이 바로잡을 수 있었습니다. 치안판사들이 실수를 했죠. 하지만 사계법정이 바로잡을 수 있었습니다. 사계법정이 실수를 했죠. 하지만 내무성이 바로잡을 수 있었습니다. 그리고 전 여전히 내무성이 제 사건을 바로잡아주기를 바랍니다. 이런 사건을 겪는다는 건 너무나 고통스럽고, 덜 과장해서 말한다면 상당히 불편한 일입니다. 하지만 법은 결국 정의를 가져다줄 것입니다. 전 이렇게 믿어왔고, 여전히 이렇게 믿고 있습니다.

하지만 그건 제가 처음 생각했던 것보다 훨씬 복잡했어요. 저는 법의 테두리 안에서 살아왔습니다. 다시 말해서 법을 인생의 지침으로 삼아왔다는 뜻이죠. 종교는 인생을 떠받치는 도덕적인 지침이었고요. 그러나 제 아버지는—" 여기서 조지는 말을 멈춘다. 아니, 아서는 그가 감정의 무게에 짓눌려 무슨 말을 해야 할지 몰라 말을 멈춘 게 아닐까 생각한다. "제 아버지는 이미 예상하시다시피 온전히 종교 안에서만 평생을 사셨습니다. 그래서 아버지는 제가 겪은 시련을 종교를 통해 이해하실 수밖에 없습니다. 아버지는 제가 받은 고통을 종교적으로 정당화하셔야 합니다. 반드시 그러셔야 하죠. 아버지는 이 시련을 통해 제 믿음을 강화하고 다른 사람들에게 본보기를 보이는 것이 신의 뜻이라고 생각하십니다. 제 입으로 말씀드리기는 부끄럽습니다만, 아버지는 절 순교자라고 생각하시죠.

아버지는 이제 나이가 드셨고, 약해지기 시작하셨습니다. 전 아버지께 맞설 생각이 없습니다. 루이스와 포틀랜드에서 전 당연히 예배에 참석했죠. 아직도 일요일마다 교회에 나가고요. 하지만 제 믿음이 복역을 통해 강화되었다고 말하긴 어렵고, 또—" 그는 조심스레 쓴웃음을 짓는다. "—또 저희 아버지 역시 지난 3년간 세인트 마크 교회를 비롯해 인접한 교회들의 신자들이 늘어났다고 말씀하시긴 어려울 겁니다."

아서 경은 이렇게 설명하는 조지의 말이 묘하게 형식적으로 들린다는 걸 감지한다. 여러 번 연습한 것처럼 들리는 말이다. 아니다, 지나친 생각일지도 모른다. 감옥에서 3년을 보내야 했던 사람이 초년기부터 엉망으로 꼬인 자신의 삶을 일종의 법정 진술처럼 다시 읊어보는 일 말고 대체 무엇을 할 수 있을까.

"제 생각에 당신 아버님께서는 순교자들은 자신의 운명을 선택하지 않으며, 그 문제에 대해 해석하려 하지도 않는다고 말씀하실 것 같군요."

"그럴지도 모릅니다. 하지만 제가 지금까지 드린 말씀은 사실 약과입니다. 감옥에 갇혀 있는 동안 제 믿음은 강화되지 않았습니다. 오히려 그 반대죠. 제 생각에 오히려 복역하는 동안 믿음이 무너져버린 것 같습니다. 제가 겪은 고통은 신의 목적과는 상관이 없었어요. 저에게도 다른 사람들에게도 결코 본보기가 되지 못했죠. 하지만 제가 경을 뵙게 되었다는 말씀을 드리자 아버지께서는 거 봐라, 신의 목적이 분명히 세상에 드러나지 않았느냐고 말씀하셨죠. 그래서 경께서 기독교도이시냐고 여쭤본 것입니다."

"제가 교인이든 아니든 아버님의 논증이 바뀔 것 같지는 않군요. 신은 분명 기독교인이든 이교도든 가리지 않고 당신이 쓰실 도구를 선택하실 겁니다."

"그렇죠. 어쨌든 경께서는 저에게 지나치게 조심하시지 않으셔도 됩니다."

"알겠습니다. 그리고 절 어물쩡 넘어가는 사람으로 생각하시면 안 됩니다, 에들지 씨. 전 당신이 루이스와 포틀랜드에서 어떤 시간을 보냈는지 모릅니다. 그리고 사회적인 지위와 직업을 상실했다는 것이 어떻게 신의 목적에 따른 것이 될 수 있는지도 모르겠군요."

"이 점을 이해하셔야 합니다. 제 아버지께선 새로운 세기가 오면 여러 인종들이 예전보다 조화롭게 어울릴 수 있을 거라고 믿으십니다. 그것이 신의 뜻이라고요. 그리고 제가 일종의 사자로서, 어쩌면 희생자로서 사역하는 것이라고 믿고 계십니다. 사자인 동시에 희생자일 수도 있고요."

"절대로 아버님을 비판하려는 건 아닙니다만," 아서가 조심스레 말한다. "그것이 신의 의도였다면 당신이 명예로운 사무변호사로 성공하도록 하는 편이 나았을 것 같군요. 그래서 인종 간의 화합에 대한 좋은 예가 될 수 있도록 말입니다."

"저도 경과 같은 생각입니다." 조지가 대답한다. 아서는 이 대답이 마음에 든다. 다른 사람이었다면 "당신 말씀에 동의합니다"라고 대답했을 것이다. 그러나 조지의 대답에는 자만이라고는 찾아볼 수 없다. 조지 자신이 이미 생각하고 있던 바를 아서의 말이 확인해주었음을 단순히 말할 뿐이다.

"한데 전 새로운 세기에 인류가 영적으로 놀라운 발전을 이룩할 것이라는 아버님의 의견에 동의합니다. 사실 새 천년이 올 때쯤이면 기성 종교는 이미 소멸했을 것이고, 전쟁이나 불화 등 이 세계를 갈라놓는 모든 것들은 사라졌을 거라고 믿습니다." 조지는 아버지의 말은 전혀 그런 뜻이 아니라고 말하고 싶지만, 아서경의 말이 이어진다. "인류는 심령학 법칙의 진실들을 규명하기 직전에 와 있습니다. 지난 수백 년 동안 물리학 법칙의 진실들이 규명되었듯이 말이지요. 이러한 진실들이 밝혀지게 되면, 우리가 살고 죽는 방식 전체가 처음부터 다시 생각되어야 할 것입니다. 우리는 더 적게가 아니라 더 많이 믿어야 할 것입니다. 우리는 삶의 과정들을 더욱 깊이 이해하게 될 것입니다. 그리고 새로운 세기가 시작될 때쯤이면, 우리는 인류가 가끔 절망을 느꼈던 것과는 달리 크나큰 행복과 동류의식을 느끼게 될 것이라고 믿습니다." 아서 경은 갑자기 임시연단에 선 연설자처럼 말하고 있었다는 걸 깨닫는다. "사과드리죠. 제가 좋아하는 주제라서요. 아니, 좋아한다기보다는 중요한 주제이기 때문이죠. 아무튼 당신이 물어보시기에."

"사과하실 필요 없습니다."

"아닙니다. 우리가 실제 문제에서 너무 벗어나 있었군요. 다시 본격적으로 얘기를 시작하죠. 누가 이 범죄를 저질렀다고 추측하시는지 여쭤도 될까요?"

"어떤 범죄요?"

"전부 다 말입니다. 괴롭힘, 협박편지, 짐승 훼손 말이죠. 탄광 조랑말뿐 아니라 다른 짐승들도 다 포함해서요."

"솔직히 말씀드리자면 아서 경, 지난 3년간 저와 절 지지하는 분들은 누가 죄를 저질렀는지보다는 제가 무죄라는 걸 밝히는 데 초점을 맞추고 있었습니다."

"그럴 수도 있지요. 하지만 연관성이 있다는 게 너무나 뚜렷합니다. 아무튼 추측하는 사람이 있습니까?"

"아뇨, 없습니다. 전부 익명으로 저질러진 일들이에요. 게다가 전 동물을 훼손하는 데서 즐거움을 찾는 사람이 과연 존재할 수 있는지 도저히 모르겠습니다."

"그레이트 웨얼리에 당신의 적이 있습니까?"

"분명히 있습니다. 하지만 모르는 사람들이죠. 전 그곳에 지인들이 많지 않습니다. 적이든 친구든. 우리는 지역 사람들과 어울리지 않았어요."

"어째서죠?"

"전 최근에야 그 이유를 이해하게 되었습니다. 어렸을 때는 그게 정상이라고 생각했죠. 사실은 이렇습니다. 저희 부모님은 부유하지 않았고, 가진 것은 모두 아이들을 교육하는 데 쓰셔야 했던 겁니다. 전 다른 아이들 집에 놀러 가지 않아도 괜찮았어요. 전 행복한 아이였다고 생각합니다."

"그렇군요." 아서에게 조지의 대답은 충분치 않게 들린다. "하지만 제가 추측하기로는 아버님의 혈통을 고려할 때—"

"아서 경, 이 점을 분명히 밝혀야겠군요. 전 인종에 대한 편견과 이 사건이 관련돼 있지 않다고 생각합니다."

"저로서는 놀라지 않을 수 없군요."

"제 아버지는 일례로 제가 앤슨 지서장의 아들이었다면 이런 일을 겪지 않았을 거라고 생각하십니다. 분명 그렇겠죠. 하지만 그런 건 일의 본질과는 상관없는 눈속임일 뿐입니다. 제 말이 믿기지 않으시면 웨얼리에 가서 사람들에게 물어보세요. 좌우지간, 편견이 실제로 존재한다 하더라도, 그건 공동체 생활의 아주 일부에 지나지 않을 겁니다. 간혹 경미한 일들이 있기는 했죠. 하지만 전 그런 일로 상처 받지 않았습니다."

"당신이 순교자 역할을 떠맡고 싶지 않다는 건 이해합니다—"

"아뇨, 그게 아닙니다. 아서 경." 조지는 순간 당황한 듯 보이더니 말을 멈춘다. "한데 제가 아서 경이라고 불러도 되겠습니까?"

"편한 대로 부르세요. 원하신다면 도일이라고 부르셔도 됩니다."

"아서 경이 나을 것 같군요. 짐작하시겠지만 전 이 문제를 상당히 고심해왔습니다. 전 영국인으로 자라났습니다. 학교에 다녔고, 법을 전공했고, 논문을 썼고, 사무변호사가 되었죠. 절 막으려고 한 사람은 없었어요. 그 반대였죠. 학교 선생님들은 제게 용기를 북돋워주셨고, 생스터, 비터리&스파이트의 동료들은 절 존중했고, 제가 변호사 자격을 취득했을 때 아버지의 신자들은 찬사를 보냈습니다. 뉴홀 스트리트를 찾아온 의뢰인들 가운데 혈통 때문에 제 조언을 거부한 사람은 없습니다."

"네, 하지만—"

"계속하겠습니다. 말씀드렸다시피 약간 모욕을 당할 때는 있었습니다. 놀림을 받기도 했고, 조롱당하기도 했죠. 절 이상한 눈길로 바라보는 사람들이 있다는 걸 모를 정도로 순진하진 않습니다. 하지만 아서 경, 전 변호사입니다. 제게 어떤 행동을 보이는 사람이 인종적 편견에 의해 그렇게 행동한다는 증거를 어디서 찾을 수 있을까요? 업턴 경사는 제게 겁을 주려고 했지만, 분명 그는 다른 아이들에게도 그럴 겁니다. 앤슨 지서장은 절 만나기 전부터 저를 싫어했죠. 제가 경찰에 대해 염려하는 건, 그들이 유능하지 않다는 점입니다. 예를 들면, 경찰은 임시경관들로 동네 전체를 에워싸고도 훼손된 짐승을 단 한 마리도 발견하지 못했어요. 짐승이 훼손될 때마다 보고한 사람들은 항상 농부나 일하러 가던 사람들이었죠. 경찰이 소위 갱단이라는 무리의 존재 여부를 증명하지도 못하면서 두려워하는 모양이라고 생각한 건 저 혼자만이 아닙니다.

만약 경께서 제가 겪은 고난이 인종적 편견에 기인한 것이라고 말씀하신다면, 전 경께 그 증거를 요구해야 합니다. 디스터널 씨도 이 문제는 한 번도 입에 올리지 않았습니다. 레지널드 하디 경도 마찬가지고요. 배심원들이 피부색 때문에 제게 유죄를 선고한 건 아닙니다. 그건 너무 쉬운 답이 돼버립니다. 또 감옥에서 3년을 지내는 동안 직원들과 다른 재소자들은 저를 꽤나 공정하게 취급했습니다."

"제가 제안 하나를 해도 될까요." 아서 경이 말했다. "당신은 가끔 변호사처럼 생각하기를 멈추셔야 할 것 같습니다. 하나의 현상에 대한 특정한 증거가 없다고 해도, 그 현상이 사라지는 것은 아니니까요."

"동의합니다."

"그래서 그때나 지금이나, 당신의 가족이 괴롭힘을 당하기 시작했을 때, 당신은 당신이 우연한 희생자라고 생각하셨습니까?"

"아마 그렇진 않을 겁니다. 하지만 다른 가족들도 괴롭힘을 당했죠."

"편지에 대해서만 말하는 겁니다. 당신만큼 괴롭힘을 당한 사람은 없으니까요."

"그렇습니다. 하지만 목적이나 동기가 있을 만한 사람들을 떠올리는 게 부당하다고 생각됩니다. 아버지가 교육적인 목적에서 사과를 훔치거나 신성모독적인 발언을 한 농장 아이를 혼낸 적이 있기는 합니다."

"그 일이 시작점이 될 수 있다고 생각하십니까?"

"모르죠. 하지만 전, 죄송하지만, 계속해서 변호사처럼 생각할 겁니다. 전 그런 사람이니까요. 그리고 변호사인 제게는 증거가 필요합니다."

"당신이 보지 못하는 것을 다른 사람이 볼 수 있을지도 모릅니다."

"분명 그렇습니다. 하지만 그것도 얼마나 쓸모 있는지가 문제입니다. 일반적으로 어떤 사람이 절 싫어해서 이런 일을 벌였다고 추측하는 건 아무런 쓸모가 없습니다. 그리고 내무성이 인종적 편견으로 인해 이런 사건이 일어났다고 인정하기만 하면, 아까 하신 말씀처럼 제게 보상금을 줄 것이라 상상하는 건 현 시점에서는 쓸모가 없습니다. 아서 경, 글래드스톤 씨가 그런 편견으로 인해 고통당할 일이 과연 있을 것 같습니까?"

"절대적으로…… 그런 증거는 없군요. 실은 전혀 그렇지 않을 것 같습니다."

"그러면 원컨대 다른 이야기를 하지요."

"잘 알겠습니다." 아서는 조지의 확고함, 아니, 고집스러움에 깊은 인상을 받았다. "부모님을 한번 뵙고 싶군요. 동생 분도요. 하지만 비밀리에 뵈어야 할 것 같군요. 전 본능적으로 직접적으로 접근하는 편을 좋아합니다. 하지만 전략과 허풍이 필요할 때가 있습니다. 라이어널 에이머리가 즐겨 말하듯이, 코뿔소와 싸우게 되더라도 코에다 뿔을 매달 필요는 없는 거죠." 이런 비유에 조지가 당황했다는 걸 아서는 눈치 채지 못한다. "제가 당신이나 당신 가족들과 함께 그 동네를 다니는 모습이 다른 사람들의 눈에 띄어서 좋을 게 없을 것 같습니다. 하지만 전 마을 사람들을 알아야 하고, 연락책이 필요합니다. 아마도 당신이 한 사람 추천하실 수 있겠죠."

"해리 찰스워스요." 조지는 스토넘 종조모, 혹은 그린웨이와 스텐트슨을 마주했을 때처럼 거의 반사적으로 대답한다. "뭐, 우리는 학교에서 서로 옆자리에 앉았어요. 전 그가 제 친구인 척했고요. 우리는 둘 다 우등생이었죠. 아버지께서는 제가 농장 소년들과 더 친하게 지내지 않는다고 꾸짖으셨지만. 솔직히 저와 해리 찰스워스는 별로 친하지 않았어요. 그는 아버지의 목장을 물려받아 운영하고 있고, 정직하다는 평판이 있어요."

"동네에 아는 사람이 별로 없다고 하셨죠?"

"그들도 절 잘 모릅니다. 아서 경, 사실 전 변호사가 된 뒤로 항상 버밍엄에서 살고 싶었어요. 우리끼리 하는 얘기지만, 전 웨얼리가 지루하고 낙후된 곳이라고 생각했죠. 처음엔 아버지에게 말을 꺼내기가 두려워 집을 떠나지 않으려고 했어요. 필요한 경우—예를 들어 장화를 수선한다거나—가 아니라면 웨얼리라는 마을을 무시하려고 했죠. 그런데 전 가족들이 덫도 아닌데 그들에게서 풀려나기가 어렵다는 사실을 점차 깨닫게 되었어요. 제가 여동생 모드를 많이 아끼기도 하고요. 그래서 전…… 경께서도 아시는 사건이 일어날 때까지 집을 떠나지 못했죠. 석방되고 난 뒤에는 당연히 스태퍼드셔로 돌아갈 수 없었고, 해서 지금은 런던에 있습니다. 메클렌버그 스퀘어에 있는 구드 양 댁에 세를 냈죠. 제가 석방되고 처음 몇 주 동안은 어머니가 저와 함께 지내셨어요. 하지만 아버지에게는 어머니가 필요하죠. 그래서 어머니는 짬이 나실 때마다 제가 잘 지내는지 보러 오곤 하십니다. 하지만 제 삶은—" 조지는 잠시 말을 멈춘다. "제 삶은, 보시다시피, 중지되어 있지요."

아서는 조지가 대단히 신중하고 정확하게 말하고 있다는 점에 주목한다. 조지는 문제가 작든 크든, 감정이든 실제로 일어난 사건이든, 신중하고 정확하게 설명한다. 아서의 의뢰인은 일등급 증인이다. 다른 사람들이 볼 수 있는 것을 그가 보지 못한다 해도 그건 그의 잘못이 아니다.

"이달지 씨—"

"조지라고 불러주세요." 실수로 그의 이름을 또다시 이-달-지-로 발음한 아서 경은 온몸으로 부끄러움을 느낀다.

"조지, 당신과 저는, 우리는…… 불완전한 잉글랜드인입니다."

조지는 이 말에 깜짝 놀란다. 그에게 아서 경은 완전한 잉글랜드인 그 자체로 보인다. 그의 이름, 그의 태도, 그의 명성, 런던의 그랜드 호텔에서도 너무나 편안하게 행동하는 모습, 조지를 기다리게 했던 것까지. 아서 경이 완전한 잉글랜드인으로 보이지 않았다면 조지는 그에게 편지를 쓸 생각도 하지 않았을 것이다. 그러나 본인이 아니라고 말하는 사람에게 토를 다는 건 무례한 행동일 것이다.

대신 그는 자신의 위치를 돌아본다. 그는 어째서 완전한 잉글랜드인이 아닌가? 그는 태생적으로도, 시민권이나 그간 받았던 교육을 봐도, 종교적으로도, 직업적으로도 잉글랜드인이다. 아서 경은 그들이 그의 자유를 앗아가고 변호사 인명부에서도 삭제했을 때, 그를 잉글랜드인들 사이에서 밀어냈다고 말하는 것인가? 만약 그렇다면, 그에게는 또 다른 나라가 없다. 그는 잉글랜드에서 태어난 2세대다. 그는 한 번도 가본 적 없고 별로 가고 싶지도 않은 인도로 돌아갈 수 없다.

"아서 경, 제…… 시련이 시작되었을 때, 제 아버지는 가끔 절 서재로 불러 유명한 파르시들이 이룩한 성과를 가르쳐주셨습니다. 이 사람은 성공적인 사업가가 되었고, 한 사람은 국회의원이 되었고, 이런 식이었죠. 한번은—전 스포츠에는 아무런 관심도 없습니다만—잉글랜드 투어를 왔던 봄베이의 파르시 크리켓 팀에 대해 얘기하기도 하셨습니다. 분명, 인도에서 잉글랜드로 온 첫 번째 팀이 그들이긴 했죠."

"1886년이었을 겁니다. 서른 번 경기하고 안타깝게도 단 한 번 이겼을 거예요. 아, 미안합니다. 한가할 때 『위스던』을 열심히 보는 편이라서요. 하지만 이 년 후에 돌아왔을 때는 더 나은 결과를 거두었던 걸로 기억하고 있습니다."

"보세요, 아서 경. 당신은 저보다 아는 게 많으시죠. 아무튼 전 제가 아닌 사람으로 살아갈 수 없습니다. 제 아버지는 절 잉글랜드인으로 키우셨습니다. 한데 사정이 어려워졌다고 해서 갑자기 전에는 한 번도 강조하지 않았던 파르시에 대한 자랑스러움으로 절 위로할 수는 없는 일입니다."

"아버지께서 오신 곳이……?"

"봄베이입니다. 거기서 선교사들을 만나 개종하셨죠. 선교사들은 제 어머니와 마찬가지로 스코틀랜드인들이었습니다."

"전 아버님을 이해합니다." 아서 경이 말한다. 조지는 지금까지 살아오면서 이런 말을 한 번도 들어본 적이 없었다는 것을 깨닫는다. "한 사람의 인종에 대한 진실과 종교에 대한 진실이 늘 같은 계곡에 놓이는 건 아닙니다. 때로는 위대한 진실을 찾기 위해 눈 덮인 가파른 겨울 산을 올라야 할 필요가 있죠."

조지는 아서의 말이 선서진술서약이라도 되듯이 생각에 잠긴다. "하지만 그러면 마음이 둘로 나뉘어버리고, 동족으로부터 고립되지 않을까요?"

"아니죠. 그렇다면 동족들에게 계곡을 벗어나 산등성이를 오르라고 말하는 게 우리의 의무입니다. 우리는 언덕에 올라가 우리가 떠나온 마을을 굽어보며 그들이 내건 환영의 깃발을 봅니다. 그들은 언덕을 오르는 것 자체가 승리라고 생각하기 때문에 그런 깃발을 겁니다. 하지만 그렇지 않습니다. 그러면 우리는 스키 스틱을 들어 그들에게 가리켜 보이는 겁니다. '저기, 저기에 진실이 있다고, 저 너머 계곡에 진실이 있다고. 나와 함께 언덕을 오르자'고요."

조지는 사건과 관련된 증거를 집중적으로 검토하게 되리라고 예상하며 그랜드 호텔에 왔다. 그러나 대화는 몇 번씩이나 예상치 못한 방향으로 흘러갔고, 이제 그는 갈피를 잡지 못하고 있다. 아서는 새로 만난 젊은 친구가 실망한 기색이라는 걸 눈치챈다. 그는 이에 책임감을 느낀다. 격려하고자 했던 말이었데. 그렇다면 이제 생각은 충분히 했다. 행동할 시간이다. 분노를 표출할 시간이기도 하고.

"조지, 지금까지 당신을 지지해온 분들, 옐버턴 씨를 비롯한 많은 사람들이 많은 일을 해냈습니다. 그분들은 너무나 부지런하게 올바른 길을 제시해왔죠. 영국 정부가 합리적인 기관이었다면 당신은 이미 뉴홀 스트리트의 사무실로 돌아갈 수 있었을 겁니다. 하지만 그렇지 않았습니다. 해서 전 옐버턴 씨처럼 합리적인 의견을 표출하고 합리적인 요청을 할 생각이 없습니다. 전 다른 길을 갈 겁니다. 소란을 좀 피울 생각입니다. 잉글랜드인들—일반적인 잉글랜드인들—은 소란을 싫어하죠. 그들은 소란을 천박하다고 생각하며 당황합니다. 차분하게 문제를 제기해서 먹히지 않는다면 그들을 당황시킬 생각입니다. 뒷문이 아니라 앞문으로 바로 들어가는 거죠. 전 북을 꽝꽝 울려댈 겁니다. 나뭇가지 몇 개 흔드는 정도가 아니에요. 조지, 우리는 썩은 과일들이 마구 떨어지는 걸 보게 될 겁니다."

아서 경은 작별인사를 하려고 일어선다. 이제 그는 키 작은 법률가 위로 높이 솟아올라 있다. 하지만 그는 대화하는 동안에는 그런 태도를 보이지 않았다. 조지는 이토록 유명한 사람이 비난을 퍼부어대는 동시에 남의 말에 귀를 기울이고, 강한 어조로 이야기하는 동시에 신사적인 태도를 잃지 않는다는 데 놀란다. 하지만 조지는 아서의 마지막 발언에도 불구하고 기본적으로 무언가를 확인할 필요가 있다고 생각한다.

"아서 경, 제가…… 간단히 말해서…… 제가 무죄라고 생각하십니까?"

아서는 분명하고 또렷한 시선으로 조지를 내려다본다. "조지, 전 당신과 관련된 기사를 읽었고, 이제 당신을 만났습니다. 제 대답은 이렇습니다. 전 당신이 무죄라고 생각하거나 믿는 게 아닙니다. 전 당신이 무죄라는 것을 압니다." 그러고 나서 그는 조지로서는 아예 알지도 못하는 수많은 스포츠로 다져진 커다란 운동선수의 손을 내민다.

아서

우드는 조지의 서류들과 친숙해지자마자 정탐꾼의 역할을 맡았다. 그는 그레이트 웨얼리로 가서 선술집에서 적당히 술을 마시며 지역 사람들의 기질과 동네의 특성을 파악하고 해리 찰스워스와 연락을 취하는 임무를 맡았다. 하지만 그는 탐정놀이를 하러 간 게 아니었다. 되도록 목사관 쪽으로는 가지도 않았다. 아서는 아직 대중들에게 어떤 캠페인을 펼칠지 결정하지 않았지만, 만인이 보는 앞에서 연단 위에 올라 우디와 함께 조지 에들지의 무죄를 증명하려고 하다가는, 들어올 정보도 차단되기 십상이라는 점을 알았다. 또한 그는 동네 사람들의 죄책감을 넌지시 자극할 필요가 있었다. 그는 진실을 은폐한 자들의 이해관계를 대놓고 공격하기를 바라지 않았다.

그는 언더쇼의 서재에 틀어박혀 조사에 착수했다. 그가 알아낸 바에 의하면 그레이트 웨얼리 교구에는 잘 지어진 주택들과 농가들이 다수 포함되어 있었다. 토질은 양질이고, 하층토는 점토와 자갈로 이루어져 있었다. 주요 작물은 밀과 보리, 순무, 그리고 사료용 사탕무였다. 북서쪽으로 0.25마일 떨어진 기차역에서는 런던 북서부 노선의 지선인 월솔, 캐녹&러질리 노선을 이용할 수 있었다. 교회의 연수입은 대략 265파운드로, 거주지까지 포함한 교회와 목사관은 캔터베리의 세인트 어거스틴 칼리지를 나온 샤푸르지 에들지 목사가 1876년부터 운영하고 있었다. 랜디우드 인근의 '노동자의 집'은 강의나 공연을 위해 250개의 좌석을 확보하고 있었고, 일간지나 주간지도 충분히 비치하고 있었다. 1882년 세워진 공립 초등학교 교장은 새뮤얼 존 메이슨이었다. 우체국은 잡화상이자 포목상, 철물상인 윌리엄 헨리 브룩스가 운영하고 있었다. 기차역은 최근 아버지인 새뮤얼 메리먼에게서 역장모를 물려받은 앨버트 어니스트 메리먼이 운영했다. 마을에는 맥주 소매상이 세 사람이었고, 이들은 각각 헨리 배저, 앤 코벳 부인, 그리고 토머스 에이츠였다. 정육점 주인은 버나드 그린실, 그레이트 웨얼리 광산회사의 운영자이자 대표자는 존 볼트였다. 윌리엄 윈은 배관공이자 장식업자, 가스 설비공, 그리고 일용잡화상이었다. 보다시피 매우 평범하고 건실한 마을이었다. 너무나 질서정연한, 잉글랜드적인 곳이기도 했다.

안타깝지만 그는 운전하지 않기로 결정했다. 12마력의 체인구동인 1톤짜리 울즐리를 타고 스태퍼드셔 시골길에 나타나면 대번에 이목을 끌 것이다. 울즐리를 가져오기 위해 버밍엄에 겨우 2년 전에 갔던 일이 있다는 걸 생각하면 애석한 일이었다. 그때의 여행은 더 가벼운 목적을 두고 떠났었다. 그때의 자신이 당시 운전자들 사이에 유행처럼 퍼진 뾰족한 모자를 쓰고 있었던 게 기억났다. 그 모자는 지방 사람들에게는 알려지지 않았던 모양이다. 그가 울즐리 판매상을 기다리느라 뉴 스트리트의 승강장을 서성이고 있는데, 한 젊은 여성이 다가오더니 고압적인 목소리로 그에게 월솔에 가는 기차를 타려면 어디로 가야 하느냐고 물은 적이 있었기 때문이다.

그는 자동차를 차고에 넣어두고 헤이슬미어에서 워털루 행 기차를 탔다. 그는 기차를 타고 런던으로 가서 아내를 떠나보내고 자유인이 된 후 딱 네 번째로 진을 만나러 갈 예정이었다. 그는 편지로 그날 오후에 자기를 기다리고 있으라고 썼고, 가장 부드러운 인사로 편지를 마무리했다. 기차가 헤이슬미어를 빠져나가기 시작하자 그는 울즐리를 타고 있다면 얼마나 좋을까 생각했다. 귀를 덮는 요트 모자를 쓰고, 눈에 딱 붙는 고글을 쓰고, 잉글랜드의 심장부를 지나 스태퍼드셔로 향할 수 있다면. 그는 죄책감과 동시에 초조함을 불러일으키는 자신의 이런 반응을 이해할 수가 없었다. 그는 자신이 진을 사랑한다는 것, 그녀와 결혼하리라는 것, 그리고 그녀가 두 번째 레이디 도일이 되리라는 걸 알고 있었다. 그러나 그는 자신이 원하는 방식으로 그녀를 만날 자신이 없었다. 인간 존재는 기계처럼 단순하지 않았다.

아서는 자신이 다른 일등석 승객들에게 방해가 되지 않도록 신음 비슷한 것을 억누르다가 이제 그것을 내뱉기 직전의 상태라는 걸 깨달았다. 살아가기 위해 이처럼 무언가를 억눌러야 한다는 것도 그가 처한 문제의 일부였다. 신음을 억눌렀다. 사랑에 대해 거짓말을 했다. 법적인 아내를 기만했다. 모두 명예라는 이름 아래. 그가 처한 문제의 역설은 이런 것이다. 바르게 행동하기 위해 잘못된 행동을 해야 한다는 것. 어째서 그는 진을 울즐리에 태워 스태퍼드셔로 가서 호텔에 들어가 남편과 아내로 숙박계를 쓸 수 없는가. 어째서 그는 눈을 치뜨는 사람들에게 고고한 시선을 던질 수 없는가. 왜냐하면 그렇게 할 수 없기 때문이다. 통하지 않을 것이기 때문이다. 간단해 보이지만 그렇지 않기 때문이다⋯⋯ 기차가 워킹 교외를 지나는 동안 그는 초원지대에 누워 있던 호주인 병사를 조용한 질투와 함께 떠올렸다. 물병 위에 붉은 체스말을 놓아둔 채 죽어 있던 뉴사우스웨일스 기마보병 410번. 위대한 대의에 의해, 열린 하늘 아래, 정당한 전투로 맞이한 죽음. 그보다 나은 죽음은 없다. 삶 역시 그렇게 되어야 한다.

그는 그녀의 아파트로 간다. 그녀는 파란 비단옷을 입고 있다. 그들은 진심을 다해 포옹한다. 뒤로 물러서야 할 이유가 없을 뿐 아니라 이젠 그럴 필요도 없다는 걸 그는 깨닫는다. 그녀와 다시 만난 그의 마음이 흐트러지지 않았던 것이다. 그들은 앉는다. 차가 놓여 있다. 그는 그녀 가족의 안부를 묻는다. 그녀는 그가 버밍엄에 가는 이유를 묻는다.

한 시간이 지났는데도 그는 아직 캐녹에서 열린 예비심리까지밖에 들려주지 못했다. 그녀는 그의 손을 잡으며 말한다.

"사랑하는 아서, 당신이 다시 기운을 차린 걸 보니 너무 기뻐요."

"당신도 기운을 차려서 다행이오, 내 사랑." 그는 이렇게 대답하고 이야기를 이어간다. 그녀의 기대에 어긋나지 않게 그의 이야기는 다채롭고 긴장이 넘친다. 그녀는 사랑하는 남자가 최근 몇 달의 걱정들을 털어버렸다는 데 감동하고 안도한다. 하지만 그의 이야기가 끝나고, 그가 여행의 목적을 알리며 시계를 보고 철도시각표를 다시 들여다보자 그녀는 실망을 표한다.

"아서, 저도 같이 간다면 좋겠어요."

"당신은 날 놀라게 하는군." 그가 대답한다. 그는 그날 처음으로 제대로 보듯 그녀를 바라본다. "알겠지만, 난 기차를 타고 오는 내내 당신을 옆에 태우고 스태퍼드셔에 가는 모습을 상상했소. 남편과 아내처럼 둘이서 말이야."

그는 가까운 두 마음 사이에 생각이 전달될 수 있다는 사실이 아니면 도저히 설명할 수 없을 이런 우연의 일치에 놀라워하며 고개를 흔든다. 그후 그는 자리에서 일어나 모자와 외투를 챙겨 진의 아파트를 떠난다.

진은 아서의 행동에 상처받지 않는다. 그러기에는 그를 너무나 사랑한다. 하지만 그녀는 미지근한 찻주전자로 손을 가져가며 자신의 위치를, 그리고 미래의 위치를 깨닫는다. 그녀는 합리적으로 생각할 필요가 있다. 지금까지는 힘들었다. 너무나 힘들었다. 지난 몇 년 동안 얼마나 많은 조율과 은폐와 양보가 있었는가. 어째서 그녀는 투이의 죽음이 모든 것을 바꿀 거라고, 즉시 친구들의 박수갈채를 받으며 무대에서 잉글랜드의 노래가 연주되는 동안 환한 빛 속에서 서로를 끌어안게 될 거라고 생각했을까. 그렇게 갑자기 바뀌지는 않을 것이다. 그들이 누리게 된 약간의 자유는 그냥 전보다 덜 위험한 정도에 지나지 않는지도 모른다.

그녀는 투이를 다른 관점에서 생각하게 된다. 투이는 더 이상 자긍심을 지켜줘야 할 존재이자 자신을 내세우지 않는 여주인, 소박하고 상냥하고 사랑스러운 아내이자 죽기까지 너무나 오래 걸렸던 어머니가 아니다. 아서는 언젠가 투이의 뛰어난 자질은 그가 무엇을 제안하든 순응하는 점이라고 말한 적이 있었다. 그들이 곧장 짐을 꾸려 오스트리아로 떠나야 한다면 투이는 순응했다. 그들이 새 집을 사야 한다고 말하면 투이는 순응했다. 그가 런던에 며칠 다녀와야 한다거나 남아프리카에 몇 달 다녀와야 한다고 말하면 투이는 순응했다. 그녀의 천성이 그러했다. 그녀는 아서를 전적으로 신뢰했고, 아서가 그녀 자신을 위해서도 올바른 결정을 내려줄 거라고 믿었다.

진 역시 아서를 신뢰한다. 그녀는 그가 명예를 아는 남자라는 사실을 안다. 한편 그녀는 그가 계속해서 움직이는 사람—이 역시 그녀가 아서를 사랑하고 존경하는 이유다—이라는 걸 안다. 그는 새 책을 쓰든가, 경기에 출전하든가, 세상을 돌아다니든가, 아니면 새로 마음을 사로잡은 일에 열정을 쏟든가 해서 계속 움직여야 하는 사람이다. 그는 교외의 빌라나 슬리퍼 한 쌍, 아니면 정원용 삽 따위를 야심의 대상으로 품는 유형의 남자가 될 수 없을 것이다. 아서는 현관 앞이나 어슬렁거리며 배달부 소년이 먼 나라의 소식이 담긴 신문을 전해주기를 기다리는 남자가 아니다.

그리고 아직 결심이라 부를 수 없는 어떤 느낌—일종의 경고를 닮은—이 진의 마음속에 형성되기 시작한다. 그녀는 1897년 3월 15일부터 아서를 기다리는 여자였다. 몇 달이 지나면 그들이 만난 지 10주년이 되는 날이다. 10년의 세월, 열 송이의 귀중한 스노드롭. 그녀는 다른 남자와 선뜻 결혼해버리느니 아서를 기다릴 것이다. 하지만 그를 기다리는 여자인 그녀는 그를 기다리는 아내가 되고 싶은 생각은 없다. 그녀는 그들이 결혼했을 때를 그려본다. 아서가 엄청난 불의를 바로잡기 위해 곧장 스토크 포지스나 팀북투로 떠나야 한다고 알린다. 그러면 그녀는 우디에게 그들의 티켓을 구하라고 지시할 것이다. 그들의 티켓. 그녀는 이렇게 조용히 말할 것이다. 그녀는 그의 옆을 떠나지 않을 것이고, 그와 함께 여행할 것이고, 그가 강연을 할 때면 맨 앞줄에 앉을 것이다. 그녀는 그가 가는 길을 편하게 해주고, 호텔이나 기차, 여객선의 서비스가 제대로 이뤄지고 있는지 확인할 것이다. 그녀는 그와 나란히 말을 탈 것이고, 어쩌면 그녀의 승마 실력을 감안했을 때 그녀가 그를 약간 앞설 수도 있을 것이다. 그가 골프를 계속한다면 그녀는 골프도 배울 것이다. 그녀는 남자들끼리 모이는 자리까지 쫓아가 야단을 피우는 유형의 아내는 되지 않을 것이다. 하지만 항상 그의 옆에 있을 것이고, 죽음이 갈라놓을 때까지 그 자리가 그녀의 자리라는 걸 꾸준히 설명하고 보여줄 것이다. 그녀는 그런 아내가 될 것이다.

그러는 동안 아서는 버밍엄 행 기차에 앉아 전에 수사관으로 나섰던 경험을 생각하고 있었다. 심령연구협회가 도싯셔 차머스에 있는 귀신들린 집을 조사하는 데 참여해달라고 요청한 적이 있었다. 그는 스콧 박사와 그런 조사의 전문가인 포드모어 씨라는 사람과 함께 그곳으로 갔다. 그들은 사기에 속을 경우를 대비해 기본적인 단계들을 수행했다. 그들은 문과 창문에 빗장을 걸었고, 계단에는 실을 맸다. 그후 그들은 집주인과 함께 연달아 이틀 밤을 지새웠다. 첫날 밤에는 파이프를 채워가며 졸음과 싸웠다. 둘째 날 밤, 희망을 버릴 시점이 된 한밤중에 가까운 거리에서 가구가 난폭하게 흔들리는 소리가 들려왔고, 그들은 깜짝 놀랐다. 놀라기만 한 게 아니라 덜컥 겁까지 났다. 소리는 주방에서 들려오는 것 같았다. 그러나 그들이 갔을 때는 아무도 없었고, 모든 것은 제자리에 있었다. 그들은 보관실에서 다락까지 숨겨진 곳을 찾아 집 안 구석구석을 수색했다. 그러나 아무것도 발견하지 못했다. 게다가 문은 여전히 잠겨 있었고, 창문에는 빗장이 걸려 있었으며, 실도 끊어지지 않았다.

놀랍게도 포드모어는 집에 귀신이 씌었다는 추측을 부정했다. 그는 누군가가 집주인을 도와 벽 뒤에 무언가를 숨겨놓았으리라고 추측했다. 당시 아서는 포드모어에게 동의했다. 그런데 몇 년 뒤 그 집이 화재로 소실되었다. 더욱 놀라운 점은 정원에서 열 살 이상으로 보이지 않는 어린아이의 해골이 발견되었던 것이었다. 그후로 아서는 입장을 바꾸게 되었다. 어린 목숨을 끔찍하게 앗아간 경우, 미처 사용되지 못하고 남아 있던 생명력이 나타나는 건 가능한 일이다. 그럴 때, 알려지지 않은 경이로운 존재들은 유동적인 모습으로 나타나 우리를 사방에서 짓누르며 우리가 물질이라 부르는 것의 한계에 대해 경고한다. 아서는 이를 반박할 수 없는 설명으로 여겼다. 하지만 포드모어는 종전의 입장을 철회할 생각이 없었다. 사실 그는 늘 심령현상을 입증하는 임무를 맡은 전문가라기보다는 빌어먹을 유물론적 회의론자에 가깝게 행동했다. 하지만 이미 크룩스와 마이어스, 로지, 그리고 앨프리드 러셀 월러스가 있는데 무엇 하러 포드모어에게 신경 쓴단 말인가. 아서는 공식과도 같은 말을 되뇌었다. '불가능하지만 사실이다.' 처음 이 말을 들었을 때는 가변적인 역설로만 들렸다. 그러나 이제 그 말은 강철처럼 단단해져 있었다.

아서는 템플 스트리트의 임페리얼 패밀리 호텔에서 우드를 만나기로 했다. 자주 들르는 그랜드 호텔보다 이쪽이 사람들의 눈에 덜 띌 것 같았다. 〈가제트〉나 〈포스트〉 지의 사회면에 '셜록 홈스가 버밍엄에 웬일인가' 따위의 짜증스러운 제목으로 기사가 날 일은 가능한 피해야 했다.

그들은 다음날 늦은 오후에 그레이트 웨얼리의 첫 번째 탐사에 나서기로 했다. 해가 빨리 지는 12월의 장점을 틈타 남들의 눈에 띄는 일 없이 목사관에 들른 뒤에, 볼일이 끝나는 대로 버밍엄으로 돌아갈 예정이었다. 이번 탐사를 앞두고 아서는 연극의상을 대여해주는 곳을 찾아가 가짜 턱수염을 빌리려고 했다. 하지만 우드는 아서를 말렸다. 우드는 턱수염이 외려 이목을 집중시킬 거라고 생각했다. 사실 의상 대여업자를 찾아가기만 해도 지역 신문에 반갑지 않은 기사가 날지 모른다. 기차 안에서는 옷깃을 세우고 머플러를 두르고 신문을 높이 들고만 있어도 웨얼리까지 오는 동안 사람들의 시선을 피할 수 있다. 그후에는 어두운 시골길을 걸어 목사관으로 가면 되니까—

"그래서?" 아서가 물었다.

"굳이 위장할 필요가 있을까요?" 우드는 고용주가 어째서 위장을 고집하는지 이해할 수가 없었다. 처음에는 하필 턱수염을, 그다음에는 그걸 붙이겠다고 우기는 심리를. 우드가 보기에 고용주의 고집은 다른 사람들, 특히 꼬치꼬치 참견하기 좋아하는 사람들에게 당신들 할 일이나 하라고 한마디 하고 싶어하는 잉글랜드인 특유의 기질 탓이었다.

"그렇군. 우린 이대로 가야겠어. 우리는…… 흠…… 그래…… 영국국교회가 보낸 특사 행세를 하는 거야. 목사에게서 세인트마크 교회의 건물 상태에 대한 보고를 들으러 가는 거지."

"그 교회는 비교적 최근에 견고하게 지어졌는데요." 우드가 대답했다. 하지만 그는 고용주의 눈빛을 읽어냈다. "뭐, 그렇게 말씀하신다면요. 아서 경."

다음날 오후 늦게 뉴 스트리트로 가서 그들 둘이서만 탈 객차를 선택한다. 웨얼리&처치브리지 역에 내리면 가능한 한 빨리 역에서 멀어진다. 이렇게 그들은 다른 승객들의 호기심 어린 시선에서 벗어나겠다는 전략을 짰다. 그런데 웨얼리&처치브리지 역에는 그들 둘을 제외하고 아무도 내리지 않았다. 해서 영국국교회의 특사로 행세하는 그들은 역장의 시선을 곱절로 받아야 했다. 콧수염을 신중하게 머플러로 가리면서 아서는 장난꾸러기가 된 기분이었다. 당신은 날 모르시겠지! 그는 생각했다. 하지만 난 당신이 누군지 안다네! 바로 새뮤얼의 아들 앨버트 어니스트 메리먼이지. 이것 참 대단한 모험인데!

그는 우드를 따라 어두워진 시골길을 걸었고, 그러다가 선술집을 지나치게 되었다. 하지만 움직이는 기척이라고는 술집 앞 계단에 털썩 주저앉아 뭔가 골똘히 생각에 잠긴 듯 모자를 씹는 한 남자뿐이었다. 8, 9분쯤 지났을까, 간헐적으로 켜지는 가스등만이 좀 곤란했을 뿐, 그들은 이중으로 경사진 높은 지붕을 갖춘 채 어둠에 잠긴 세인트 마크 교회에 무사히 다다랐다. 우드는 교회의 남쪽 벽으로 고용주를 이끌었고, 아서는 긴 적보라색 띠를 두른 회색조의 돌벽을 알아볼 수 있을 정도로 가까이 다가섰다. 현관을 지나가던 그들의 눈에 교회 서쪽 너머로 30야드쯤 떨어진 두 채의 건물이 들어왔다. 오른쪽은 어두운 색 벽돌에 밝은 색 벽돌로 희미한 다이아몬드 무늬를 새긴 교실이었고, 좀 더 큰 규모의 왼쪽 건물은 목사관이었다. 잠시 후, 아서는 15년 전 월솔 학교의 열쇠가 놓여 있었을 넓적한 계단을 내려다보게 되었다. 아서는 노커를 들어올리면서 그것을 얼마나 부드럽게 떨어뜨려야 할까를 계산하다가, 캠벨 경위가 임시경관들을 이끌고 들이닥쳤을 때 났을 엄청난 소리와, 조용한 집 안 사람들이 느꼈을 대혼란을 생각했다.

목사와 그의 아내, 그리고 딸은 그들을 기다리고 있었다. 아서 경은 조지의 소박하고 훌륭한 몸가짐과 절제력이 어디서 기인했는지 즉시 알 수 있었다. 조지의 가족은 그를 반갑게 맞아들였지만 야단을 떨지는 않았다. 그들은 그의 명성을 알면서도 그에게 압도되지 않았다. 그는 세 사람 모두 자신의 책을 단 한 권도 읽지 않았다는 것—이를 두고 그는 내기라도 할 수 있었다—을 알고 안도했다.

목사는 아들보다 밝은 피부색을 지니고 있었고, 상고머리는 앞쪽이 벗어지기 시작한 상태였다. 그는 불도그처럼 강해 보였다. 입매는 조지와 닮았지만, 아서는 그가 조지보다 잘생겼고 서구적인 외모를 지니고 있다고 생각했다.

두꺼운 파일 두 개가 앞에 놓였다. 아서는 둘 중 아무거나 집어들었다. 한 장의 종이를 두 번 접어 만든 네 개의 칸에 편지가 적혀 있었다.

"친애하는 샤푸르지," 그는 읽기 시작했다. "우리가 목사(그레이트 웨얼리의 치욕)에 대한 박해를 검토하기로 했다는 점을 대단히 기쁘게 알리는 바이다!!!!" 나쁘지 않은 글씨체로군, 하고 그는 생각했다. 또박또박하진 않지만. "……세 번 저주받은 너의 집으로부터 100마일이 안 되는 거리에 어떤 정신병원이 하나 있다…… 그리고 네가 강력한 의사표명을 하려고 한다면 넌 강제로 거기 들어가게 될 것이다." 지금까지 철자법 오류는 눈에 띄지 않았다. "난 기회가 닿는 대로 너와 샬럿의 이름으로 가장 끔찍한 엽서들을 닥치는 대로 보낼 것이다." 샬럿은 아마 목사의 아내인 모양이었다. "너와 브룩스에 대한 복수로……" 브룩스라는 이름은 이미 조사를 끝낸 아서에게 낯설지 않았다. "……그는 아내의 빚을 책임지지 않으리라는 내용의 편지를 그의 이름으로 배달꾼에게 보냈다…… 네가 굳이 미친 짓을 하지 않아도 그들이 너를 체포하리라는 건 기정사실이라는 점을 반복한다." 그리고 조롱 어린 작별의 인사가 네 줄로 이어지고 있었다.

당신들에게 메리 크리스마스 해피 뉴 이어

나는 언제나

너희들의 사탄이다

하나님의 사탄이다

"가시가 돋쳐 있네요." 아서 경이 말했다.

"뭐가요?"

"사탄이라는 작자 말입니다."

"그렇소." 목사가 말했다. "편지를 많이도 보내옵니다."

아서는 몇 통의 편지를 더 살펴보았다. 그는 익명의 편지에 대해 듣기도 했고, 언론에 인용된 몇몇 구절을 읽은 적도 있었다. 그때는 유치한 장난질이라 생각했다. 하지만 편지를 받은 당사자 옆에서 직접 손에 들고 읽는 것은 분명 다른 경험이었다. 첫 번째 편지에는 목사 아내의 세례명에 대해 유치하게 이죽거리는 내용이 담겨 있었다. 편지는 미친 사람이 쓴 것처럼 보였다. 그러나 미친 것 같기는 해도 사악한 증오와 정신 나간 계획을 명명백백하게 표현할 수 있는 사람의 소행인 듯했다. 아서는 에들지 가족이 밤마다 문을 잠갔던 이유를 이해할 수 있었다.

"메리 크리스마스라." 아서는 못 믿겠다는 듯 소리를 내어 읽었다. “그런데 혹시 이런 사악한 편지를 썼을 법하다고 의심 가는 사람은 없습니까?”

“의심 가는 사람이라고요? 아무도 없소.”

“해고된 하녀는 어떻습니까?”

“그녀는 오래전에 이 동네를 떠났소.”

“그녀의 가족은요?”

“그녀의 가족은 제대로 된 사람들이오. 아서 경, 짐작하시겠지만 우리도 처음에는 그렇게 생각하기도 했소. 하지만 난 아무도 의심하지 않습니다. 가십이나 소문은 듣지 않아요. 그런다고 무슨 도움이 되겠소? 내 아들도 가십과 소문 때문에 구속되지 않았습니까. 그애가 당한 일을 다른 사람도 겪지 않기를 바랄 뿐이오.”

“범인이 아닌 다른 사람들이 그런 일을 겪어서는 안 되겠죠.”

“그렇소.”

“그리고 브룩스는 잡화상 겸 철물상 아닙니까?”

“그렇소. 그 역시 한동안 협박편지를 받았소. 그는 우리보다 냉정하게 대응했소. 아니면 더 나태하게 대응했다고 할 수도 있겠지. 아무튼 그는 경찰서에 갈 생각이 없었소. 그의 아들과 다른 소년 하나가 연루되어 기차에서 일어난 사건이 하나 있었습니다. 브룩스는 우리와 함께 나서려 하지 않았소. 이 동네에서는 경찰을 별로 존중하지 않는다는 점을 말씀드려야겠소. 이 동네에서 경찰을 가장 신뢰하는 축에 속하는 사람들이 우리 가족이라니, 역설이 아닐 수 없군요.”

"지서장은 제외하고요."

"그의 태도는 상당히…… 비협조적이었지요."

"에들지 씨,—아서는 발음에 특별히 신경을 썼다-전 원인을 밝히고자 합니다. 사건이 시작된 바로 그 순간부터 살펴볼 생각이죠. 여기 오신 이후로 직접적인 방식이 아닌 다른 유형의 적대적 괴롭힘에 시달리신 적이 있습니까?"

목사는 모르겠다는 표정으로 아내를 돌아보았다. "선거 때 그랬죠." 그녀가 대답했다.

"그렇소. 사실이오. 한 번 이상 교실을 정치 모임에 빌려준 적이 있습니다. 자유주의자들이 회합장소를 찾는 데 곤란을 겪고 있었소. 나 역시 자유주의자입니다…… 한데 보수적인 교구인들 사이에서 불평이 좀 있었소."

"혹시 그들이 불평 이상의 행동을 보이지는 않았나요?"

"한두 사람이 세인트 마크 교회에 발길을 끊었소. 그건 사실이오."

"그리고 선생님께서는 계속해서 공간을 빌려주셨고요?"

"그렇소. 하지만 난 과장하고 싶지 않아요. 불평했던 사람들이 강한 어조로 항의하기는 했지만, 그렇다고 난폭하게 나오지도 않았소. 그들의 태도는 위협적이라고는 할 수 없었소."

아서 경은 자신을 연민하는 일 없이 사실을 과장하지 않고 정확히 말하는 목사에게 존경을 품었다. 조지에게서도 엿보인 자질이었다. "앤슨 지서장도 그 일과 관련이 있습니까?"

"앤슨이라고요? 아니오, 그 일은 앤슨 지서장하고는 관계없는 작은 동네 일이었소. 그는 나중에야 관련 있게 되었지. 당신이 볼 수 있도록 그의 편지도 파일에 넣어두었소."

아서는 1903년 8월부터 10월까지 에들지 가족에게 일어났던 일들을 살펴보았다. 그는 일관성이 떨어진다거나, 간과된 사항이나 모순적인 증거가 있는지 특히 주의를 기울였다. "다시 생각해보면 선생님께서 캠벨 경위와 그의 수하들에게 수색영장을 가지고 다시 오라고 말씀하시지 않았던 게 유감입니다. 그러셨다면 그들이 돌아올 때까지 변호사의 도움을 받으며 대비할 시간을 벌 수 있었을 텐데요."

"그건 범죄를 저지른 사람들이 할 법한 행동이라고 생각했소. 우리에겐 숨길 것이 없었소. 우리는 조지가 결백하다는 걸 알고 있었소. 경찰이 우리 집을 신속히 수색해야 그들이 진짜 용의자를 찾아나서는 것도 빨라질 거라고 생각했소. 캠벨 경위와 그의 부하들은 매우 적절하게 처신했소."

항상 그렇지는 않았지, 아서는 생각했다. 아서에게는 이 사건에서 경찰 출동과 관련해 이해되지 않는 부분이 있었다.

"아서 경," 호리호리한 체격에 백발의 에들지 부인이 낮은 목소리로 입을 열었다. "저도 두 가지를 말씀드리고 싶네요. 먼저, 이곳에서 스코틀랜드 억양을 들으니 무척 반갑군요. 하시는 말씀을 들으니 에든버러 출신이신 듯하군요."

"정확하십니다, 부인."

"그리고 두 번째는 제 아들에 관한 말씀입니다. 조지를 만나셨죠."

"전 조지에게서 좋은 인상을 받았습니다. 루이스와 포틀랜드에서 3년을 복역하고도 정신적으로나 신체적으로나 그토록 강건하게 남을 수 있는 사람은 많지 않다고 생각합니다. 부인께서도 아드님을 자랑스러워하시겠죠."

에들지 부인은 이 칭찬을 듣고 짧게 미소를 지었다. "조지가 바라는 바는 무엇보다도 다시 사무변호사로 일할 수 있게 되는 거예요. 그것만을 바라고 있죠. 그애는 감옥에서보다 지금이 더 힘들지도 모릅니다. 감옥에서는 상황이 분명하기라도 했으니까요. 그애는 지금 절망에 빠져 있어요. 사무변호사협회는 오명을 씻기 전까지는 그애를 다시 인명부에 등재할 수 없다고 하네요."

아서에게 상냥한 스코틀랜드 억양을 구사하는 나이 든 여성의 호소만큼 효과적인 것은 없었다.

"믿어주십시오, 부인. 전 엄청난 소음을 일으킬 계획입니다. 한바탕 난리가 날 거예요. 그렇게 소란이 몰아치고 난 다음에 침대에서 쿨쿨 자고 있을 사람은 몇 되지 않을 겁니다."

그러나 에들지 부인은 다른 생각을 하는 듯 보였다. "저도 그렇게 되기를 기대합니다, 아서 경. 그리고 당신에게 감사를 드립니다. 하지만 좀 다른 말씀을 드려야겠군요. 이미 관찰하셨다시피 조지는 회복력이 있는 아이입니다. 솔직히 그애의 회복력에 저희 둘 다 놀랐답니다. 우린 그애가 약해졌을 거라고 생각했어요. 그애는 불의에 맞서기로 결심했죠. 하지만 그게 그애가 원하는 전부예요. 그애는 주목의 대상이 되길 바라지 않아요. 어떤 대의명분을 떠맡고자 하는 게 아니에요. 그애는 어떤 대표자가 되기를 바라지 않습니다. 그저 다시 일하고 싶은 것뿐이죠. 그애는 평범한 삶을 원해요."

"오빠는 결혼하고 싶어해요." 내내 침묵을 지키던 딸이 끼어들었다.

"모드!" 꾸짖는다기보다는 놀란 목소리로 목사가 말했다. "어떻게 그애가? 대체 언제부터? 샬럿, 뭣 좀 알고 있었소?"

"아버지, 놀라지 마세요. 그러니까 제 말은, 오빠가 누구든 상관없이 결혼할 수만 있기를 바란다는 거예요."

"누구든 상관없이 결혼하기를 바란다라." 목사가 중얼거렸다. 목사는 특별한 손님을 바라보았다. "그게 가능하리라고 생각하십니까, 아서 경?"

"제 경우엔," 아서가 킬킬거리며 대답했다. "특정한 사람하고만 결혼했지요. 그게 제가 아는 유일하고도 추천할 만한 방식입니다."

"그렇다면," 이제야 목사는 처음으로 미소를 보였다. "조지가 누구든 상관 안 하고 결혼하게 두어선 안 되겠군요."

임페리얼 패밀리 호텔로 돌아온 아서와 그의 비서는 늦은 저녁을 들고 빈 흡연실로 향했다. 아서는 파이프에 불을 붙였고 싸구려 담배에 불을 붙이는 우드를 바라보았다.

"훌륭한 가족이야." 아서 경이 말했다. "겸손하고. 인상적이었어."

"그렇습니다."

아서는 에들지 부인의 말을 생각하며 갑자기 어떤 우려를 느졌다. 그들이 나타나는 바람에 에들지 가족이 또 다시 괴롭힘을 당하게 된다면? 사탄—'하나님의 사탄'—이라는 자는 여전히 펜과 정체를 알 수 없는 흉기를 날카롭게 갈고 있을 것이다. 하나님의 사탄이라. 도를 넘어선 종교에 대한 집착이 이토록 혐오스럽다니. 하루라도 빨리 편지를 보내온 자가 누구인지 밝혀야 했다.

"우디, 괜찮다면 자네를 대상으로 내 생각을 정리해도 될까." 그는 비서의 대답을 기다리지 않았다. 비서 역시 대답할 생각도 없었다. "현재 이 사건에는 내가 이해할 수 없는 세 가지가 있네. 아직 채워지지 않고 남아 있는 부분이지. 첫째는 어째서 앤슨이 조지 에들지를 지목했느냐는 것이네. 앤슨이 목사에게 쓴 편지, 자네도 봤지. 어린애를 징역형에 처하겠다고 협박하는 편지 말이야."

"봤죠."

"그는 저명인사야. 난 그를 조사해봤네. 그는 2대 리치필드 백작의 차남이지. 영국 포병연대에서 복무한 적이 있고, 1888년부터 지서장을 맡고 있네. 그런 사람이 왜 그 따위 편지를 썼을까?"

우드는 그저 목청만 가다듬을 뿐이었다.

"어떻게 생각하나?"

"전 수사관이 아닙니다, 아서 경. 다만 경께서 전에 하신 말씀은 기억하고 있습니다. 불가능한 것을 제거하고 남은 사실은, 전혀 그럴듯하게 보이지 않을지라도 사실이어야만 한다고 하셨죠."

"안타깝게도 내가 직접 한 말은 아니네. 하지만 내가 즐겨 인용한 말이기는 하지."

"아무튼 그래서 전 수사관이 될 수 없습니다. 누가 질문을 해오면 전 단지 명확한 답을 찾으려고 할 뿐이니까요."

"그렇다면 앤슨 지서장과 조지 에들지와 관련해서 자네의 명확한 답은 뭐지?"

"그가 유색인종을 싫어한다는 거죠."

"매우 명확한 사실이지, 앨프리드. 너무나 명확해서 이 사건과 따로 떼어놓고 생각할 수 없어. 한데 그는 잉글랜드의 신사이자 지서장이란 말이야."

"전 수사관이 아니라고 말씀드렸습니다."

"희망을 너무 빨리 버리지 말기로 하세. 자네가 두 번째 의문을 해결할지도 모르니까. 바로 이거야. 처음에 일어난 하녀 사건을 제외하면, 에들지 가족이 당한 괴롭힘은 두 시기로 구분될 수 있어. 첫 번째는 1892년부터 1896년 초까지 이어졌지. 거듭될수록 지독해지는 괴롭힘이었어. 그리고 갑자기 멈췄지. 7년 동안 아무 일도 없었고. 그런데 다시 시작된 거야. 첫 번째 말이 난자당한 건 1903년 2월이고. 어째서 이런 시간차가 있는지 이해할 수가 없네. 우드 수사관, 자네 의견은 어떤가?"

비서는 아서의 게임이 별로 마음에 들지 않았다. 이미 판이 짜여서 그로서는 지기만 하는 게임으로 보였기 때문이었다. "아마도 괴롭히던 사람이 거기 없었나보죠."

"거기가 어딘데?"

"웨얼리요."

"그는 어디로 갔을까?"

"멀리 갔겠죠."

"어디로?"

"모르죠, 아서 경. 감옥에 있었을지도 모르죠. 버밍엄에 가 있었을 수도 있고, 바다로 도망갔을 수도 있고요."

"설마 바다로 도망갔을라고. 그건 분명하네. 그랬다면 동네 사람들이 눈치를 챘겠지. 어떤 소문이 돌았을 수도 있고."

"에들지 가족은 소문을 듣지 않는다고 말했습니다."

"흠, 해리 찰스워스는 소문을 들을 수도 있지. 아무튼 내가 이 사건에서 이해할 수 없는 세 번째는 옷에 묻은 털일세. 우리가 여기서 빤한 사실을 제거할 수 있다면—"

"정말 감사하네요, 아서 경."

"오, 이런, 우디. 부디 기분 상해하지 말게.* 자네는 그런 말에 상처받을 필요가 없을 정도로 유능한 사람이야."

우드는 자신이 언제나 왓슨 박사라는 인물을 동정해왔다는 사실을 떠올렸다. "문제가 뭡니까, 아서 경?"

"문제는 이거야. 경찰은 목사관에서 조지의 옷을 조사했고, 털이 묻어 있다고 말했어. 목사와 아내, 그리고 딸도 옷을 조사

* 우디는 자신은 명확한 답(obvious answer) 외에는 찾을 수 없다고 말하고, 아서 경은 빤한 사실(the obvious)을 제외해야 한다고 말한다. 우디는 마음이 상했으나, 일단은 아서 경이 '우리'라는 말을 쓴 데 대해 감사하다고 하면서 그것을 에둘러 표현하고 있다.

했고, 그들은 털이 묻어 있지 않다고 말했지. 경찰의인 버터 박사—내 경험상 경찰의들은 누구보다도 양심적인 사람들이네—는 훼손된 탄광 조랑말의 털과 '길이, 색, 구조면에서 유사한' 29점의 털을 발견했다고 증언했지. 그러니 여기서 명백한 모순이 생기네. 에들지 가족은 조지를 보호하려고 위증했던 것일까? 배심원단에게는 그렇게 보였을 수도 있겠지. 조지는 소를 방목하는 들판 울타리에 기댔다가 털이 묻었을지도 모른다고 말했어. 배심원단이 그를 믿지 않았다고 해도 놀랍지는 않네. 조지의 말은 실제로 일어난 일에 대한 진술이 아니라 누군가가 당황해서 하는 진술처럼 들리지. 게다가 그의 가족들이 위증을 했을지도 모른다는 생각을 버릴 수가 없고. 조지의 옷에 털이 묻어 있었다면 그의 가족들도 그 털을 봤겠지, 안 그런가?"

우드는 시간을 들여 아서의 질문을 숙고했다. 아서 경에게 고용된 이후로 그는 늘 새로운 업무에 적응해야 했다. 비서, 조수, 서명 위조자, 운전수, 골프 상대, 당구 상대를 거친 그는 이제 아서 경의 생각을 정리하는 대상이자 명확한 답변을 제공해주는 사람이 되어야 했다. 한편으로는 늘 바보가 될 준비를 해야 하는 사람이기도 했다. 뭐, 바보가 되기로 하자. "에들지 가족이 봤을 때 털이 묻어 있지 않았다면……."

"그래……."

"그리고 조지가 울타리 문에 기댄 적이 없었으므로 옷에 애초부터 털이 묻어 있지 않았더라면……."

"그래……."

"그러면 분명 그후에 어디선가 묻었겠죠."

"그후라니?"

"목사관에서 옷이 반출되고 나서요."

"자네 말은 버터 박사가 옷에 털을 묻혔다는 건가?"

"아뇨, 전 모르죠. 하지만 경께서 명확한 답을 요구하신다면, 털이 그후에 옷에 묻었을 거라고 말씀드릴 수밖에요. 만약 그렇다면 경찰이, 뭐 경관들 중 몇 사람이 거짓말을 하는 거겠죠."

"불가능한 이야기는 아니네. 앨프리드, 자네는 틀리지 않았네. 본질적으로는. 내가 장담하지."

칭찬이로군, 우드는 생각했다. 왓슨 박사가 이런 칭찬을 들었다면 기뻐했을지도 모른다.

다음날, 그들은 위장에는 신경을 덜 쓰면서 웨얼리로 돌아가 우유를 짜고 있던 해리 찰스워스를 찾아갔다. 그들은 발에 진흙이 쩍쩍 달라붙는 가운데 소 떼를 지나 농장 뒤편의 작은 사무실로 갔다. 그곳에는 곧 망가질 것 같은 의자 세 개와 작은 책상, 진흙투성이의 라피아 매트, 그리고 아직도 지난달을 가리키고 있는 벽걸이용 달력이 있었다. 금발에 정직한 인상을 지닌 해리는 갑자기 사람들이 찾아오는 바람에 방해 받은 것이 외려 반가운 듯했다.

"그래서 조지 때문에 오신 건가요?"

아서는 우드를 돌아보았다. 우드는 자기 탓이 아니라는 듯 고개를 저었다.

"어떻게 아셨죠?"

"어젯밤 목사관에 가시지 않았나요?"

"우리가요?"

"뭐, 모르긴 해도 낯선 사람 둘이 어둠이 내린 뒤 목사관에 가는 모습이 보였다고 하더군요. 그들 중 한 사람은 키가 큰 신사로 콧수염을 가리려고 머플러를 잔뜩 감고 있었고, 키가 작은 다른 한 사람은 중산모를 쓰고 있었다던데요."

"세상에." 아서가 말했다. 이렇게 될 줄 알았다면 연극의상 대여소에 갔어야 했는데.

"그런데 똑같은 인상착의의 신사 두 분이 이렇게 오셨네요. 비록 어제보다는 위장에 덜 신경을 쓰신 것 같기는 하지만. 은밀하게 절 보러 오실 생각이셨겠지만, 이렇게 빨리 들통이 나셨군요." 해리 찰스워스는 대단히 즐거워하고 있었다. 또한 그는 옛일을 떠올리며 행복해했다.

"네, 우리는 어렸을 때 같은 학교에 다녔어요. 조지는 항상 매우 조용했어요. 한 번도 문제를 일으키지 않았죠. 우리 같은 아이들과는 달랐어요. 똑똑하기도 했어요. 저보다 똑똑했죠. 저도 그때는 영리했거든요. 지금은 아니라는 걸 아시겠지만. 종일 소 등짝이나 바라보고 있는데 어떻게 머리가 좋을 수 있겠어요."

아서는 해리 찰스워스의 조잡한 자서전 같은 건 들을 생각이 없었다. "그런데 조지를 싫어하는 아이들이 있었습니까? 예를 들면 피부색 때문에 그를 싫어하는 아이들이 있었나요?"

해리는 한동안 이 질문을 두고 생각에 잠겼다. "제가 기억하는 한에서는 없었어요. 하지만 아이들이 어떤지는 아시죠. 아이들에게는 어른들과는 다른 호오의 기준이 있어요. 그리고 그 기준은 달마다 달라지죠. 애들이 조지를 싫어했다면, 그건 아마도 조지가 똑똑해서였을 거예요. 아니면 아버지가 목사님이기 때문이었을 수도 있고, 애들이 좋아하는 것들을 조지가 좋아하지 않아서였을 수도 있고, 조지가 근시여서였을 수도 있어요. 선생님은 조지가 칠판을 볼 수 있도록 앞자리에 앉혔어요. 그래서 선생님이 조지를 편애한다고 생각했을 수도 있죠. 조지가 유색인종이 아니었다고 하더라도 그애를 싫어할 이유는 얼마든지 있었어요."

해리는 웨얼리에서 벌어진 잔학 행위를 단순하게 분석했다. 조지를 기소한 일은 어리석었다. 경찰은 어리석었다. 무엇보다도 수수께끼의 대장이 이끄는 수수께끼의 갱단이 야밤에 활개치고 다닌다는 생각이 가장 어리석었다.

"해리, 우리는 그런 포병을 만나야 합니다. 실제로 말을 훼손했다고 인정한 유일한 사람이거든요."

"긴 여행을 좋아하시나보네요."

"긴 여행이라니요?"

"아, 모르셨겠군요. 해리 그린은 재판이 끝나고 몇 주도 안 되어 티켓을 사서 남아프리카로 갔어요. 뭐, 왕복티켓은 아니었죠."

"재미있네요. 누가 티켓 값을 댔는지 아십니까?"

"해리 그린은 아니에요. 그건 확실해요. 그가 위험에서 멀리 떨어지기를 바라는 사람이었겠죠."

"경찰일까요?"

"가능해요. 그의 존재를 달가워하지 않는 사람들이 제법 있었으니까요. 그는 진술을 번복했어요. 자기는 말을 훼손한 적이 한 번도 없고, 경찰이 억지로 그렇게 말하라고 시켰다는 거였죠."

"그렇군요, 세상에. 우디, 자네는 어떻게 생각하나?"

우드는 고분고분하게 빤한 답변을 내놓았다. "글쎄요, 그는 처음부터 거짓말을 했거나, 재판이 끝난 후에 거짓말을 한 것 같은데요. 아니면," 그는 장난스럽게 덧붙였다. "둘 다도 가능하고요."

"해리, 그린 씨가 남아프리카로 간 아들의 주소를 알고 있는지 알아봐주시겠습니까?"

"노력해보겠습니다."

"그리고 한 가지 더 묻지요. 그린이 한 짓이 아니라면 누가 한 짓인지에 대한 소문은 웨얼리에 없었습니까?"

"소문은 늘 있죠. 하지만 대부분 들을 가치도 없는 소문들이에요. 제가 말씀드릴 수 있는 건, 범인이 동물을 다룰 줄 아는 사람이어야 한다는 겁니다. 말이나 양, 소에게 무작정 다가가서 '사랑스러운 짐승아, 내가 네 창자를 꺼내는 동안 가만히 있어라' 이럴 수는 없잖습니까. 조지 에들지가 제 일터에 찾아와 소 젖을 짜는 모습을 한번 보고 싶네요……." 해리는 그 장면을 상상하며 혼자 짧게 즐거워했다. "소 밑에 의자를 갖다놓기도 전에 뒷발에 차이거나 소똥을 밟고 미끄러질 거예요."

아서가 고개를 숙였다. "해리, 당신의 친구이자 옛 급우의 오명을 씻는 일입니다. 우리를 도와주실 수 있겠습니까?"

아서는 낮은 목소리와 구슬리는 어조로 이렇게 말했다. 하지만 해리는 다소 미심쩍다는 반응을 보였다. "솔직히 제 친구는 아니었어요." 그러더니 그의 얼굴이 일순 밝아졌다. "하지만 물론이죠, 목장에서 잠깐 벗어날 수 있겠네요……."

해리 찰스워스가 이보다는 기사도적 정신의 소유자일 거라고 생각했던 아서는 실망하지 않기로 했다. 수당과 비용 문제가 결정되자 새로 사설탐정 조수를 맡게 된 해리는 그들에게 조지가 3년 반 전의 비가 몰아치는 8월 저녁에 갔을 법한 길을 그들에게 보여주었다. 그들은 들판을 가로질러 담장을 넘고, 울타리 틈을 비집고 들어가고, 철로 밑 지하보도를 건너고, 또 다른 담장을 넘고, 또 다른 들판을 지나고, 용감하게도 가시로 뒤덮인 울타리를 넘고, 또 다른 방목장을 지나 마침내 탄광이 있는 들판에 들어섰다. 대략 3.25마일쯤 온 듯했다.

우드가 회중시계를 꺼냈다. "18분 30초네요."

"그리고 우리는 건장한 사람들이고." 아서가 신발에 묻은 진흙을 닦고 외투에 묻은 가시들을 털어내면서 말했다. "그리고 지금은 한낮이고, 비도 안 오고. 우리는 시력도 좋지."

목장으로 돌아온 아서는 해리에게 수당을 건네고 인근에서 일반적으로 일어나는 범죄의 유형에 대해 물었다. 듣기에는 평범했다. 가축절도, 공공주취, 건초더미 방화가 대부분이었다. 농장의 가축들을 훼손하는 일 말고 다른 폭력사건이 있었느냐고 묻자, 해리는 조지에게 형이 선고된 시기 전후로 뭔가 사건이 있었던 것 같다고 말했다. 칼을 든 두 사내가 한 어머니와 어린 딸을 공격한 적이 있다는 것이었다. 약간 시끄러워지기는 했지만 법정까지 가지는 않았다고 했다. 해리는 기꺼이 이 사건을 다시 조사해보기로 했다.

그들은 악수를 교환했다. 해리는 잡화점이자 포목점이자 우체국으로도 사용되는 철물점까지 아서와 우드를 데려다주었다.

윌리엄 브룩스는 대머리와 대조적인 균형을 이루는 흰 덤불 같은 수염을 지닌 작고 통통한 사내로, 세월의 때가 묻은 녹색 앞치마를 두르고 있었다. 그는 그들을 크게 반기지는 않았지만, 그렇다고 미심쩍은 눈길을 던지지도 않았다. 그가 그들을 뒤쪽 창고로 데려가려고 했을 때, 아서 경은 비서를 쿡 찌르며 진흙 제거용 칼이 급히 필요하다고 말했다. 그는 여러 종류의 진흙 제거용 칼에 대단한 흥미가 있는 것처럼 행동했고, 지불과 포장이 종료되었을 때야 그들이 철물상을 찾아온 진짜 이유가 방금 생각났다는 것처럼 굴었다.

창고에서 브룩스가 혼잣말을 중얼거리며 서랍을 오래도록 뒤적거리는 동안, 아서 경은 문제를 더욱 신속하게 처리할 수 있도록 아연도금용 통이나 대걸레 몇 자루라도 더 사야 하는 게 아닐까 궁금해했다. 하지만 철물상은 결국 엉망으로 구겨진 노끈으로 묶은 편지 꾸러미를 꺼내놓았다. 아서는 즉시 편지지를 알아볼 수 있었다. 목사관으로 보내진 편지지와 똑같은 싸구려 공책에서 찢어낸 종이였다.

브룩스는 할 수 있는 한 최선을 다해 몇 년 전 날아들었던 협박편지와 얽힌 일들을 기억해내려고 했다. 편지에는 그의 아들

프레더릭과 다른 한 소년이 월솔 기차역에서 노부인에게 침을 뱉었으니 아들이 기소되는 일을 피하려면 우체국에서 돈을 좀 보내라는 내용이 적혀 있었다고 했다.

“아무런 대응도 안 하셨나요?”

“물론이죠. 편지를 한번 직접 보세요. 필체를 보시라고요. 순 장난질이에요.”

“돈도 안 보내셨죠?”

“네.”

“경찰에 갈 생각은 안 하셨나요?”

브룩스는 경멸조로 뺨을 부풀렸다. “한 번도요. 단 한순간도 안 해봤죠. 전 그냥 편지를 무시했어요. 그런데 목사는 난리법석을 피웠죠. 그렇게 불평을 늘어놓고 지서장에게 편지를 써대서 그분이 얻은 게 뭡니까? 상황을 악화시켰을 뿐이죠, 안 그래요? 아들이 감옥까지 갔잖아요. 그분을 탓하는 게 아닙니다. 이해하세요, 그냥 그분이 이 마을을 전혀 이해하지 못했다는 말입니다. 그분은 너무…… 딱딱하게 굴었어요. 무슨 말인지 아시겠죠.”

아서는 아무 대꾸도 하지 않고 다음 질문으로 넘어갔다. “그런데 당신은 협박편지를 쓴 자가 어째서 아드님과 다른 한 소년을 선택했다고 생각하십니까?”

브룩스는 다시 뺨을 부풀렸다. “오래된 일이에요, 선생님. 말씀드렸다시피. 한 10년 됐나? 더 오래됐을 수도 있고요. 제 아들에게 물어보시죠. 그애도 이젠 다 컸으니.”

“다른 한 소년이 누구였는지는 혹시 기억하십니까?”

"제가 기억할 필요가 있나요."

"아드님은 아직도 이 동네에 삽니까?"

"프레드요? 아뇨, 오래전에 떴죠. 지금은 버밍엄에 살아요. 운하에서 일하죠. 가게를 물려받을 생각이 없는 것 같아요." 철물상은 말을 멈추더니, 갑자기 분노의 한마디를 내뱉었다. "쌍놈의 자식."

"그러면 아드님 주소를 갖고 계신가요?"

"아마도요. 그런데 진흙칼 말고 또 필요한 건 없으십니까?"

버밍엄으로 가는 기차에서 아서의 기분은 눈에 띄게 좋아 보였다. 그는 우드 옆에 놓인 세 개의 꾸러미—각각 기름을 먹인 갈색종이에 싸여 끈으로 묶인—에 연신 눈길을 주며 미소를 지었다.

"자네는 오늘 한 일을 어떻게 생각하나, 앨프리드?"

어떻게 생각하냐고? 여기서 명확한 답변은 뭐지? 아니, 사실대로 대답하려면 어떻게 해야 하지? "정말로 솔직히 말씀드리면, 전 우리가 오늘 별 소득이 없었다고 생각합니다."

"아냐, 별 소득이 없기는. 우린 적어도 한 가지에 대해서는 알아낸 것이 많잖아. 게다가 우리에겐 정말로 진흙칼이 필요했고."

"우리가요? 언더쇼에도 진흙칼이 있는 걸로 아는데요."

"그렇게 삐딱하게 굴지 말게, 우디. 집에 진흙칼이 많아서 나쁠 게 뭔가. 나중에 우린 오늘 산 진흙칼을 '에들지 진흙칼'로 기억하게 될 거고, 장화에서 진흙을 긁어낼 때마다 오늘의 모험을 떠올리게 될 거야."

"그렇게 말씀하신다면야."

아서는 우드의 기분은 아랑곳하지 않고 지나가는 들판과 생울타리들을 응시했다. 그는 이 기차에 올라 메이슨 칼리지로, 그 다음에는 생스터, 비커리&스파이트로, 그다음에는 뉴홀 스트리트의 사무실로 향하는 조지 에들지를 떠올려보려고 했다. 그는 그레이트 웨얼리 마을에서 시골길을 걸어 장화공에게 가거나 브룩스를 찾아가 상의하는 조지 에들지를 상상해보려고 했다. 말주변도 좋고 옷차림도 말쑥하긴 했지만 조지 에들지는 하인드헤드에서도 유별나게 받아들여질 게 분명했고, 스태퍼드셔 시골구석에서는 분명 더 그러할 것이다. 빛나는 두뇌와 침착한 성정을 지닌 그는 분명 존중받을 만한 인물이었다. 하지만 슬쩍 보았을 때는, 특히 제대로 된 교육을 받지 못한 농부나 시골 촌뜨기 순경, 편협한 태도의 배심원들, 혹은 사계법정의 자격 없는 의장의 눈에는 갈색 피부와 눈의 기이한 특징 외에는 아무것도 보이지 않을 것이다. 그는 이상하게 보일 수 있었다. 그리고 한 번 누군가를 이상하게 보기 시작하면, 무지몽매한 마을 사람들은 논리적으로 생각할 것도 없이 그가 모든 사건의 주범이라고 확신하게 될 터였다.

그리고 일단 이유—진실한 이유—가 잊히면, 그것을 잊어버린 사람들에게는 아예 완전히 잊히는 게 편하다. 한 사람이 착한 것도 잘못이고, 자기절제에 뛰어난 것도 계략을 잘 꾸미기 때문이다. 그렇게 해서 그다지 건장하지도 않고 박쥐처럼 시력이 나쁜, 존경받을 만한 변호사가 한밤중에 임시경관 스무 명의 감시를 따돌리고 들판을 가로질러 훼손된 짐승의 피를 뒤집어쓸 만한 인물로 여겨지게 된 것이다. 도저히 논리적이라고 볼 수 없는 판단이다. 아서는 이렇게 된 까닭이 채링 크로스의 그랜드 호텔 로비에서 그가 즉각적으로 알아차렸던 바와 같이 조지의 시력에 결함이 있기 때문이라고 생각했다. 그래서 아서는 조지가 무죄라는 것을 확신할 수 있었지만, 같은 이유로 조지는 희생양이 될 수밖에 없었던 것이었다.

버밍엄에서 그들은 운하 근처에 위치한 프레더릭 브룩스의 집을 찾아갔다. 그는 런던 분위기를 물씬 풍기는 두 신사를 맞아들였다. 키가 작은 신사가 팔에 끼고 있는 세 개의 꾸러미를 알아본 그는 정보에 대한 대가로 반 크라운을 요구했다. 토박이들의 방식에 익숙해진 아서 경은 답변의 가치에 따라 1실링 3펜스에서 2실링 6펜스까지 차등적으로 대가를 지불하겠다고 제안했다. 브룩스는 동의했다.

그는 옛 친구의 이름이 프레드 윈이라고 밝혔다. 프레드 윈은 웨얼리에서 배관공 겸 가스 설치공으로 일하는 사람의 친척일 거라고 했다. 아마 조카이거나 6촌 형제쯤일 터였다. 그는 두 정거장 떨어진 곳에 살았던 윈과 월솔 학교에 함께 다녔다. 하지만 이제는 그와 연락하지 않았다. 그들이 한 노부인에게 침을 뱉었다는 몇 년 전 편지의 내용에 대해서는, 당시 객차 유리창을 깼던 아이가 한 짓이며, 그 아이가 자기가 한 짓을 그들 탓으로 돌렸다고 확신했다. 그들은 철도회사 직원에게 그 아이가 한 짓이라고 일렀고, 직원들은 세 아이를 조사했다고 했다. 윈의 아버지와 브룩스의 아버지도 마찬가지였다. 하지만 누구의 말이 사실인지 알 수 없었던 그들은 결국 모두에게 경고를 주고 끝냈다. 다른 아이의 이름은 스펙으로, 웨얼리 근처 어딘가에 살았다. 하지만 브룩스는 지난 몇 년 동안 그를 보지 못했고, 따라서 그가 지금도 웨얼리에 살고 있는지는 알 수 없다고 했다.

아서는 브룩스의 말들을 전부 은제 샤프펜슬로 기록했다. 그는 브룩스의 정보에 2실링 3펜스의 가치가 있다고 판단했다. 프레더릭 브룩스는 토를 달지 않았다.

임페리얼 패밀리 호텔로 돌아온 아서에게 진이 보낸 쪽지가 도착했다.

사랑하는 아서,

당신의 흥미진진한 조사가 어떻게 진행되고 있는지 궁금해서 쪽지를 씁니다. 저도 증거를 수집하고 탐문조사를 벌이는 당신 곁에 있다면 좋겠네요. 당신이 하시는 모든 일들은 제게 제 인생만큼이나 중요해요. 당신이 그립지만, 당신이 젊은 친구를 위해 무엇을 찾고 있을까 생각하노라니 즐거워요. 무엇을 발견하셨는지 속히 알려주세요.

당신을 사랑하는 진

아서는 깜짝 놀랐다. 연애편지라고 하기에는 너무 할 말만 하는 듯 보였다. 연애편지라고 할 수 없을지도 모른다. 아니, 물론 연애편지이긴 했지만 조금 달랐다. 뭐, 진도 다른 여자들과는 달랐으니까. 그가 전에 알았던 그 어떤 여자들과도. 그녀를 만난 지 10년이 지났지만, 그녀는 여전히 그를 놀라게 했다. 그는 그녀가 자랑스러웠고, 그녀를 놀라워하는 자신도 자랑스러웠다.

나중에 그날 밤 마지막으로 아서가 쪽지를 다시 읽어보는 동안, 앨프리드 우드는 더 높은 층의 더 낮은 객실에서 잠들지 않고 누워 있었다. 테이블 위에 교활한 철물상이 억지로 팔아넘긴 세 개의 꾸러미가 어둠 속에서 희미하게 눈에 들어왔다. 브룩스는 아서 경에게 자신이 소유한 익명의 편지들을 빌려가려면 '보증금'을 내라고 요구했다. 기차 안에서 고용주가 부루퉁하게 자신을 비난할 게 분명했으므로, 우드는 그때나 나중에나 아무 말도 하지 않았다.

오늘 그의 역할은 탐정 보조였다. 그는 아서 경의 동지이자 거의 친구와도 같은 존재였다. 저녁을 먹고 호텔에서 당구를 치는 동안 경쟁심은 그들 둘을 거의 대등한 위치로 올려놓았다. 하지만 내일이면 그는 다시 비서이자 대필자라는 일반적인 위치로 돌아가서 여자 속기사처럼 그의 독재에 따라야 할 것이다. 날마다 바뀌는 다양한 업무 때문에 괴롭지는 않았다. 그는 고용주가 원하는 바에 따라 성실하고 유능하게 헌신했다. 아서 경이 원하는 것이 명확한 답변이면, 그는 고용주가 원하는 답변을 내놓았다. 아서 경이 명확한 답변을 원하지 않으면 그는 침묵했다.

한편 그는 명확한 것을 보지 말아야 하기도 했다. 로비에 나타난 그들에게 호텔 직원이 헐레벌떡 달려와 쪽지를 건넸을 때, 그는 떨리는 손으로 쪽지를 받아 학생처럼 주머니에 푹 찔러넣던 아서 경을 못 본 것이다. 그는 저녁식사 전에 방에서 혼자 쪽지를 읽고자 하는 고용주의 갈망도, 혹은 식사 내내 내비친 즐거움도 못 본 것이다. 아무것도 보지 않으면서 관찰하기, 이는 중요한 직업적 능력이었다. 그리고 해가 갈수록 그의 이런 능력은 점점 더 유용해졌다.

레키 양에게 적응하려면 다소 시간이 필요하겠다고 그는 생각했다. 12개월 후에도 그녀가 처녀적 이름을 그대로 쓰지는 않을 것 같았다. 그는 첫 번째 레이디 코난 도일과 마찬가지로 두 번째 레이디 코난 도일 역시 성심껏 보필할 것이다. 물론 그럴 마음이 곧바로 들지는 않겠지만. 그는 진 레키가 썩 마음에 들지는 않는다고 생각했다. 물론 중요한 건 아니었다. 학교 선생이라고 해서 교장의 부인까지 마음에 들어야 할 필요는 없으니까. 그리고 누가 그의 의견을 묻지도 않을 것이다. 따라서 이는 문제가 아니었다. 하지만 지난 8, 9년 동안 그녀가 종종 언더쇼를 찾을 때마다 그는 그녀가 작은 실수라도 하나 저지르지 않을지 줄곧 지켜보았다. 그녀는 언젠가부터 아서가 제대로 생활하기 위해서는 우드라는 존재가 꼭 필요하다는 사실을 알게 되었고, 그때부터 그를 상냥하게 대하기 시작했다. 그녀는 그의 팔에 손을 얹으며 아서 경을 흉내 내어 그를 우디라고 부르기까지 했다. 그는 그녀와 그 정도로 친밀한 사이는 아니라고 생각했다. 돌이켜 생각해봐도, 도일 부인조차 그를 우디라고 부른 적은 한 번도 없었다. 레키 양은 항상 자연스럽게 행동하려고 했다. 본능적인 따뜻함을 억제하기가 힘든 기색이 역력할 때도. 하지만 이는 우드에게 일종의 교태로만 보였다. 아서 경은 그걸 그런 방식으로 보지 않으리라는 데 그는 내기라도 걸 수 있었다. 그의 고용주는 골프 게임도 일종의 교태라고 즐겨 말했다. 우드의 눈에는 골프가 대부분의 여자들보다 훨씬 더 솔직해 보이긴 했지만.

아무튼 그건 별일 아니었다. 아서 경이 원하는 것을 얻는다면 진 레키도 그럴 것이다. 그들은 다시 행복해질 것이고, 그러면 나쁠 것도 없었다. 하지만 앨프리드 우드는 자신은 결코 결혼하지 않으리라는 점에 안도했다. 그는 위생적인 부분을 제외하면 당최 결혼의 이득이 무엇인지를 알 수 없었다. 진실한 여인과 결혼하면 곧 질리기 시작한다. 요부인 여인과 결혼하면 그녀에게 놀아나고 만다. 그가 보기에 남자들에겐 이런 두 가지 선택밖에 없는 듯했다.

아서 경은 가끔 그가 분위기를 탄다며 이죽거렸다. 하지만 그는 자신이 단지 말이 없어질 뿐이라고 생각했다. 그러면서 명확한 생각들을 하는 것이라고 생각했다. 예를 들어, 그는 도일 부인을 생각하며 침묵에 잠겼다. 사우스시에서는 행복하게, 런던에서는 바쁘게, 그리고 마지막에는 길고 슬픈 나날들을 보냈던 도일 부인을. 그는 미래의 레이디 코난 도일도 생각했다. 그녀가 아서 경과 집안에 미칠 영향력에 대해. 그는 킹즐리와 메리에 대해서도 생각했다. 그애들이 평범치 않은 계모에 대해 어떻게 반응할지에 대해. 이미 아버지의 남자다운 성격을 보이기 시작한 킹즐리는 분명 별 문제가 없을 것이다. 하지만 공상에 잠기길 좋아하는 다루기 힘든 소녀인 메리는 약간 걱정스러웠다.

뭐, 오늘 밤은 이걸로 됐다고 우드는 생각했다. 아, 한 가지가 남았다. 그는 내일 아침 어쩌면 진흙칼과 다른 꾸러미들을 어쩌다가 두고 올지도 모르겠다고 생각했다.

언더쇼로 돌아온 아서는 다시 서재에 틀어박혔다. 그는 파이프에 담배를 채우고 전략을 짜기 시작했다. 두 가지 장기적인 계획이 필요하다는 건 분명했다. 첫 번째 계획은 조지 에들지의 결백을 밝히는 것이었다. 오해의 소지가 있는 증거들로 인해 그에게 잘못된 선고가 내려졌다는 것뿐 아니라, 그가 전적으로 무죄라는 점을 밝혀야 했다. 두 번째 계획은 진짜 용의자를 밝혀내어 내무성이 잘못을 시인하고 진범에게 유죄를 선고하는 것이었다.

작업에 착수하면서 아서는 친근한 감정을 느꼈다. 새 책을 시작하는 기분이었다. 하나의 이야기를 생각해냈지만 아직 그것이 완벽하게 구성되지 않았을 때의 기분, 대부분의 인물들을 생각해냈지만 아직 그들이 완전하게 다듬어지지 않았을 때의 기분, 이야기의 연결고리들이 전부 다 만들어지지 않았을 때의 기분이었다. 아서에게 이야기의 시작과 결말은 결정되어 있었다. 동시에 그의 머릿속은 대단히 많은 요소들을 담고 있어야 했다. 어떤 요소는 유동적이고, 어떤 요소는 정적이며, 또 어떤 요소는 대단히 빠르게 변화해서 이런 요소들을 제대로 다루려면 정신적인 에너지를 모조리 쏟아부어야 했다. 아무튼 이는 아서에게 익숙한 작업이었다. 그는 소설을 쓸 때처럼 중요한 사안들을 정리하고 간략한 주석을 덧붙였다.

1. 재판

옐버턴: 서류 사용(영속적), 완성돼 있음, 날카로움. 신중함—변호사. 베이철? 아님. 그의 변호를 반복할 필요 없음. 공식적인 구술기록이 없어 유감(이를 위해 캠페인?) 믿을 만한 신문사? (〈엠파이어〉와 더불어)

털/버터 박사: W가 옳았을지도 모른다!! 전에는 털이 없었음. (혹은 에들지 가족들이 위증했을지도 모름) ∴ 털은 후에 묻었음. 의도적으로? 비의도적으로? 누가? 언제? 어떻게? 버터가?? 만나볼 것. 또한: 다른 짐승의 털일 가능성은? 혹은 정말로 조랑말의 털이었나?

편지들: 종이/편지지, 맞춤법, 문체, 내용, 심리. 거린의 부실한 분석. 벡 사건 참조. 더 나은 전문가를 제안할 것(나쁜 전략일까, 좋은 전략일까?). 누구? 드레퓌스 사건에 나선 전문가? 또한: 편지를 쓴 사람은 한 명인가, 복수인가? 또한: 편지를 쓴 사람=짐승을 훼손한 사람? 편지를 쓴 사람≠짐승을 훼손한 사람? 어떤 연관성이 있는지?

시력 : 스콧의 보고서. 충분한가? 다른 안과의는 필요 없나? 어머니의 증언. 조지 에들지의 시력은 밤/낮에 따라 어떻게 달라지나?

그린: 누가 그린을 괴롭혔나? 누가 돈을 댔나? 추적/만나볼 것.

앤슨 : 만나볼 것. 선입견? 어떤 증거를 갖고 있었나? 그가 부하들에게 미친 영향은? 캠벨을 볼 것. 경찰기록 요구?

아서는 자신이 유명인사라서 생기는 장점이 하나는 있다고 인정할 수밖에 없었다. 그의 이름이 문을 열게 한다는 것이었다. 그가 나비 연구가나 큰 활 전문가, 경찰의, 지서장을 만나야 할 때면 상대방은 대개 미소를 지으며 문을 열어주었다. 홈스에게 감사한다는 것은 아서에게는 쉽지 않은 일이었지만, 아무튼 홈스 덕분이었다. 홈스라는 인물을 창조할 때는 미처 알지 못했지만, 이제 그의 탐정은 만능열쇠가 된 모양이었다.

그는 파이프에 다시 불을 붙이고 두 번째 목록을 작성하기 시작했다.

2. 범인

편지들 : 앞장 참조.

짐승들 : 도축업자? 정육업자? 농부들? 다른 사건들을 참조할

것. 전형적인 방식? 비전형적인 방식? 전문가-누구? 소문/의혹 (해리 찰스워스).

도구 : 면도날은 아님. (재판) ∴ 뭐지? 버터? 루이스? "옆이 불룩한 곡선형 도구." 칼? 농업용 도구? 목적은? 용도에 맞게 변형된 도구?

시간차 : 1896년부터 1903년까지 7년 동안 사건 전무. 왜?? 의도적으로? 비의도적으로? 강제적으로? 그때 누가 없었지? 이에 관해 아는 사람은?

월솔 : 열쇠. 학교. 그레이터렉스. 다른 소년들. 창문 깨기/침 뱉기. 브룩스. 와인. 스펙. 연관은? 연관이 없다면? 조지와 월솔 학교의 연관성은? (물어볼 것.) 교장?

선행사건/후속사건 : 다른 짐승 훼손. 패링턴.

그리고 지금까지는 이 목록이 전부였다. 아서는 파이프를 빨아들이며 목록을 한 번 훑어보았다. 설명이 충분한 부분과 취약한 부분을 판단해야 했다. 예를 들면 패링턴. 웨얼리 탄광에서 일하던 거친 광부인 패링턴은 1904년 봄—조지가 루이스에서 포틀랜드로 이송되었던—에 말, 양 두 마리, 새끼 양을 훼손한 혐의로 유죄를 선고받았다. 당연히 경찰은 이자가 술집에서 빈둥거리기나 좋아하는 일자무식임에도 불구하고 소위 에들지 갱의 단원이라는 입장을 보였다. 명백히 둘은 영혼의 친구라고 할 수 있겠지, 아서는 조롱조로 생각했다. 패링턴은 그를 어디로 이끌 것인가? 그가 저지른 범죄는 단지 모방범죄에 지나지 않는 것일까?

돈만 밝히는 브룩스와 수수께끼의 스펙이라는 자에게 뭔가 더 있을지도 모른다. 스펙이라니, 희한한 이름이다. 그는 순간적으로 남아프리카를 떠올렸다. 스펙은 아마도 남아프리카에서 상당한 양의 스펙을 먹었을 터였다. 그곳에서는 식민지 풍의 베이컨을 스펙이라고 부른다. 잉글랜드 베이컨과는 달리 스펙은 여러 종류의 짐승으로 만든다. 그는 하마의 비곗살도 먹어본 적이 있었다. 아무튼 이제 어디로 가야 할까? 블룸폰테인? 아니면 북쪽으로?

아서는 방향을 정할 수가 없었다. 경험적으로 그는 집중하려면 먼저 머리를 비워야 한다는 걸 알고 있었다. 홈스라면 바이올린을 연주했을지도 모르고, 이제는 창조주가 그에게 허락한 것을 부끄러워하는 쾌락에 굴복했을지도 모른다. 그러나 아서에게는 코카인 주사기가 없었다. 그는 골프가방에 한가득 담긴 히커리 모양의 골프채를 믿기로 했다.

그는 늘 골프가 이론적으로 완벽히 그를 위한 게임이라고 생각해왔다. 골프를 잘하려면 눈, 머리, 신체가 조화를 이루어 움직여야 했다. 여전히 신체적으로 원기 왕성한 전직 안과의이자 현직 작가에게는 더 없이 좋은 게임이었다. 하지만 이는 이론에 불과했다. 실제로 골프는 요부처럼 아서를 유혹하고는 이내 멀리 달아나버리고는 했다. 그녀는 아서를 얼마나 쥐고 흔들어댔던가……

행클리 클럽하우스로 차를 몰던 그는 메나 하우스 호텔 앞에 있던 보잘 것 없는 골프 코스를 떠올렸다. 힘껏 쳐서 날린 공이 옛 람세스나 토트메스의 무덤 어딘가에 떨어지는 일도 벌어질 수 있었다. 어느 날 오후, 지나가던 사람이 마구잡이로 공을 날려대는 아서를 보더니 이집트 땅을 파헤치려면 특별 세금을 내야 할 거라고 말한 적도 있었다. 하지만 버몬트에 위치한 키플링의 집에서 열린 골프 경기는 더 괴상했다. 추수감사절 시기였는데도 불구하고 마당에는 이미 눈이 제법 쌓여 있었다. 따라서 공은 치자마자 보이지 않게 되었다. 누군가가 공을 빨갛게 칠하자는 의견—누구의 생각이었지는 여전히 논쟁중이다—을 내놓았다. 괴상함은 여기서 그치지 않았다. 얼어붙은 눈밭 위에서는 약간만 힘을 주어 쳐도 공이 환상적으로 미끄러졌다. 그와 러디어드 키플링이 경사진 비탈 위에서 공을 쳤을 때, 야한 빨간색으로 칠해진 공이 멈출 이유는 당연히 없었고, 따라서 그들은 스키를 타고 코네티컷 강을 따라 꼬박 2마일을 쫓아갔다. 2마일. 그와 러디어드는 그들이 진짜로 2마일을 쫓아갔다고 확신했다. 비록 어떤 클럽하우스들에서는 의심하는 듯 보였지만.

골프라는 요부는 그날따라 그를 상냥하게 대했다. 18번째 페어웨이에 선 그에게는 아직도 80타를 넘기지 않을 기회가 있었다. 그가 9번 아이언을 제대로 다루기만 한다면…… 샷에 집중하던 그는 갑자기 앞으로는 이 코스에서 경기할 일이 많지 않겠다고 생각했다. 그가 언더쇼를 떠나게 되리라는 단순한 이유에서였다. 언더쇼를 떠날 수 있을까? 불가능해, 그는 자동적으로 대답했다. 그렇지만 떠나야만 했다. 그는 언더쇼의 첫 여주인이자 유일한 여주인이었던 투이를 위해 이 집을 지었다. 그런데 어떻게 진을 신부로 맞아 이 집에 들일 수 있겠는가. 불명예스러울 뿐더러 외설적으로까지 여겨지는 일이었다. 투이가 성녀처럼 그에게 재혼해도 된다는 말을 넌지시 남기기는 했지만, 그렇다고 그와 투이가 언더쇼 지붕 아래 살게 된 뒤로 밤마다 금지되었던 즐거움을 두 번째 아내와 만끽하라는 뜻은 아닐 것이다.

물론 그건 불가능했다. 하지만 이 문제를 대놓고 지적하지 않다니, 진은 얼마나 영리하고 솜씨 좋은 여성인가. 자기 대신 그가 이런 결론에 직접 다다르게 하다니, 그녀는 정말이지 비범한 여성이었다. 에둘지 사건에 직접 참여하려고 한다는 점 또한 감동적이었다. 신사라면 두 사람을 비교해서는 안 되지만, 투이는 아서가 어떤 일에 실패하든 성공하든 똑같이 행복해했을 터였다. 물론 진도 그럴 것이다. 하지만 그녀가 흥미를 보이자 아서의 책임감 역시 달라졌다. 그는 조지를 위해, 정의를 위해, 거창하게 말하자면 나라의 명예를 위해 이 일을 성공시키기로 했지만, 사랑하는 여자를 위해서도 그렇게 하기로 했다. 그녀의 발 아래에 트로피를 놓을 것이었다.

이런 감정들에 걷잡을 수 없게 된 아서가 친 공은 홀보다 15피트 먼 곳에 떨어졌다. 다음 공은 6피트를 벗어났다. 다음 공도 놓치기는 마찬가지였다. 경기는 79타가 아닌 82타로 끝났다. 그렇다. 여자들은 골프 코스 안에 들어와서는 안 된다. 페어웨이나 퍼팅그린뿐 아니라 선수들의 머릿속에도. 그렇지 않다면 지금처럼 대혼란이 빚어질 테니까. 언젠가 진은 골프를 배우겠다고 나선 적이 있었다. 당시 그는 반쯤 열의를 보이며 알았다고 대답했다. 하지만 그건 옳지 않은 생각이었다. 시민적 화합을 이루려면 여성들은 투표소뿐 아니라 골프 코스에도 나타나선 안 되었다.

그는 언더쇼로 돌아왔고, 오후에 맨체스터 스퀘어의 케네스 스콧 씨로부터 편지를 받았다. "이럴 줄 알았어!" 그는 우드의 사무실 문을 걷어차며 외쳤다. "이럴 줄 알았다고!"

비서는 그가 눈앞에 들이민 종이에 적힌 내용을 읽었다.

오른쪽 눈 : 8.75 디옵터

1.75 디옵터 굴절률 90°

왼쪽 눈 : 8.25 디옵터

"보게, 난 스콧에게 아트로핀으로 순응작용*을 마비시키라고 했네. 환자와 전적으로 독립적인 결과가 나오도록 말일세. 조지가 일부러 눈이 나쁜 척한다고 주장하는 사람이 나올지도 모르니까. 한데 이 결과는 내가 바라던 바와 똑같네! 누구도 뒤집을 수 없는 결과지!"

"제가," 그날따라 유달리 자연스레 왓슨의 역할을 담당하게

* 눈이 어떤 거리로부터 다른 거리에 대하여 초점을 바꾸게 하는 작용.

된 우드가 입을 열었다. "그게 대체 무슨 의미인지 여쭤도 될까요?"

"무슨 의미냐면, 무슨 의미냐면 말이지…… 난 안과의로 오래 일하는 동안 이렇게 심한 난시에 근시가 겹친 환자의 시력을 교정해본 적이 없네. 여기 스콧이 뭐라고 썼는지 보게." 그는 다시 편지를 손에 쥐었다. '모든 근시환자들과 마찬가지로, 에들지 씨 역시 몇 인치 이상 떨어진 곳에 있는 물체를 분명히 인지하는 데 어려움을 겪었습니다. 따라서 어두울 때 에들지 씨가 잘 알지 못하는 장소에서 길을 찾기란 실제적으로 불가능하다고 봅니다.'

"다시 말해서 앨프리드, 배심원단 앞에 섰던 우리의 신사는 박쥐처럼 눈이 먼 사람이었던 걸세. 물론 박쥐는 우리의 친구와는 달리 어두운 밤에도 들판에서 길을 찾을 수 있지만. 이제 어떻게 할지 알겠네. 난 도전장을 던질 거야. 이 진단서에 따라 안경을 제작할 거고, 경관들에게 그 안경을 씌워서 밤에 내보내야지. 분명 그들이 목사관에서 들판까지 나갔다가 한 시간 안에 돌아올 수 없으리라는 점을 보증하지. 어째서 미심쩍은 표정이지, 우드?"

"그냥 듣고 있었는데요, 아서 경."

"아냐, 자넨 분명 미심쩍다는 표정을 하고 있네. 자네 얼굴에서 다 느껴진다고. 질문이 있으면 해보게."

우드는 한숨을 쉬었다. "전 혹시 조지의 시력이 3년을 감옥에서 보내는 동안 더 나빠진 건 아닌지 궁금하던 참이었어요."

"아하! 나도 자네가 그렇게 생각했을 줄 알았네. 절대로 그렇지 않아. 조지는 옛날부터 눈이 나빴어. 그건 확실해. 1903년에도 지금처럼 시력이 나빴지. 그때는 안경도 쓰지 않았고 말이야. 질문 더 있나?"

"아뇨, 아서 경." 하지만 그에게는 섣불리 내뱉을 수 없는 한 마디가 남아 있었다. 분명 그의 고용주는 안과의로 지내는 동안 조지 정도로 시력이 나쁜 근시환자는 한 번도 본 적이 없을 것이었다. 우드는 저녁을 먹을 때마다 데본셔 플레이스의 환자 대기실이 늘 텅텅 비어 있었다고 자랑스럽게도 말하는 아서를 얼마나 자주 보았던가. 환자가 없어도 너무 없어서 책을 쓸 시간이 생겼다는 이야기를 떠들어대는 아서를.

"난 3만을 요구할까 생각중이네."

"3만이라뇨?"

"3만 파운드를 요구한다고. 벡 사건을 참고해서 이런 계산이 나왔지."

우드의 표정은 그 어떤 질문보다도 효과적이었다.

"벡 사건 말일세. 벡 사건이 기억나지 않나? 정말로?" 아서는 못 믿겠다는 듯 짐짓 고개를 흔들었다. "아돌프 벡이라는 자가 있었지. 내가 기억하기로는 노르웨이 출신이야. 여성들을 상대로 사기를 친 혐의로 유죄 선고를 받았지. 사람들은 그가 동일한 혐의 때문에 이미 복역한 적이 있는 존 스미스라는 이름—믿을 수 있겠나?—의 인물이라고 생각했네. 벡은 7년형을 선고받았네. 5년 전에 조건부로 풀려났고, 3년 뒤에 다시 체포되었지. 하지만 어떤 의혹을 품었던 판사는 형 선고를 연기했네. 그러는 와

중에 진짜 사기꾼인 스미스 씨라는 작자가 나타났지. 이 사건에 대해 내가 분명히 기억하는 점이 하나 있네. 그들이 벡과 스미스가 동일인물이 아니라는 점을 어떻게 알아냈는지 아나? 한 사람은 할례를 받았고 다른 사람은 그러지 않았거든. 정의란 그런 디테일 하나에 달려 있는 걸세.

아, 자네는 아까보다 더 혼란스러운 표정이군. 그럴 만도 하지. 두 가지를 고려해야 하네. 하나, 벡은 수많은 여성 증인들이 그를 범인으로 착각하는 바람에 유죄를 선고받았네. 10명인가 11명의 여자들이 그를 착각했지. 뭐, 별 말은 하지 않겠네. 어쨌든 그는 위조된 편지와 익명의 편지 필적에 대한 한 전문가가 제시한 증거 때문에도 유죄를 선고받았어. 그 전문가가 바로 우리의 옛 친구 토머스 거린이지. 그는 벡 조사위원회에 출석해서 결백한 남자가 두 번이나 형을 살게 만들었다고 인정해야 했네. 그런데 불과 일 년도 되지 않아 그는 조지 에들지 역시 만신창이로 만들어버린 거야. 내가 보기에 그를 증인으로 출석하지 못하게 한 뒤, 그가 관련된 사건 전부를 몽땅 재검토해야 하네.

그런데 두 번째. 위원회의 보고서가 제출된 후 벡은 사면되었고, 재무부에서는 그에게 5만 파운드를 배상했네. 5년에 5만 파운드였지. 그러니 내 계산이 어떻게 나왔는지 알겠지. 난 3만 파운드를 요구할 걸세."

아서의 캠페인은 진전을 보이고 있었다. 그는 버터 박사에게는 한번 만나고 싶다는 편지를, 월솔 학교의 교장에게는 스펙이라는 소년에 대해 묻는 편지를, 앤슨 지서장에게는 이 사건의 경찰 기록을 보여달라는 편지를, 조지에게는 월솔에서 일어난 이상한 일들에 관해 뭘 좀 아느냐고 묻는 편지를 썼다. 그는 거린에게 어느 정도로 모욕을 줘야 할지를 가늠하고, 내무장관에게 이 사건 전체를 완전히 새로운 각도에서 조사해야 한다고 공식적으로 요구하기 위해 벡 보고서를 다시 들여다보았다.

그는 이어지는 며칠 동안 익명의 편지들만 들여다보면서 편지를 쓴 자를 가능한 한 밝혀내겠다는 계획을 세웠다. 필적도 필적이지만 편지를 쓴 자의 심리를 파악해볼 생각이었다. 그후 그는 조지의 필적 견본을 전문적으로 비교해줄 린지 존슨 박사에게 서류를 보낼 것이다. 존슨은 유럽 최고의 전문가로, 드레퓌스 사건에서도 변호사 라보리를 위해 활약한 바 있었다. 그래, 그는 생각했다. 이 일이 끝날 때쯤이면 에들지 사건은 프랑스의 드레퓌스 사건보다 더 유명해질 거야.

그는 편지 꾸러미와 확대경, 공책, 샤프펜슬이 놓인 책상에 앉았다. 깊이 숨을 들이마신 그는 꾸러미에서 악령이 탈출할지도 모른다는 듯 목사가 넘겨준 꾸러미의 끈을 천천히 조심스레 풀었다. 브룩스가 넘겨준 꾸러미도. 목사의 편지들은 받은 순서에 따라 날짜와 순서가 연필로 명시되어 있었지만, 철물상의 편지들에서는 그런 순서는 찾아볼 수 없었다.

그는 독기를 품은 증오와 음흉한 친밀감이 담긴 편지들을 읽기 시작했다. 미쳤다고밖에 할 수 없는 자가 잔뜩 빼기며 온갖 주장들을 늘어놓고 있었다. 나는 신이다 나는 신이다 나는 전지전능한 신이다 나는 바보다 거짓말쟁이다 나는 음해자다 나는 고자질쟁이다 오 나는 우체부를 골탕먹일 거다. 우스꽝스러웠다. 하지만 희생자들의 정신을 무너뜨릴 수도 있을 법한 악마적인 잔인함에 맞먹을 정도의 우스꽝스러움이었다. 편지를 읽을수록 분노와 혐오가 가라앉기 시작했고, 아서는 편지에 적힌 구절들이 자신에게 스며들도록 내버려두었다. 너 더러운 고자질쟁이 넌 열두 달 징역형을 원한다…… 나는 날카롭고 날카롭고 또 날카롭다…… 너 위대한 배덕자여 난 널 찍었다 넌 더러운 비열한 놈이다 넌 멍청한 원숭이다…… 난 높은 양반들을 전부 다 안다 나의 무모한 용기는 네 용기보다 저열하지 않다…… 누가 수요일 밤 계란들을 찍었는가 어째서 넌 왜 그런 짓을 했는가 아니면 네 친구들은 왜 그런 짓을 했는가 하지만 난 그들이 내 목을 매달 수 있을 거라 생각하지 않는다……

그는 편지들을 여러 번 읽었고, 분류했고, 분석했고, 비교했고, 주석을 달았다. 점차 힌트는 의심으로, 의심은 가정으로 바뀌었다. 일단 짐승을 훼손하는 갱단이 있는지 없는지는 모르지만, 편지를 쓰는 갱단이 있다는 건 확실했다. 그는 두 명의 어른과 한 명의 아이로 이루어진 세 사람이라고 결론을 내렸다. 어른 둘은 편지에 따라 한 사람으로 여겨지기도 했지만, 그는 둘 사이에 차이가 있다고 보았다. 한 사람은 전적으로 사악했고, 다른 하나는 신경증적인 경건함에서 언어도단을 일삼는 신성모독으로 방향을 틀어 종교적 광신자의 언행을 일삼았다. 그는 자기가 사탄이라고 우기다가 급기야는 하나님의 사탄이라고까지 했다. 아서가 특히 입버릇이 상스럽다고 생각한 아이의 나이는 12세에서 16세 정도로 추정되었다. 두 어른은 자신들의 위조능력을 자랑스레 떠벌렸다. "우리가 네 아이의 필체를 흉내 내지 못할 거라고 생각하나?" 그들 중 하나는 1892년 목사관에 편지를 써서 위조 능력을 증명해 보였다. 그 편지에는 에들지 가족과 브룩스 가족, 그리고 이웃 사람들의 서명을 그럴듯하게 흉내 낸 필적으로 꽉 찬 페이지가 포함되어 있었다.

편지의 상당수는 같은 종이에 쓰였고, 비슷한 봉투에 담겨 보내졌다. 어떤 편지는 한 사람이 쓰다가 다른 사람에게 넘겨준 것처럼 보이기도 했다. 하나님의 사탄이라고 잔뜩 적힌 편지의 같은 페이지에는 아무렇게나 갈겨 적은 글자들과 남자아이를 그린, 어떻게 봐도 무례하기 짝이 없는 그림이 있었다. 이를 토대로 생각해볼 때, 그들 세 사람은 분명 한 집에 살고 있는 듯했다. 그러면 그 집은 어디에 있을까? 대다수의 편지들이 웨얼리의 피해자들에게 직접 전해진 걸로 볼 때, 웨얼리에서 1, 2마일을 벗어나지 않는 가까운 곳으로 추정해보는 게 합리적일 듯했다.

그렇다면 그들 셋이 은신한 장소는 어떤 곳일까? 서로 다른 나이의 젊은 남자들이 거주하는 기관 같은 곳일까? 사설학원? 아서는 웨얼리 인근의 교육기관들을 검토했지만, 가까운 거리 내에는 그런 기관이 없었다. 한 사무실에 근무하는 직원들, 혹은 수습사원들이 전부가 악당인 경우일지도 모른다. 하지만 그가 이 문제를 숙고할수록, 그들은 한 가족 구성원이며 다 큰 형 둘과 어린 동생 하나라는 가정이 굳어져갔다. 극단적으로 긴 어느 편지에서는 하는 일 없이 빈둥거리는 가족들을 규탄하는 내용이 있었다.

그는 더 구체적인 사항을 필요로 했다. 예를 들어, 월솔 학교는 이 사건에서 꾸준히 등장하는 요소였다. 과연 이 학교는 얼마나 중요한 요소일까? 그리고 이 편지는 또 어떤가? 이 종교적인 광신자에게서는 분명 밀턴의 냄새가 풍겼다. 『실락원』 제1권. 사탄의 추락과 지옥의 불타는 호수. 편지를 쓴 자는 자신이 결국 지옥의 불타는 호수에 가게 될 것이라고 공표하고 있었다. 아서가 일을 제대로만 해낸다면 그는 분명 지옥의 불길에 떨어질 것이다. 아무튼 그에게는 교장에게 던질 또 다른 질문거리가 생겼다. 교과과정에 『실락원』이 있었는지, 그렇다면 언제, 그리고 얼마나 많은 아이들이 『실락원』을 공부했는지, 그들 중 특별히 그 책을 마음에 들어한 아이가 있었는지를 물어야 했다. 하지만 이것이 지푸라기를 움켜쥐고 있는 것인지, 아니면 가능성 하나라도 놓치지 않겠다는 것인지는 가늠하기 어려웠다.

그는 계속 편지들을 읽었고, 처음부터 다시 읽었고, 무작위로 읽었다. 카드 패처럼 편지들을 섞기도 했다. 그러다 그의 눈에 무언가가 들어왔다. 5분 뒤, 그는 비서의 사무실 문을 마구 두드렸다.

"앨프리드, 축하하네. 자네가 적중했어."

"제가요?"

아서는 우드의 책상에 편지를 내려놓았다. "봐, 여기. 그리고 여기. 그리고 여기." 비서는 아무것도 깨닫지 못하고 아서가 찌르는 손가락을 따라갔다.

"제가 뭘 적중했다는 말씀이세요?"

"봐, 여기. 소년은 반드시 바다로 가야 한다. 그리고 여기. 파도가 너를 덮친다. 이건 그레이터렉스가 받은 첫 번째 편지야. 모르겠나? 그리고 여기. 난 그들이 날 교수대가 아니라 바다로 보낼 거라고 생각한다."

우드는 명확함이라고는 찾아볼 수 없는 표정을 지었다.

"시간차라고, 우디. 시간차. 어째서 7년이라는 시간차가 있느냐고 내가 물었지. 그리고 자네는 그가 여기 없었나보다고 대답했지. 그래서 내가 어디로 갔느냐고 물었어. 그리고 자네는 아마 바다로 간 모양이라고 대답했네. 그리고 7년이 지난 뒤에 첫 번째 익명의 편지가 이렇게 온 거야. 난 두 번 확인했어. 자네의 월급을 걸고 말하겠네. 이전까지 왔던 협박편지에는 바다에 대한 언급이 하나도 없었어."

"뭐," 스스로에게 약간의 만족을 허용하기로 한 우드가 대답했다. "그럴듯한 설명으로 들리네요."

"그리고 자네가 조금이라도 의심할까봐서 하는 말이네만, 확실한 건," 이제 막 명석함을 칭찬받은 비서는 물론 조금도 의심할 생각이 없었다. "마지막 거짓 광고가 어디서 왔는지를 생각해봐야 한다는 점이야."

"제게 힌트를 주셔야 할 것 같은데요, 아서 경."

"1895년 12월을 기억해보게. 블랙풀 신문에 목사관이 공매에 나왔다는 광고가 실렸지."

"그런데요?"

"이봐, 친구. 블랙풀, 블랙풀이 어딘가? 리버풀의 휴양지지. 거기서 배를 탄 거야, 리버풀에서. 너무나 명백하지 않나."

앨프리드 우드는 그날 오후를 분주하게 보냈다. 그는 월솔의 교장에게 밀턴이 교과과정에 포함되어 있었는지를 묻는 편지를 썼고, 해리 찰스워스에게 1896년에서 1903년 사이 바다로 간 동네 사람이 있었는지, 그리고 스펙이라 불리는 사람의 행적을 묻는 편지를 썼고, 린지 존슨 박사에게 이미 보낸 조지 에들지의 필적과 지금 보내는 편지의 필적을 긴급히 비교해달라고 요청하는 편지를 썼다.

다음날 아침에 도착한 우편물들에는 캐녹 소인이 찍힌 낯익은 편지가 하나 끼여 있었다.

존경하는 선생님

우리가 사설탐정의 끄나풀이며 에들지가 말을 죽였고 그 편지들을 썼다는 것을 알고 있다는 점을 알려드립니다. 다른 사람을 들쑤실 필요가 없습니다. 에들지가 한 겁니다. 그가 우리와 어울리지 않는 자라는 것이 밝혀질 겁니다…….

페이지를 넘기며 계속 편지를 읽던 아서의 눈에 다음과 같은 독설이 들어왔다.

……그 빌어먹을 돼지 앨디스가 학교 대장이었을 때 월솔에는 아무런 교육도 없었다.학교 위원이 앨디스와 관련된 편지들을 받았고 앨디스한테는 빌어먹을 총알이 박혔다. 하하.

월솔의 교장에게 전임자가 떠나던 당시 상황에 대해 추가적으로 묻는 편지가 갔고, 마지막 증거가 될 이 편지는 린지 존슨 박사에게 보내졌다.

언더쇼는 조용하게 느껴졌다. 아이들은 둘 다 집에 없었다. 킹즐리는 이튼에서 첫 학기를 보내고 있었고, 메리는 고덜밍의 프라이어스 필드에 가 있었다. 우울한 날씨였다. 아서는 난롯가 옆에서 홀로 식사했다. 저녁이면 우디와 당구를 쳤다. 그는 문득 50번째 생일이 다가오고 있다고 생각했다. 2년 정도 남았다. 2년이면 짧은 세월이었다. 그는 여전히 크리켓을 했고, 공을 치는 솜씨는 여전히 훌륭해서 상대 팀 주장이 찬사를 보낼 정도였다. 하지만 그는 자주 크리즈*를 넘었다. 그러면 투수는 잔뜩 화가 나서 다리보호대를 쿵 소리가 나도록 풀어 던지고는 심판에게 달려가 항의했고, 22야드 떨어진 곳에서 심판의 유감스러운 목소리가 들려왔다. "대단히 죄송합니다, 아서 경……." 어필은 없었고, 판정은 그렇게 내려졌다.

영광스러운 나날이 지나갔다는 걸 인정할 때였다. 한 시즌에는 케임브리지셔와 붙어 61런에 일곱 타자를 무찔렀고, 그다음 시즌에는 W. G. 그레이스에게서 승리를 거두었다. 인정하건대, 아서가 다섯 번째 투수로 들어서서 오프 시어리 방식이라는 얼

* crease, 크리켓에서 투수나 타자의 한계선.

간이 같은 계략으로 그를 타석에서 물리쳤을 때 그 위대한 선수는 이미 100런을 기록한 상태이긴 했다. 그랬다 해도 결과는 다음과 같았다. W. G. 그레이스 c 윌리엄 스토러 b 아서 코난 도일 110. 이를 기념하려고 아서는 영웅시풍으로 19연의 시를 썼지만, 그의 시나 그 시에 묘사된 그의 경기력은 『위스던』 연감에 실리기엔 충분치 못했다. 그가 영국 팀 주장이 될 거라고 파트리지는 말했던가. 지난여름 로즈에서 배우 팀과 경기했을 때 작가 팀 주장을 맡았던 게 고작이었다. 6월이었던 그날, 그는 배트로 공을 쳐서 우드하우스*에게 보냈고, 우드하우스는 우스꽝스러운 꼴로 퇴장했다. 아서는 2점을 올렸지만, 허눙은 배트 한 번 들어보지 못했다. 호레이스 블리클리는 54점을 올렸다. 아마도 뛰어난 작가일수록 크리켓에는 소질이 없는 모양이었다.

꿈과 현실의 차이가 해마다 커지는 것처럼 보이는 건 골프도 마찬가지였다. 그러나 당구는…… 당구는 그날 있었던 일과는 상관없이 할 수 있는 유형의 게임이었다. 선수들은 여간해서는 그만두는 일 없이 50점, 60점, 심지어는 70점이 될 때까지 계속했다. 당구에서 중요한 건 근력이 아니라 경험과 전략이었다. 키스 캐넌, 리커셋 캐넌, '우체부의 노크', 그리고 쿠션을 따라 흐르는 너서리 캐넌**. 이 얼마나 멋진 게임인가. 연습을 좀 더 하고 전문가들의 도움을 받으면, 그 역시 영국 아마추어 챔피언십에 나

* P. G. Wodehouse, 유머 소설 '지브스&우스터' 시리즈를 쓴 영국 소설가.

** 모두 당구에서 공을 치는 방식을 가리키는 용어.

가지 못할 이유가 없었다. 물론 제니*를 칠 때의 습관을 개선할 필요가 있긴 했다. 늘 스스로 되새겨야 했다. 평범한 하프볼을 톱 포켓으로 보내려면 보크 지역에 있는 볼을 주시하고, 그다음엔 최대한의 포켓 사이드를 둔 채 그것을 정상적인 하프볼인 양 쳐야 한다고. 우드는 롱 제니를 칠 때 그다지 어려워하는 편이 아니었다. 하지만 아서가 그에게 끊임없이 지적했듯이 더블 보크 자세로 치기에는 아직 갈 길이 멀었다.

50세가 가까워지고 있었다. 그의 두 번째 인생이 뒤늦게 시작되려는 참이었다. 그는 투이를 잃었고, 진을 발견했다. 그는 그를 이끌었던 과학적 유물론을 버렸고, 더 위대한 곳으로 나아갈 문을 열 방법을 발견했다. 재치가 좀 있다는 사람들은 영적 본능이라고는 찾아볼 수 없는 영국인들이 영원함이 뭔지 느껴보려고 크리켓을 발명했다는 농담을 즐겨하곤 했다. 눈 먼 거나 다름없는 구경꾼들은 당구가 똑같은 샷이 반복되는 게임이라고 믿었다. 둘 다 허튼소리였다. 영국인들—이탈리아인들이 아니니까—은 분명 드러내놓고 표현하는 쪽은 아니지만, 다른 나라 사람들과 마찬가지로 상당히 영적인 본성을 갖고 있다. 그리고 두 사람의 영혼이 서로 닮지 않은 것처럼 두 개의 당구 샷도 같지 않았다.

그는 그레이쇼트에 있는 투이의 무덤을 찾아갔다. 그는 꽃을 내려놓으며 눈물을 흘렸다. 그리고 돌아갈 때마다 다음에는 언

* Jenny, 높은 각도에서 공을 내리치며 회전을 주는 방식.

제 다시 무덤을 찾게 될지 궁금해했다. 다음 주? 아니면 2주일 뒤? 그다음에는? 그다음에는? 언젠가는 더 이상 꽃이 놓이지 않게 될 테고, 그의 방문도 뜸해질 것이다. 그는 아마도 진의 부모님이 가까이 사는 크로버러에서 새 삶을 시작할 것이었다. 그러면…… 투이를 찾아오기가 쉽지 않다. 그녀에 대한 생각만으로도 충분하다고 스스로 말하게 될지도 모른다. 신의 뜻이 있다면, 진이 그의 아이를 가지게 될지도 모른다. 그러면 누가 투이를 찾아오지? 그는 이런 생각을 떨치려고 고개를 흔들었다. 언제고 죄책감을 느끼지 않을 수는 없었다. 그러니 최상의 원칙에 따라 행동하고, 그후에 찾아오는 일들은 의연하게 받아들여야 한다.

그럼에도 불구하고 언더쇼로, 투이의 빈 집으로 돌아온 그는 투이의 침실을 찾았다. 그는 침실 가구들을 정리하거나 물건들을 정돈하라는 지시를 내리지 않았다. 어떻게 그럴 수 있겠는가. 그리하여 그녀가 죽은 침대 위에는 아직도 바이올렛 향기가 감돌고, 그녀의 약한 손이 그의 어색한 손바닥에 놓이던 새벽 3시가 그대로 남아 있었다. 지치고 두려운 메리와 킹즐리는 예의 바르게 앉아 있었고, 투이는 거의 마지막 숨을 내쉬며 몸을 일으켜 메리에게 킹즐리를 잘 보살펴달라고 했었다…… 아서는 한숨을 내쉬며 창가로 다가갔다. 10년 전, 그는 전망이 가장 좋은 이 방을 그녀의 방으로 골랐다. 정원과 이 집에서만 보이는 숲으로 둘러싸인 계곡이 내려다보이는 방이었다. 그녀의 침실은 그녀의 병실이 되었고, 그녀의 병실은 그녀가 죽음을 맞이하는 방이 되었다. 그는 언제나 가능한 한 고통 없이 기쁜 마음으로 투이를 돌봐주려고 했다.

그는 언제나 스스로에게, 그리고 다른 사람들에게 너무나 자주 그렇게 말해왔고, 그래서 그렇게 믿을 수밖에 없었다. 그는 항상 자신을 속이고 있었던가. 죽기 몇 주 전에 투이는 바로 이 방에서 메리에게 아버지가 재혼할지도 모른다고 말했다. 메리가 어머니와의 대화를 전했을 때, 그는 가볍게 넘기려고만 했다. 바보 같은 행동이었음을 그는 이제야 깨달았다. 그는 투이에게 감사의 마음을 전하면서 동시에 밑작업을 했어야 했다. 하지만 그는 딸에게 익살맞게 이렇게 물었을 뿐이었다. "어머니가 특정한 사람을 염두하고 계셨니?" 메리는 그 말에 "아버지!"라고 대답했다. 그 대답에는 반대의 기색이 역력했다.

그는 창밖으로 방치된 테니스장과 언젠가 바라보다가 독일 민담이 어울릴 법하다고 생각했던 계곡을 내다보았다. 이제 그곳은 서리Surrey 지역의 계곡 이상으로는 보이지 않았다. 그는 전에 했던 이야기를 메리에게 다시 꺼낼 수 없었다. 한 가지는 확실했다. 투이가 사실을 알았다면 그는 무너졌을 것이다. 투이가 알고 메리가 알았다면 그는 이중으로 무너졌을 것이다. 투이가 알고 허눙이 옳았다면. 투이가 알고 엄마가 틀렸다면. 투이가 알고, 그가 코니 앞에서 역겨운 위선자를 연기했고, 나이 든 호킨스 부인을 부끄럽게도 조종하려고 했다면. 투이가 알았다면 그가 명예를 위해 했던 모든 행동은 부끄러운 일에 지나지 않는다. 메이슨길의 언덕에서 그는 엄마에게 명예와 불명예는 너무나 가까워서 분리돼 있다고 생각하기가 힘들다고 말한 적이 있었다. 그러자 엄마는 그래서 명예가 그토록 중요한 거라고 대답했다. 그런데 그가 다른 누구도 아닌 자신을 바보로 만들면서 계속 불명예스러운 짓을 하고 있었다면? 세계가 그를 한낱 간통자로 여긴다면? 자신은 그렇게 생각하지 않더라도, 실제로는 그가 한낱 간통자에 불과하다면? 허눙이 옳았고, 죄와 순수 사이에 아무런 차이도 없다면?

그는 침대에 털썩 주저앉아 다른 사람들의 눈을 피해 요크셔로 떠났던 일들을 생각했다. 그와 진은 각각 다른 기차를 타고 요크셔에 도착하고, 역시 서로 다른 기차를 타고 떠나고는 했다. 그들은 그렇게 해서 순수한 척할 수 있었다. 잉글턴은 하인드헤드에서 250마일 떨어져 있었고, 그곳에서 그들은 안전했다. 그러나 그들은 명예와 안전을 혼동했던 것이다. 세월이 흐르면서 그 일들은 모두에게 낱낱이 알려진 게 틀림없다. 잉글랜드의 마을들은 소문의 진원지 아니던가. 진이 누구를 동반했건, 그와 진이 한 번도 같은 지붕 아래 머무른 적이 없었다는 게 얼마나 확실하건, 이곳 교회에서 결혼식을 올린 그 유명한 아서 코난 도일이 다른 여자를 옆에 끼고 있었다는 소문이 돌았을 법도 했다.

그리고 윌러가 있었다. 그는 항상 잘난 자부심 탓에 윌러가 대체 어떤 존재인지 물어본 적이 한 번도 없었다. 엄마는 그런 아서를 그대로 내버려두었고, 둘 사이에서는 그걸로 충분했다. 윌러의 생각은 중요치 않았다. 온화하고 상냥한 윌러는 한 번도 짓궂은 질문을 던진 적이 없었다. 그는 눈앞에 놓인 이야기라면 무엇이든 믿는다는 듯 행동했다. 레키 가는 도일 가의 오랜 친구가 되었고, 엄마는 늘 레키 양을 좋아했다. 월러는 늘 통상적인 예절에 신중함을 더한 태도를 유지했다. 그는 아서 앞에서 진 레키가 참 예쁘다는 따위의 말을 불쑥 내뱉는 바람에 아서가 휘두르려던 골프채를 내려놓게 하지도 않았다. 하지만 월러는 아서의 속임수를 간파했을 것이다. 그런 일이 없기를 바라지만, 아마도 아서의 등 뒤에서 엄마와 이 일을 논의했을지도 모른다. 아니다, 그런 생각을 하는 것만으로도 견딜 수 없다. 어쨌거나 월러는 보았을 것이고, 알았을 것이다. 그리고 무엇보다도 받아들이기 힘든 것은, 월러가 대단한 자기만족을 느끼며 아서를 보았을지도 모른다는 사실이었다. 함께 자고새를 총으로 잡고 흰담비 사냥을 하는 동안, 그는 막 오스트리아에서 돌아와 제어할 수 없는 당황스러움과 사변에 사로잡혀 서투르게 서 있기만 하던, 그러면서도 자신을 둥지 속의 뻐꾸기로 얕잡아보던 어린 학생을 떠올렸을 것이다. 세월이 지나, 그런 아서가 메이슨길에서 진과 은밀한 시간을 보내게 되었다. 한데 월러는 아서의 성질을 돋굴 만한 말들은 한 마디도, 단 한 마디도 하지 않았다. 네가 감히 나를 쏘아보며 못마땅하게 여겼겠다? 네가 감히 인생을 이해한다고 생각했겠다? 네가 감히 네 어머니의 명예에 의문을 품었겠다? 그런데 네가 여기까지 와서 어머니와 나, 그리고 마을 전체를 이용해서 네 밀회를 위장하려고 하나? 어떻게 네 어머니의 이륜마차에 애인을 태우고 세인트 오스월드 교회를 지나갈 수가 있나? 마을 사람들이 모를 거라고 생각하나? 네 들러리를 섰던 내가 기억상실증에라도 걸린 줄 아는가? 넌 너 자신에게, 그리고 다른 사람들에게 네 행동이 명예롭다고 말할 수 있나? 그러나 월러는 결코 이런 식의 도덕적 복수를 감행하지 않았다. 이는 그를 더욱 우월한 위치에 올려놓았다.

안 된다. 그는 생각을 멈춰야 했다. 그는 이런 생각들이 어디로 이어질지 이미 잘 알았다. 침잠, 무기력, 절망, 자기혐오. 안 된다. 그는 이미 아는 사실들만을 생각해야 했다. 엄마는 그의 행동을 용인했다. 허눙을 제외한 모든 사람들이 그의 행동을 용인했다. 월러는 아무 말도 하지 않았다. 사랑스럽고 배려 넘치는 아내이자 어머니였던 투이는 메리에게 아버지가 재혼하더라도 충격을 받아서는 안 된다고 넌지시 말했다. 투이는 그 이상 아무 말도 하지 않았고, 따라서 더는 아무것도 알 수 없었다. 메리는 아는 바가 없었다. 산 자에게서나 죽은 자에게서나 일부러 고문을 자처하여 좋을 건 없었다. 그리고 삶은 계속되어야 했다. 그는 투이가 이를 원망하지 않으리란 걸 알고 있었다. 삶은 계속되어야 했다.

버터 박사는 런던에서 그를 만나겠다는 답신을 보내왔다. 하지만 다른 사람들이 보낸 편지는 그리 고무적이지 않았다. 조지는 월솔과는 아무런 관련이 없었다. 월솔 학교 교장인 미첼 씨는 지난 20년 동안 스펙이라는 이름의 학생은 명부에 없으며, 선임자 앨디스 씨는 16년 동안 훌륭하게 재직했고, 그가 음해를 받아 쫓겨났다는 건 말도 안 되는 생각이라고 알려왔다. 내무장관인 허버트 글래드스톤 씨는 아서 경에게 찬사와 존경을 표현하며 온갖 공치사와 헛소리들을 몇 문단쯤 늘어놓은 끝에 이미 여러 번 검토한 바 있는 에들지 사건을 다시 들여다볼 생각이 없노라고 말했다. 마지막으로 받은 편지는 스태퍼드셔 경찰서에서 사용하는 종이에 적혀 있었다. “친애하는 선생님,” 편지는 이렇게 시작했다. “실생활에서 일어난 사건을 두고 셜록 홈스가 뭐라고 할지 기대하지 않을 수 없군요…….” 협조하겠다는 기색은 찾아볼 수 없는 농담이었다. 앤슨 지서장은 아서 경을 도울 생각이 전혀 없었다. 경찰 기록을 일반인에게 넘겨줄 생각도 없었다. 그 일반인이 제아무리 독보적인 인물이더라도 말이다. 경찰을 만나는 것도 허락되지 않았다. 아서 경이 스태퍼드셔 경찰서를 불신하고 있음이 명백하므로, 지서장은 아서 경에게 협조하는 것이 전략적으로나 전술적으로나 옳다고 판단할 수 없다고 했다.

아서는 정치인들의 애매한 어법보다는 전직 포병장교의 전투적이고 퉁명스러운 말투가 더 낫다고 생각했다. 앤슨을 설득하는 건 가능할지도 모른다. 그가 사용하는 군대식 비유를 보니, 예의 바른 답장을 보내는 대신 일 대 일로, 그러니까 전문가 대 전문가로 맞서는 편이 낫겠다는 생각이 들긴 했지만. 아서는 포격을 멈추지 않고 상대편을 완전히 산산조각 내야 했다. 그렇지, 안될 게 뭔가? 그들에게 필적 전문가가 한 사람이라면, 그는 여러 명의 필적 전문가를 고용할 수 있다. 린지 존슨 박사뿐 아니라 고버트 씨도, 더글러스 블랙번 씨도 있다. 맨체스터 스퀘어의 케네스 스콧 씨를 미심쩍어하는 사람이 있다면, 그는 조지를 여러 명의 안과의에게 보일 것이다. 소모전에 능한 옐버턴은 최종적인 교착상태에 이를 때까지 만족스러운 결과를 보여주었다.

이제 아서도 최대한으로 능력을 발휘해 모든 방법을 동원할 것이다.

그는 채링 크로스의 그랜드 호텔에서 버터 박사를 만났다. 이번에는 노섬벌랜드 애비뉴에서 꾸물거리지 않았고, 경찰 외과의를 몰래 관찰하지도 않았다. 어쨌거나 그는 버터 박사를 보자마자 단번에 어떤 사람인지 알아차렸다. 신중하고, 조심스러우며, 거칠거나 폭력적인 사변에 빠지지 않는 사람이었다. 재판이 진행되는 동안 버터 박사는 자신의 관찰로 뒷받침할 수 없는 내용은 증언하지 않았다. 조지에 대한 그의 증언은 혈흔에 대해서는 유리하게, 말의 털에 대해서는 불리하게 작용했다. 조지가 루이스와 포틀랜드에서 복역하게 된 결정적인 원인은 사기꾼 거린보다는 버터의 증언이었다.

"시간을 내주셔서 감사합니다, 버터 박사님." 그들은 아서가 몇 주 전 조지 에들지를 처음으로 만났던 그 문서실에 있었다.

외과의는 미소를 지었다. 잿빛 머리의 잘생긴 남자인 그는 아서보다 열 살 정도 연상으로 보였다. "저도 반갑습니다. 그…… 책의 저자를 직접 만나 감사를 전하게 되어 영광입니다." 그리고 그는 아서가 눈치 채지 못할 정도로 짧은 순간 머뭇거렸다. "……『백의단The White Company』을 쓰셨죠."

아서는 미소로 화답했다. 그는 늘 경찰 외과의들이 호감이 가고 유능하다고 생각해왔다.

"버터 박사님, 박사님께서 솔직하게 터놓고 말씀해주실 수 있을지 묻고 싶습니다. 다시 말해서 전 박사님의 증언을 대단히 존중합니다만, 여쭤볼 질문이 너무나 많습니다. 또 사실상 몇 가지 추론을 늘어놓을 수밖에 없고요. 박사님께서 하시는 모든 말씀은 극비로 취급될 것이고, 박사님이 첨언하거나, 수정하거나, 발언을 철회할 기회를 가지시기 전까지는 한마디도 밖으로 전하지 않을 것입니다. 괜찮으시겠습니까?"

버터 박사는 아서의 말에 동의했다. 아서는 그의 증언들 가운데 가장 논란의 여지가 적었거나 검사 측이 반박할 수 없었던 면도날, 장화, 다양한 얼룩 등에 관한 질문부터 시작했다.

"옷에 묻은 혈흔이 너무나 소량이라는 점에 놀라시지는 않으셨습니까, 버터 박사님. 조지 에들지가 저질렀다고 여겨지는 일에 비해서 말입니다."

"아니오. 한데 경께서는 너무 광범위하게 질문을 하시는군요. 에들지가 만약 '네, 제가 조랑말을 훼손했어요. 이 도구로 이렇게 했죠. 이건 제가 입었던 옷이고요, 저 혼자 한 짓입니다'라고 했다면 전 더 자신 있게 의견을 제시할 수 있었겠죠. 만약 그랬다면, 지금 당신에게 '예, 그건 매우 놀라운 일입니다. 당황스러운 일이지요'라고 대답했을지도 모르겠습니다."

"그런데요?"

"그런데 전 늘 그렇듯 제가 발견한 점들을 토대로 증언할 수밖에 없었습니다. 옷에서 일정량의 포유류 혈액이 발견되었다는 게 제 증언이었죠. 어떻게 묻은 혈흔인지 저로서는 알 수 없었으므로 그 이상은 말할 수 없습니다."

"증인석에서라면 물론 그러시겠죠. 하지만 우리끼리는……."

"우리끼리는, 전 누군가가 말을 훼손할 때는 상당한 출혈이 발생할 것이고, 범인은 말의 피로 범벅이 될 수밖에 없으리라고 말씀드릴 수 있겠습니다. 특히 한밤중에 그런 일이 일어난다면요."

"그래서 제 말씀에 동의하시는 겁니까? 그가 한 짓이 아니라고요?"

"아닙니다, 아서 경. 그 말에 찬성하는 게 아닙니다. 제 입장은 당신과 다릅니다. 우리의 입장은 무척 다르지요. 일례로 말을 훼손하려는 의도가 있는 사람이라면 도축업자들처럼 일종의 커다란 앞치마를 두를 수도 있었겠지요. 그렇게 하면 피를 묻히지 않을 수 있을 겁니다. 물론 몇 방울 정도는 튈 수 있겠지만 말입니다."

"법정에서는 앞치마를 둘렀다는 진술은 나오지 않았습니다."

"제 논점은 그게 아닙니다. 전 당신과 다른 방식으로 사건을 본다는 겁니다. 현장에 다른 사람들이 있었는지도 모르죠. 당시 제기된 주장대로 만약 갱단이 존재한다면, 그 젊은이는 다른 사람이 말을 훼손하는 동안 옆에 서 있었을 수도 있습니다. 그러는 동안 몇 방울의 피가 그의 옷에 튄 것일 수도 있고요."

"역시 그런 진술은 나오지 않았습니다."

"하지만 갱단이 존재한다는 추측이 강하게 제기되었죠, 아니었습니까?"

"갱단에 관한 이야기를 일부러 흘리기는 했죠. 하지만 증거는 전혀 없었고요."

"말을 훼손한 다른 사람도 있지 않았습니까?"

"그린이라는 자가 있었죠. 하지만 그린은 갱단이 존재한다는 진술을 하지 않았습니다."

"아서 경, 전 당신의 논점을 이해합니다. 당신의 논점을 뒷받침하는 증거를 찾아내야 한다는 마음도 이해하고요. 하지만 전 법정에서 제시되었든 그렇지 않든 간에, 다른 가능성은 얼마든지 있다고 말씀드릴 수밖에 없습니다."

"옳은 말씀입니다." 아서는 이 문제에 대해서는 접기로 했다. "그러면 털에 관한 이야기로 넘어가도 될까요? 박사님께서는 조지의 옷에서 29점의 털을 찾았다고 말씀하셨죠. 그리고 현미경으로 털을 조사했을 때, 제 기억이 정확하다면, 탄광 조랑말에서 잘라낸 피부조직의 털과 '길이, 색, 구조면에서 유사하다'고 하셨습니다."

"정확합니다."

"'유사하다'고 하셨지 '완전히 동일하다'고는 하지 않으셨죠?"

"네."

"두 종류의 털이 완전하게 동일하지 않았기 때문이죠?"

"그렇습니다. 그 말은 의견이 아니라 최종 결론이었으니까요. 하지만 길이, 색, 구조면에서 유사하다는 말은, 비전문가들의 어법으로 다시 말하자면 완전히 동일하다는 의미입니다."

"그 점에 전혀 의혹은 없으셨습니까?"

"아서 경, 전 증언석에 설 때마다 언제나 극도로 신중한 태도를 유지합니다. 지금은 우리끼리 있고, 또 전 당신이 이 만남을 요청한 목적을 이해하지만, 그럼에도 옷에 묻어 있던 제가 현미경으로 조사한 그 피부조직의 털과 같은 동물로부터 나왔다는 점을 확신한다고 말씀드릴 수밖에 없습니다."

"그러면 그 털은 같은 부위에서 나온 털입니까?"

"무슨 말씀이신지 모르겠군요."

"같은 동물의 같은 부위에서, 즉 복부에서 나온 털인지요?"

"네, 그렇습니다."

"말이나 조랑말의 털은 부위에 따라 다양할 수 있지 않습니까? 더 두껍거나 뻣뻣한 털이 있을 수 있죠. 예를 들어 꼬리털이나 갈기털은 다를 것 아닙니까?"

"그렇습니다."

"그런데 박사님께서 찾아낸 29점의 털들은 모두 조랑말의 정확히 같은 부분에서 채취한 털들과 동일했나요?"

"그렇습니다."

"같이 한번 그림을 그려볼까요, 버터 박사님? 보는 눈들이 없으니 편하게 말씀하십시다. 다소 역겨울 수도 있지만, 저나 박사님께서 말의 내장을 꺼낸다고 생각해봅시다."

"정정하자면 조랑말의 내장은 적출되지 않았습니다."

"그랬습니까?"

"당시 진술에 의하면 복부를 난자당한 조랑말은 과다출혈로 살처분될 수밖에 없었습니다. 하지만 다른 방식으로 난자당했을 때처럼 부위에서 내장이 빠져나온 상태는 아니었습니다."

"알려주셔서 감사합니다. 아무튼 우리가 말의 배를 가른다고 상상해보십시다. 우리는 말에게 다가가야 하고, 말을 안심시켜야 합니다. 코와 주둥이 사이를 문지르고, 어쩌면 말을 걸면서 옆구리를 문질러줘야 할지도 모르지요. 이제 우리가 말의 배를 가르는 동안 말을 어떻게 붙들고 있어야 할지를 생각해봅시다. 복부를 가르려면 아마 팔을 말의 등에 두르고 옆구리에 기대서야 할 겁니다. 정체는 알 수 없지만 아무튼 우리가 사용해야 할 도구를 아래로 가져다 대는 동안에요."

"모르겠군요. 전 그렇게 끔찍한 장면을 직접 본 적이 없습니다."

"하지만 과정이 이럴 것이라는 점에 대해서는 반론이 없으시죠? 전 말 몇 마리를 갖고 있습니다. 말은 늘 신경질을 부리는 동물이죠."

"우린 그 들판에 있었던 게 아닙니다. 게다가 그 말은 당신의 마구간에 있는 말이 아니었습니다, 아서 경. 그 말은 탄광의 조랑말이었어요. 탄광 조랑말들은 온순하다고 익히 알려졌을뿐더러 광부들의 손길에도 익숙할 겁니다. 다가오는 사람들을 잘 믿었겠죠."

"박사님 말씀이 옳습니다. 우린 그 들판에 있지 않았죠. 하지만 잠시 제 말씀을 들어주세요. 제가 묘사한 장면을 한번 상상해보세요."

"알겠습니다. 하지만 실제로는 꽤 다른 장면이었을 겁니다. 예를 들어 사람이 한 명쯤 더 있었을 수도 있지요."

"전 박사님의 말씀을 존중합니다. 하지만 제가 드리고 싶은 말씀은 이겁니다. 당시 상황이 제가 묘사한 장면과 대략 같다면, 말을 진정시키기 위해 여러 부위를 만져야 했음에도 불구하고,

어째서 복부의 털만 옷에 묻게 되었느냐는 것이죠. 게다가 같은 종류의 털이 옷의 각기 다른 부분들에서 발견되었죠. 재킷의 양 소매와 왼쪽 가슴 부분에요. 극소량이더라도, 다른 부위의 털 역시 검출되었어야 하지 않을까요?"

"당신이 묘사한 장면 그대로라면 다른 부위의 털이 묻었을 수도 있겠죠. 하지만 당신은 가능한 두 가지 방식만 제시하셨습니다. 검찰 측 설명과 당신 자신의 설명이죠. 그 사이엔 다른 가능성들이 광범위하게 존재할 수 있습니다. 예를 들어 옷에 긴 털이 묻었을 수도 있겠지만, 범인이 이를 알아차리고 제거했을 수도 있지요. 별로 놀라운 일은 아닙니다. 안 그렇습니까? 아니면 바람에 날아갔을지도 모르고요. 아니면 다른 갱단원이……."

아서는 우드가 제기했던 "명확한" 해답 쪽으로 매우 조심스럽게 화제를 옮겼다.

"캐녹에서 일하신다고 알고 있습니다만?"

"네."

"피부조각은 박사님께서 자르지 않으셨죠?"

"네. 그 동물을 살펴본 루이스 씨가 잘랐습니다."

"피부조각이 박사님께서 계신 캐녹까지 옮겨졌고요?"

"네."

"그때 옷도 함께 왔습니까?"

"네."

"그 전입니까, 후입니까?"

"무슨 말씀이신지?"

"옷이 피부조직보다 먼저 왔습니까, 아니면 피부조직이 옷보다 먼저 왔습니까?"

"아, 알겠습니다. 같이 왔습니다."

"한꺼번에요?"

"네."

"경관 한 사람이 들고 왔나요?"

"네."

"같은 꾸러미로요?"

"네."

"그 경관이 누구였습니까?"

"모르겠습니다. 경관을 너무 많이 만나니까요. 게다가 다들 이제 하나같이 어리게만 보여서 다 비슷비슷하게 여겨집니다."

"경관이 뭐라고 했는지는 기억하십니까?"

"아서 경, 벌써 삼 년도 전의 일입니다. 그가 무슨 말을 했는지 기억해야 할 이유가 제게는 전혀 없습니다. 아마 캠벨 경위가 보낸 꾸러미를 가져왔다고만 했을지도 모르죠. 내용물에 대해 말했을 수도 있고요. 검사가 필요한 꾸러미라고 말했을지도 모릅니다. 하지만 제가 그 말을 기억할 필요는 없죠, 아닌가요?"

"그리고 박사님께서 보관하시는 동안, 피부조각과 옷은 각각 철저하게 분리되어 있었겠죠? 변호사처럼 여쭤보려는 건 아닙니다만."

"이렇게 말씀드려도 될지 모르겠지만, 꼭 변호사 같으신데요. 어떤 생각을 하시는지 알겠습니다. 제 실험실 안에서는 그것들이 서로 섞일 일이 전혀 없었다는 점을 분명히 말씀드리죠."

"제 말씀은 절대 그게 아닙니다, 버터 박사님. 전 다른 생각을 하고 있습니다. 꾸러미가 어떤 상태로 도착했는지 말씀해주실 수 있겠습니까?"

"아서 경, 당신이 어떤 생각을 하시는지 정확히 압니다. 전 지난 20년 동안 그런 식으로 접근해오는 피고 측 변호인들의 질문을 받아왔고, 경찰이 어떤 식으로 증거를 다루는지에 대해서도 늘 사실대로 답해왔습니다. 당신은 경찰이 부주의하게 피부조각과 옷을 한데 넣어 가져오지 않았냐고 묻고 싶으신 거겠지요. 그렇다면 당신은 경관들의 진실성만큼이나 제 진실성도 의심하시는 겁니다."

버터 박사가 정중하게 내뱉은 말 위로 정적이 흘렀다. 그는 누구나 원할 법한 증인이었다.

"그럴 생각은 아니었습니다." 아서가 달래듯 말했다.

"막 그렇게 하셨죠, 아서 경. 당신은 제가 증거가 오염되었을 가능성을 무시했을지도 모른다고 암시하셨습니다. 피부조각과 옷은 각각 분리된 채로 포장돼 있었고, 들고 오는 동안 털이 포장을 빠져나가 옷에 묻었을 가능성도 없었습니다."

"버터 박사님, 그럴 가능성은 제외해야겠군요." 이제 아서에게는 두 가지의 선택이 있었다. 경찰이 피부조각과 옷을 따로 포장하기 전에 부주의하게 다루었든지, 아니면 포장하면서 악의로 꼼수를 부렸든지. 아무튼 그가 버터 박사를 지나치게 몰아붙인 건 사실이었다. 하지만 한 가지 질문이 남아 있었다. "한 가지만 더 여쭤도 되겠습니까? 순전히 사실하고만 관련된 질문입니다."

"물론입니다. 짜증을 부려 죄송합니다."

"괜찮습니다. 보셨다시피 제가 너무 피고 측 변호인처럼 굴었죠."

"그 정도는 아니었습니다. 제 말씀은 이렇습니다. 전 스태퍼드셔 지서에서 20년 이상 일했습니다. 20년 동안 법정을 드나들면서 제가 틀렸을지도 모른다는 추측이 뒷받침된 악의적인 질문들을 여러 번 받았죠. 20년 동안 무지몽매한 배심원들을 봐왔고요. 또 20년 동안 전 할 수 있는 한 분명하고 확실한 증거들을 제출했습니다. 전 엄격한 과학적 분석에 의거한 증거들을 제출했지만, 늘 사기꾼 아니면 일반인보다 나을 것도 없는 한낱 의견을 제시하는 사람 정도로 여겨졌죠. 그 일반인이 현미경을 안 갖고 있거나, 현미경을 들여다볼 능력이 없는 경우를 제외하면요. 전 제가 관찰한 바를 진술합니다. 제가 아는 바를 진술한다는 말이지요. 그런데도 그저 어쩌다가 생각하게 된 것을 진술하고 있는 거라며 업신여김을 당하는 겁니다."

"전적으로 동감합니다." 아서 경이 말했다.

"아무튼 당신의 질문이 궁금하군요."

"경찰이 몇 시쯤 꾸러미를 가져왔나요?"

"몇 시였냐고요? 9시쯤이었죠."

아서는 이 대답을 듣고 즐거워했다. 조랑말은 6시 20분에 발견되었고, 조지가 7시 39분 기차를 타러 집을 나섰을 때 캠벨은 들판에 있었다. 그가 파슨스와 임시경관들을 이끌고 목사관에

도착한 것은 8시 조금 전이었다. 그러고 나서 그들은 집을 수색해야 했고, 에들지 가족들과 입씨름을 해야 했다…….

"버터 박사님, 또 검사처럼 굴어서 죄송합니다. 한데 혹시 9시 이후에 오지는 않았습니까?"

"9시 이후라고요? 아닙니다. 전 꾸러미가 도착했던 시간을 확실히 알고 있습니다. 왜냐하면 그들이 불평했던 걸 기억하고 있으니까요. 그들은 꾸러미를 당일에 제게 넘겨야 한다고 고집했습니다. 전 9시 이후까지 실험실에 머물 순 없다고 대답했고요. 꾸러미가 도착했을 때 시계를 봤더니 9시였습니다."

"제가 착각했군요. 전 박사님께서 오전 9시를 말씀하시는 줄 알았습니다."

경찰의는 놀란 표정을 지었다. "아서 경, 제 경험상 경관들이 아무리 능률적이고 능숙하다고 하더라도 기적을 일으키진 못합니다."

아서 경은 그의 말에 동의했다. 그들은 사이좋게 헤어졌다. 하지만 아서는 경관들이 기적을 일으키는 것 같다는 생각을 떨칠 수가 없었다. 그들은 생각의 힘만으로도 봉인된 꾸러미에서 다른 꾸러미로 29점의 털을 보낼 수 있는 것이다. 아서는 이 일을 논문으로 써서 심령연구협회지에 실어야 할 판이다. 그렇다. 그들은 물체를 비물질화시킨 뒤 다시 물질화시켜서 강령회 테이블 위로 아시리아의 고대 서판이나 준보석뿐 아니라 고대의 동전을 물줄기처럼 쏟아놓는다는 영매들에 비교할 법하다. 아서는 이런 형태의 심령술에는 여전히 깊은 의혹을 품고 있었다. 아무리 아마추어 탐정이라 해도 그런 고대 동전들의 경로를 추적해 보면 가장 가까운 곳에 있는 화폐수집가를 찾아낼 수 있다. 뱀이나 거북, 살아 있는 새들을 다루는 부류에 대해서도 그는 마찬가지 의혹을 품었다. 서커스나 마법사의 방이 더 잘 어울리는 부류들이다. 아니면 스태퍼드셔 지서라든가.

아서는 초조해졌다. 12시간. 이 안에 답이 있었다. 경찰은 버터 박사에게 가져가기 전까지 12시간 동안 증거물을 품고 있었다. 그동안 증거물은 어디에 놓여 있었을까. 담당자는 누구였고, 어떻게 취급했을까. 증거물은 통상 가능한 정도로 오염되었을까, 혹은 조지 에들지에게 혐의를 씌우려는 의도 아래 일부러 어떤 짓을 하지는 않았을까. 그들은 죽을 때나 되어서야 고백할지도 모른다. 게다가 아서는 죽어가는 사람의 고백을 미심쩍게 여기는 편이었다.

린지 존슨 박사의 보고서가 언더쇼로 날아들었을 때, 아서는 크게 기뻐했다. 존슨은 보고서를 뒷받침하듯 편지의 필적을 상세하게 분석한 두 권의 공책을 보내왔다. 유럽의 일인자는 사악한 위조자의 펜으로 쓰인 것이든, 종교적 광신자나 타락한 소녀이 쓴 것이든 간에, 그가 받은 편지들 중 어떤 것도 조지 에들지의 필체와는 유의미한 일치를 보이지 않는다고 했다. 겉으로 보기에 비슷한 부분들이 간혹 있기는 했다. 하지만 이는 타인의 필체를 따라하려는 위조자가 노력한 흔적 이상으로 볼 수 없었다. 위조자가 조지의 필적을 그럴듯하게 복제하는 수준까지 도달하지 않았을까 싶다가도, 조지가 그 편지들에 문자 그대로 손가락

하나 대지 않았다는 증거가 너무나 많았다.

아서의 첫 번째 목록은 이제 절반 이상이 확인되었다. 옐버턴–털–편지들–시력. 그린 항목에 대해서는 여전히 알아볼 것들이 남아 있었다. 그리고 앤슨이 있었다. 아서는 지체하지 않고 지서장을 만나야 했다. 앤슨은 "실생활에서 일어난 사건을 두고 셜록 홈스가 뭐라고 할지를 기대하지 않을 수 없군요……"라고 비꼬는 듯한 답변을 보내왔다. 그렇다면 좋다. 아서는 그의 말대로 지금까지 찾아낸 사실들을 적어 그에게 보내 답변을 요구할 것이다.

책상에 앉아 편지의 초안을 작성하기 시작하면서 그는 투이가 죽고 난 후 처음으로 일상의 질서를 느꼈다. 절망과 죄책감, 무기력 다음에 도전과 작전 개시를 요구하는 사태가 도래했고, 그는 이제 자신이 있어야 할 곳에 와 있었다. 그는 다시 펜을 들고 책상에 앉아, 이야기를 들려주고 사람들에게 사물들을 바라보는 다른 방식을 보여주는 사람이 되었다. 그리고 런던 저편에서는 그를 기다리는—뭐, 그리 오래 기다리게 되지는 않겠지만—여자가 있다. 그녀는 지금부터 그의 첫 번째 독자이자 그가 살아가는 인생의 면면을 누구보다도 먼저 목격하게 될 여자다. 그는 차오르는 에너지를 느꼈다. 그의 머릿속은 소재로 충만했다. 그리고 그의 목적은 분명했다. 그는 기차와 호텔, 승합마차에서 이미 써둔 바 있던, 극적이면서도 선언적인 문장으로 편지의 도입부를 열었다.

조지 에들지 씨를 처음 보았을 때, 저는 그에게 유죄를 선고한 범죄와 그가 극도로 무관하다는 걸 확신했습니다. 따라서 저는 그가 혐의를 받게 된 몇 가지 이유에 대해 적어도 몇 가지를 다시 생각해보시기를 제안합니다.

그러자 거대한 고리가 풀리듯 이야기가 술술 풀려나오기 시작했다. 그가 만들어내는 연결고리들은 견고했다. 이틀 만에 그는 1만 5천 단어를 썼다. 하지만 여전히 부가할 내용들이 남아 있었다. 안과의와 필적 전문가가 추가로 보고할 내용도 포함시켜야 했다. 그는 아직은 앤슨을 압박하지 않기로 했다. 아직 만나지도 않은 사람을 공격해서 얻어낼 것은 많지 않아 보였다. 우드가 타자기로 보고서를 타이프했고, 사본 한 부를 지서장에게 등기우편으로 발송했다.

이틀 뒤 스태퍼드 그린 홀에서 보낸 답장이 도착했다. 다음 주 아무 날이나 앤슨 부부를 찾아달라는 내용이었다. 함께 저녁식사를 들자고 했다. 하룻밤 머무르는 것도 환영한다고 했다. 그러나 아서의 보고서에 대한 언급은 찾아볼 수 없었다. 다만 추신에 엉뚱한 내용이 적혀 있었다. "원하신다면 셜록 홈스 씨를 대동하셔도 좋습니다. 앤슨 부인이 그분을 무척 만나고 싶어하십니다. 홈스 씨도 숙박이 필요하신지 알려주십시오."

아서 경은 비서에게 앤슨의 편지를 넘겨주었다. "편지로 봐서는, 만일의 사태에 대비하겠다는 이야기 같군."

우드는 동의의 뜻으로 고개를 끄덕였다. 그는 추신에 대해 무슨 말도 덧붙여서는 안 된다는 것 정도는 알고 있었다.

"우디, 홈스 역할을 맡을 생각은 없나?"

"아서 경, 바라신다면 따라가지요. 하지만 제가 변장에 대해 어떻게 생각하는지는 알고 계시지요." 이미 왓슨 역할을 해본 적 있는 우드는 홈스 역할까지 해낸다는 건 자신의 연기력 이상의 문제라고 생각했다. "전 아마 당구대의 연습상대로나 더 쓸모가 있을 겁니다."

"자네 말이 맞네, 앨프리드. 그러면 내 자리를 지켜주게. 그리고 더블 보크를 소홀히 하지 말고. 난 앤슨이 어떤 인간인지를 보러 가겠네."

아서가 스태퍼드셔로의 여행계획을 짜는 동안, 진은 그 이후의 것들을 생각하고 있다. 이제는 기다리는 여자가 아니라 기다리지 않는 아내가 되겠다고 선언할 때다. 지금은 1월이다. 투이는 지난 7월에 죽었다. 물론 아서는 다음 7월까지 진과 결혼할 수 없다. 하지만 날짜는 아직 정해지지 않았더라도 가을에 결혼식을 치른다는 게 불가능해 보이진 않는다. 15개월이라면 놀라는 사람은 그다지 많지 않을 것이다. 진은 봄날의 결혼식을 선호하지만, 생각해보면 재혼에는 가을이 어울린다. 허니문은 유럽으로 갈 것이다. 이탈리아는 물론이고, 그녀는 항상 콘스탄티노플에도 가보고 싶었다.

결혼식을 치르려면 들러리가 필요하다. 진은 이 문제에 대해서도 오래 생각해왔다. 레슬리 로즈와 릴리 로더 사이먼즈가 적당할 것이다. 하지만 결혼식을 치르려면 교회가 있어야 하고, 교회는 종교를 의미한다. 아서의 어머니는 아서를 가톨릭 학교에서 교육받게 했지만, 이제는 둘 다 냉담자다. 엄마는 영국국교회로, 아서는 일요일의 골프로 개종했다. 아서는 심지어 중간이름인 이그너셔스를 공개하기를 꺼린다. 형편이 이러하니, 날 때부터 가톨릭 신자인 그녀가 가톨릭식으로 예식을 올릴 확률은 극히 적다. 그녀의 부모, 특히 어머니가 이에 실망할 것이다. 그러나 그것이 아서와의 결혼에 따르는 대가라면 진은 기꺼이 지불할 것이다.

그러나 그 이상의 대가를 치러야 한다면? 항상 아서의 곁에 서려면 그녀는 지금까지 고개를 돌려왔던 일들도 받아들여야 한다. 아서가 몇 번인가 심령술에 대한 관심을 보일 때마다 그녀는 외면했다. 그녀는 속으로 심령술이라는 세계의 천함과 어리석음에 몸서리를 쳤다. 우둔한 노인이 무아경에 빠져드는 척하고, 끔찍한 가발을 쓴 노파가 수정구를 들여다보고, 어둠 속에서 손을 잡고 둘러앉는 사람들이 서로를 놀래켜 펄쩍 뛰는 꼴이라니. 심령술은 종교, 즉 도덕과는 아무 상관도 없다. 사랑하는 아서가 이처럼 어리석은 짓에 빠져들다니, 불쾌할뿐더러 믿을 수조차 없었다. 합리적으로 사고하는 데 둘째가라면 서러워할 아서 같은 사람이 어떻게 그런 사람들과 어울릴 수 있단 말인가.

그녀의 좋은 친구인 릴리 로더 사이먼즈가 강령술 테이블을 열광적으로 좋아하는 건 사실이다. 하지만 그녀는 릴리가 별나서 그렇다고 생각한다. 강령회에 참석하는 사람들이 하나같이 존중받을 만한 사람이라고 릴리가 아무리 얘기해도 진은 듣고 싶지 않았다. 하지만 심령술에 대한 거부반응을 해소하려면 그녀는 먼저 릴리와 이 문제를 상의해야 할지도 모른다. 아니다. 그녀는 겁쟁이가 아니다. 그녀가 결혼할 사람은 릴리가 아니라 아서다.

그래서 아서가 런던에 위치한 그녀의 아파트로 찾아오자, 그녀는 그를 자리에 앉힌 뒤 그간 조사한 내용들을 얌전히 듣는다. 그리고 아서에게는 너무나 놀랍게도 그녀는 이렇게 말한다. "저도 당신 친구를 만나보고 싶어요."

"그러겠소, 내 사랑? 끔찍한 일들에 시달렸지만, 그는 무척 고상한 사람이오. 당신이 만나준다면 그는 분명 기뻐하며 영광이라고 생각할 거요."

"그가 파르시랬죠? 그렇게 들었어요."

"꼭 그렇다고 말할 순 없소. 그의 아버지가—"

"파르시들은 뭘 믿나요, 아서? 힌두교를 믿나요?"

"아니, 그들은 조로아스터교를 믿소." 아서는 이런 질문을 반긴다. 여자들에게 무언가를 설명해줄 수 있도록 허락받을 수만 있다면, 그들이 지닌 근원적인 불가사의함을 꽁꽁 에워싸서 물리칠 수 있다고 아서는 믿는다. 그는 파르시들의 역사와 외모상의 특징들, 파르시 고유의 머리싸개, 여성에 대한 자유로운 태도, 집의 1층에서 아이를 낳는 전통에 대해 자신 있게 설명한다. 소의 오줌을 이용한 정화의식은 건너뛴다. 하지만 파르시들의 삶에서 천문학이 중심적인 위치를 차지하고 있다는 점은 자세하게 설명한다. 파르시들이 죽은 자들을 독수리의 먹이가 되도록 침묵의 탑에 올려두고 조장鳥葬을 치르는 대목에 이르자 진은 손을 들어 그의 말을 멈추게 한다. 그녀는 잘못된 방법을 택했다는 걸 깨닫는다. 조로아스터교의 역사는 그녀의 생각대로 심령술에 대한 대화로 부드럽게 넘어가기에는 적당한 소재가 아니다. 게다가 자신의 방법이 솔직하지 못했다는 생각이 든다.

"아서, 내 사랑." 그녀가 끼어든다. "말씀드릴 게 있어요."

그는 놀란 표정이다. 약간 무서워하는 듯 보이기도 한다. 그는 언제나 그녀의 대담함을 높이 평가하면서도, 여자가 할 말이 있다고 나올 때는 남자에게는 하등 좋을 것이 없다고 내심 생각해왔다.

"강신학…… 아니면 심령학을 어떻게 생각하시는지 설명해주세요."

"난 강신학이라는 용어를 선호하오. 요새는 잘 사용되지 않는 것처럼 보이긴 하지만. 그런데 난 당신이 이 얘기를 아예 싫어하는 줄 알았는데." 그의 대답에는 그 이상의 의미가 담겨 있다. 그녀가 심령학을, 그리고 더 심하게는 심령학과 관련된 사람들을 두려워하며 경멸한다는 의미가.

"아서, 전 당신이 관심을 갖는 분야는 그 무엇도 싫어하지 않아요." 그녀의 대답에는 이런 의미가 담겨 있다. 그가 관심을 갖는 분야들을 그녀가 싫어하지 않게 되기를 바란다는 의미가.

그는 후에 언더쇼를 짓게 된 사람과의 텔레파시 실험에서부터 버킹엄 궁전에서 만났던 올리버 로지 경과의 대화에 이르기까지 그와 관련된 일화들을 읊기 시작한다. 그는 과학적 증거들과 연구과정을 계속해서 강조한다. 그러면서 그것이 무서운 것이 아니며, 존중받을 만한 학문이라고 가능한 한 조심스럽게 설명한다. 그가 하는 말들 못지않게 그의 어조가 그녀의 마음을 조금씩 움직인다.

"릴리에게서 강령술 테이블에 대한 이야기는 들은 적이 있어요. 하지만 전 그게 교회의 가르침과는 위배된다고 생각해요. 이교적이지 않나요?"

"교회라는 기관에 위배된다는 건 사실이지. 특히나 심령학 때문에 중개업자들이 쫓겨날 테니까."

"아서! 성직자들을 그렇게 말씀하시면 안 되죠."

"하지만 역사적으로 성직자들은 한낱 중개업자들에 지나지 않았소. 중개자, 중간자. 처음에는 그들도 진실을 전달했지. 하지만 점차 진실을 조종하는 사람, 혼란스럽게 만드는 사람, 정치인들 나부랭이가 되었소. 순결파 신자들의 말이 옳았어요. 그들은 교회의 위계질서에 구속받지 않고 신에게로 곧장 나아갈 수 있다고 했지. 당연히 그들은 로마교회에서 이단으로 취급당했고."

"그래서 당신의 믿음—믿음이라고 말해도 될까요?—이 제가 믿는 교회에서 돌아선 건가요?" 그녀의 이 말에서 교회란 모든 신자, 그리고 그중에서도 특정한 한 사람을 의미한다.

"아니오, 내 사랑. 그리고 난 당신이 교회에 가는 걸 결코 말릴 생각이 없소. 하지만 우리는 곧 모든 종교를 넘어서게 될 거요. 역사적으로 짧은 시간 안에 교회는 과거의 유물이 될 거요. 이렇게 생각해봅시다. 종교는 어째서 전혀 진보하지 않는 사고의 영역에 남아 있어야만 할까? 그게 이상하지 않소? 왜 우리는 영원히 이천 년 전의 기준에 따라야 하는 걸까? 왜 사람들은 인간의 두뇌가 발전하여 더 넓은 전망을 가질 수 있다는 사실을 모를까? 불완전한 두뇌로는 불완전한 신을 만들어낼 뿐인데, 어째서 사람들은 우리의 두뇌가 여전히 불완전하다고 말하는 걸까?"

진은 침묵한다. 그녀는 이천 년 전에 만들어진 기준이 진실이며, 이에 순종해야 한다고 생각한다. 그리고 비록 두뇌는 온갖 과학적인 진보를 이루어내며 발전할 수 있지만, 신성의 발현인 영혼은 불변적이고 독보적이며, 진화와는 아무런 상관이 없다고 생각한다.

"내가 앨버트 홀에서 열렸던 '강한 남성 선발대회'에서 심판을 봤던 일 기억하오? 우승자는 머리라는 사내였지. 나는 그날 밤 그를 따라갔소. 영국에서 가장 힘센 남성인 그는 팔 밑에 금으로 만든 상패를 끼고 있었소. 하지만 그는 안개 속에서 길을 잃고……."

아니다, 비유를 사용해선 안 된다. 비유는 기존 종교에나 어울린다. 비유는 제대로 된 설명을 제공하지 않는다.

"진, 우리의 작업은 단순하오. 우리는 종교의 위대한 본질을 수용하오. 우리는 영혼의 삶을 더 가시적으로 만들고, 따라서 사람들에게 이해시키려는 거요."

이 말은 진에게는 유혹자의 말처럼 들렸다. 그녀는 건조한 목소리로 물었다. "강령술 테이블 앞에서요?"

"외부인들이 보기엔 이상하겠지. 난 기꺼이 인정하오. 하지만 당신의 교회에서 베푸는 성찬식도 조로아스터교인들이 보기에는 이상할 거요. 접시에 담긴 예수 그리스도의 살과 피라니, 그들이 보기엔 한낱 간교한 장난질에 불과할 거요. 종교는, 모든 종교는 제의와 폭정이라는 수렁에 빠져 있소. 우리는 우리 교회를 찾아와 기도하고 우리의 지시를 따르면 언젠가 죽어서 보상을 받는다고 말하지 않아요. 그런 말은 카펫 상인들이나 하는 거지. 하지만 우리는 사람들에게 구체적인 심령현상의 진실을 이제부터 보여줄 거요. 죽음이 물리적으로 폐기되어야 할 개념임을 증명하려는 거지."

"그래서 당신은 육신의 부활을 믿지 않나요?"

"우리가 땅에 묻히고 썩어서 미래의 어느 시간에 다시 완전체로 거듭난다? 아니, 육신은 영혼이 깃드는 한낱 껍질에 불과하오. 죽음 이후에 영혼이 한동안 어둠 속을 배회하는 건 사실이오. 하지만 이는 단지 영혼들이 더 먼 곳으로 옮겨갈 준비가 돼 있지 않아서요. 진정한 심령술사라면 이 과정이 고통 없이 수월하게 지나간다는 걸 알고 있소. 그후에는 그가 뒤에 남겨둔 세계와 더 빠르게 의사소통할 수 있겠지."

"직접 본 적 있으세요?"

"물론이지. 그리고 내가 더 잘 이해하게 되면 더욱 자주 볼 수 있게 되리라 희망하오."

진은 갑자기 오싹해진다. "당신이 직접 영매로 나서시려는 건 아니겠죠, 사랑하는 아서." 그녀는 사랑하는 남편이 늙은 보따리 장수가 되어 무아경에 빠진 채 우스꽝스러운 목소리로 말하는 장면을 떠올린다. 새 레이디 도일이 보따리장수의 아내로 알려지는 장면도.

"아, 아니오. 내겐 그런 능력이 없소. 진정한 영매는 무척 드물어요. 그들은 대개 단순하고 소박한 사람들이오. 예를 들어 예수 그리스도도 그러했지."

진은 이 말을 무시한다. "그러면 도덕에 관해서는 어떻게 생각하시나요, 아서?"

"도덕은 불변하지. 진정한 도덕이란 신에 대한 사랑과 개인의 양심에 달려 있소."

"토를 달려는 건 아니에요, 아서. 하지만 평범한 사람들에게 어떻게 행동해야 할지 알려주는 교회가 존재하지 않는다면 그들은 사리사욕에 빠져 짐승과 다를 바 없어질 거예요."

"그런 일은 벌어지지 않을 거요. 심령주의자들, 진정한 심령주의자들은 뛰어난 도덕적 자질을 갖춘 사람들이오. 당신에게도 여러 번 그들의 이름을 언급한 바 있지. 그들은 영적인 진실을 더 잘 이해하기 때문에 더 뛰어난 도덕성을 갖추고 있소. 만약 당신이 말하는 평범한 사람들이 단번에 영적 세계의 진실을 볼 수 있다면, 그리고 진실이 얼마나 가까이 있는지 깨닫게 된다면, 사리사욕을 채우는 짐승 같은 자들은 나타날 수 없을 거요. 진실을 분명히 보여주기만 하면 도덕은 자연히 따라올 거요."

"아서, 너무 앞서가시네요." 진에게 두통이 찾아오기 시작한다. 그냥 두통도 아니고 편두통일 것 같아서 그녀는 걱정한다.

"그렇군. 우리에겐 앞으로 함께할 긴 삶이 남았지. 언제까지나

영원히 함께."

진은 미소를 짓는다. 그녀는 그녀와 아서가 함께할 영원한 시간 속에서 투이가 어떤 역할을 맡게 될지 궁금하다. 진실을 말해주는 것이 교회일지, 아니면 그녀의 남편이 될 사람에게 깊은 인상을 준 천박한 영매들일지에 대한 문제가 여전히 남아 있겠지만.

아서는 두통 따위는 전혀 느끼지 않는다. 삶이 다시 움직이고 있다. 에들지 사건이 있었고, 이제 진이 정말로 진실한 문제에 대해 갑자기 흥미를 느끼지 않는가. 그는 곧 열정을 완전히 되찾게 될 것이다. 문간에서 그는 자신을 기다리는 여자를 끌어안는다. 그리고 투이가 죽은 후 처음으로 자신이 곧 신랑이 될 사람처럼 행동한다는 것을 깨닫는다.

앤슨

아서는 마부에게 화이트 라이언 호텔 옆에 위치한 오래된 유치장 앞에서 내려달라고 했다. 여관은 그린 홀의 뒤편에 있었다. 걸어서 그린 홀에 들어가겠다는 건 본능적인 전략이었다. 하룻밤 묵어갈 짐가방을 든 그는 자갈길에 닿는 발소리를 죽이려고 애쓰며 리치필드 로드로부터 이어지는 완만한 언덕을 올라갔다. 비스듬하게 기울어진 오후의 희미한 햇살에 집의 윤곽이 분명해지기 시작하자 그는 나무 그늘 아래서 걸음을 멈추었다. 조지프 벨 박사의 방법론이 생리학에서만이 아니라 건축물에서도 위력을 발휘하지 못할 까닭은 없다. 그는 그린 홀이 1820년대에 지어졌으리라고 추측했다. 흰색 치장벽토와 유사 그리스 양식의 파사드, 세로 홈이 없는 이오니아식 기둥 두 쌍이 세워진 주랑현관, 그리고 양쪽에 창문이 세 개씩 있었다. 3층짜리 건물로 보였지만, 그의 날카로운 눈에 3층은 어딘지 모르게 수상쩍어 보였다. 그렇다. 우드가 곁에 있었다면 그는 일곱 개의 창문이 있는 2층 위에 다락으로 사용될 만한 공간은 전혀 없으리라는 걸 두고 내기라도 할 수 있었다. 당구에서 40점을 먼저 내주고 시작할 수도 있었다. 실제로 3층은 존재하지 않으며, 이는 집을 더 크고 웅장하게 보이도록 하기 위한 건축적 속임수였다. 하지만 현재 이 집에 사는 사람이 속임수를 썼다고 비난할 수는 없었다. 도일은 집 뒤편을 관찰했고, 우측에서는 낮은 대지에 꾸며진 장미정원과 테니스장, 측면에 어린 서어나무 접목묘 한 쌍이 있는 여름용 별채를 보았다.

이 집은 어떤 이야기를 품고 있는가. 돈, 혈통, 취향, 역사, 권력의 이야기이다. 이 가족의 명성은 18세기에 스페인 갤리언선을 포획하고 받은 현상금으로 최초의 행운을 거머쥔 항해자 앤슨으로부터 시작되었다. 그의 조카는 1806년 자작의 작위를 받았고, 1831년에는 백작이 되었다. 둘째 아들의 저택이 이 정도라면, 슈그버러에 있는 맏아들의 저택은 어느 정도일까. 앤슨 가 사람들은 상속받은 재산을 어떻게 발전시켜야 하는지를 알고 있었다.

몇 피트 떨어지지 않은 2층 창가에 서 있던 앤슨 지서장이 부드러운 목소리로 아내를 불렀다.

"블랜치, 위대하신 탐정 양반이 거의 다 오신 모양이오. 거대한 하운드 발자국이라도 찾는지 진입로를 조사하고 있군." 앤슨 부인은 남편이 이렇게까지 경박한 말투를 사용하는 걸 거의 본 적이 없었다. "저자가 도착하면 그의 책에 대해 재잘거리지 마시오."

"제가, 재잘거린다고요?" 그녀는 실제보다 더 상처받은 척했다.

"저자는 이미 방방곡곡에서 온갖 찬사의 말들을 들었소. 저자를 지지하는 사람들은 죽을 때까지 재잘거릴 거요. 우린 저자를 환대하겠지만, 환심을 사려고 해선 안 돼요."

앤슨 부인은 남편이 자신이 정말로 그렇게 행동할까봐 걱정해서라기보다는 초조해서 이런 말을 한다는 걸 알아차릴 만큼 그와의 결혼생활을 유지해왔다. "맑은 수프와 구운 대구, 그리고 양고기 커틀릿을 준비하라고 해뒀어요."

"그리고 또?"

"싹양배추와 감자 크로켓도 있죠. 물어보실 필요 없어요. 세몰리나 수플레에 멸치난자도 있어요."

"완벽하군."

"아침으로는 구운 베이컨에 머리고기가 좋을까요? 아니면 구운 청어에 비프롤이 나을까요?"

"이런 계절에는 후자가 어울릴 것 같군. 그리고 이 점을 명심해요, 블랜치. 저녁을 먹는 동안에는 사건에 대한 얘기는 한 마디도 하지 않을 거요."

"어려운 일도 아니에요, 조지."

어쨌거나 도일은 세심하게 예의를 차리는 손님이었다. 그는 하룻밤 지낼 방을 보고자 했고, 햇빛이 사라지기 전에 집 밖을 구경하고 싶어했다. 앤슨과 마찬가지로 영지 소유주인 도일은 초지로 범람하는 일이 잦은 소 강에 대한 걱정을 표했고, 여름용 별채에 반쯤 가려져 있던 작은 토담 건물에 대해 물었다. 앤슨은 그것이 냉동고가 들어온 다음부터는 사용되지 않는 오래된 얼음저장고인데, 와인저장고로 사용할까 생각중이라고 대답했다. 그후 그들은 테니스장의 잔디를 겨울철에도 보존하는 방법을 논했고, 영국 기후의 특성상 쾌적한 계절이 짧게 지나간다는 점을 아쉬워했다. 앤슨은 그린 홀의 소유주로서 도일의 찬사와 우려를 받아들였다. 사실 그는 그린 홀을 빌려서 살고 있는 것이나 다름없었지만, 위대하신 탐정 양반에게 그런 말을 늘어놓을 필요는 없었다.

"어린 서어나무들이 있더군요."

"빈틈이 없으시군요, 도일." 지서장이 미소를 지으며 대답했다. 앞으로 하게 될 말들에 비하면 터무니없이 가벼운 화제였다.

"몇 년 동안 직접 돌보고 있습니다."

저녁 식사를 하는 동안 앤슨 부부는 테이블의 끝자리에 각각 앉았다. 도일에게는 휴면기의 장미정원이 내다보이는 가운데 창문 앞자리를 권했다. 그는 앤슨 부인이 던지는 질문에 적절하게 조심스러운 태도를 보였다. 그녀는 가끔 그가 너무 조심스러운 건 아닌가 생각했다.

"스태퍼드셔에 아는 분들이 많으신가요, 아서 경?"

"꼭 그렇지는 않습니다. 하지만 제 아버지 쪽과 관계가 있지요. 본디 도일 가문은 프랜시스 헤이스팅스 도일 경을 비롯해 여러 훌륭한 분들을 낳은 스태퍼드셔 도일 가문의 분가입니다. 아실지 모르겠군요. 이쪽은 아일랜드 침공 당시 일약했고, 카운티 웩스퍼드의 영지를 수여받았습니다."

앤슨 부인은 계속하라는 미소를 지었지만, 그녀의 미소가 굳이 필요치는 않은 상황이었다. "그러면 어머님 쪽은 어떻게 되시나요?"

"아, 그쪽이 더 재미있습니다. 제 어머니는 상당한 고고학적 지식을 갖추고 계시죠. 어머니는 얼스터의 문장원 장관이자 어머니의 친척이시기도 한 아서 비커스 경의 도움으로 500년 이상 이어지는 족보를 밝혀낼 수 있었습니다. 어머니의 자랑은, 그러니까 우리의 자랑은 우리 가계에 훌륭한 조상들이 여럿 계시다는 점입니다. 제 조모의 숙부께서는 워털루 전투에서 스코틀랜드 여단을 이끌었던 데니스 팩 경입니다."

"그렇군요." 앤슨 부인은 아서 경의 수업을 열심히 들었고, 그의 말을 믿었다. 하지만 신사를 증명하는 것은 족보라기보다는 천성과 태도다.

"하지만 제 가족과 관련된 진짜 로망스는 17세기 중반의 리처드 팩 목사와 노섬벌랜드 퍼시 공의 아일랜드 혈통을 물려받은 메리 퍼시의 결혼에서 자취를 찾을 수 있습니다. 이때부터 우리 가문은 플랜태저넛 가문과 세 번의 결혼으로 이어지게 됩니다.

고상한 피를 타고난 사람은 고상한 영혼을 희망할 수밖에 없죠."

"고상한 영혼을 희망할 수밖에 없다라." 앤슨 부인이 아서의 말을 반복했다. 글로스터 브렌트리에 사는 G. 밀러의 딸인 그녀 자신은 먼 조상에 대한 호기심이 그리 많지 않았다. 그녀가 보기엔, 정교한 가계도를 작성하기 위해 전문가를 고용하면 언젠가는 필연적으로 위대한 가문과 연결될 수밖에 없는 듯 보였다. 자기가 아버지 쪽으로는 돼지치기의 후손이고 어머니 쪽으로는 도붓장수의 후손이라는 점을 확인하려고 비용을 지불할 사람이 누가 있겠는가.

"비록," 아서 경이 말을 이었다. "데니스 경의 조카 캐서린 팩이 에든버러에서 남편을 잃었고, 가족의 운명도 나락으로 떨어지기는 했지만요. 해서 캐서린 팩은 하숙생을 받을 수밖에 없었습니다. 그래서 제 아버지가 하숙생으로 들어갔다가 어머니를 만나게 된 겁니다."

"매력적이네요." 앤슨 부인이 말했다. "너무나 매력적인 이야기예요. 그래서 당신은 이제 가문의 영광을 되살리려고 분주하시겠군요."

"어렸을 때 전 어머니가 가난을 감내할 수밖에 없다는 사실이 무척 고통스러웠습니다. 가난과 어머니는 어울리지 않았어요. 그날의 기억이 항상 저를 움직이게 했습니다."

"매력적이에요." 앤슨 부인은 아까보다는 덜 진심으로 대답했다. 귀족적인 혈통을 타고나 어려운 시기를 보낸 끝에 영광을 되찾는다라. 소설에서 이런 이야기를 읽었다면 그녀는 충분히 그럴 법하다고 기꺼이 생각했을 것이다. 하지만 실제로 존재하는 인물이 이런 이야기를 하면, 감상적이고 편향적이며 그럴듯하지도 않게 들렸다. 그녀는 이번 세대의 명운이 어디까지 이어질지 궁금했다. 단기간에 벌어들인 돈을 두고 흔히 하는 말도 있잖은가. 한 세대가 돈을 벌면 다음 세대가 그것을 즐기고, 그다음 세대는 모조리 잃는 법이라고.

그러나 아서 경이 조상들에 대해서는 약간의 자만을 드러냈다면, 음식에 대해서는 엄청난 식욕을 자랑했다. 비록 자기 앞에 놓인 것에 대해 아무런 언급도 없긴 했지만. 앤슨 부인은 그가 음식에 대한 칭찬을 천박하다고 생각하는지, 아니면 단순히 미각이 결여돼 있는 건지 알 수가 없었다. 한편, 에들지 사건 역시 언급되지 않았다. 사법제도도, 핸리 캠벨 배너먼 경의 행정부도, 대인기인 셜록 홈스도. 하지만 그들은 키 없이 노만 젓는 사람들처럼 열심히 대화를 이어갔다. 노를 젓는 쪽은 아서 경이었고, 앤슨 부부는 아서가 배를 나아가게 하는 동안 노를 축 늘어뜨리고만 있었다.

멸치난자가 치워질 때쯤, 블랜치 앤슨은 남자들이 더는 테이블에 앉아 있지 못하게 되었다는 걸 눈치 챘다. 그들은 커튼이 내려진 서재에서 벽난로에 장작을 던져넣고 시가에 불을 붙이고 브랜디 잔을 앞에 둔 채 가능한 한 점잖은 방식으로 상대방을 공격할 기회만을 갈망하고 있었다. 그녀는 테이블 위를 감도는 원시적이고 폭력적인 기운을 감지했다. 그녀는 자리를 떠나며 두 전사에게 안녕히 주무시라는 인사를 남겼다.

두 신사는 난롯불이 타오르는 서재로 향했다. 도일은 놋쇠 항아리에 담긴 반짝이는 석탄과 한데 묶어 철해둔 정기간행물의 윤나는 책등, 빛나는 디캔터 세 개, 그리고 유리 진열장에 든 물고기 박제의 래커칠한 부푼 배를 관찰했다. 모든 것이 반짝이고 있었다. 잉글랜드 토종이 아닌 사슴—그는 스칸디나비아 엘크라고 추측했다—의 뿔 한 쌍도 하녀가 놓치지 않고 말끔히 닦았을 게 분명했다.

도일은 앤슨이 내민 상자에서 시가를 꺼내 손가락 사이에서 굴려보았다. 앤슨은 그에게 작은 주머니칼과 성냥상자도 내밀었다.

"난 시가커터를 사용해선 안 된다고 생각합니다." 앤슨이 단호하게 말했다. "시가는 칼로 잘라야죠."

도일은 고개를 끄덕이며 자기 몫의 시가를 잘랐고, 자른 토막을 불 속으로 던졌다.

"과학이 이토록 발전했는데 이제 전기 시가라이터도 발명될 때 아닙니까?"

"만약 그랬다면 아직 하인드헤드까지는 알려지지 않았나봅니다." 도일은 대답했다. 그는 시골에 와서 거만하게 구는 도시 사람 역할을 맡을 생각이 없었다. 하지만 그는 자기 서재에서 주인 행세를 하려는 앤슨의 마음을 파악했다. 뭐, 장단을 맞춰주면 그만이었다.

"저 엘크는," 그가 물었다. "캐나다 남부에서 온 겁니까?"

"스웨덴이오." 지서장이 다소 급하다 싶게 대답했다. "당신의 탐정이라면 모를 리가 없었을 텐데요."

아, 그러니까 지금부터 시작이라는 건가. 도일은 시가에 불을 붙이는 앤슨을 바라보았다. 불붙은 성냥에 타이핀의 스태퍼드 매듭이 짧은 순간 빛났다.

"블랜치는 당신 책을 읽지요." 지서장이 지금부터 시작이라는 듯 고개를 까딱거리며 말했다. "내 아내는 브래던 부인*의 애독자이기도 합니다."

도일은 갑자기 괴로워졌다. 브래든 부인이나 읽는 여자가 내 책을 좋아한다고 말하다니. 그런데 앤슨이 또다시 그를 자극했다. "난 스탠리 웨이먼**을 더 좋아하죠."

"훌륭하십니다." 도일이 대답했다. "훌륭하시군요." 이 말은 당신이 스탠리 웨이먼을 더 좋아해서 다행이라는 의미였다.

"솔직히 말씀드려도 되겠지요? 도일, 당신이 보기에 난 그리 문학적인 사람은 아닐지도 모릅니다. 하지만 이런 문제에 대해서는 당신 독자들이 생각하는 바와는 달리 전문적으로 접근할 수 있죠. 당신 이야기에 등장하는 경찰이 유능하지 못한 이유는, 제가 이해하기로는 당신의 이야기에 그런 경찰이 필요하기 때문입니다. 당신의 과학적인 탐정이 빛나려면 주변에 멍청이들이 잔뜩 있어야 하는 법 아니겠습니까."

---

* Mary Elizabeth Braddon, 멜로드라마적인 내용의 소설을 주로 쓴 빅토리아 시대의 여성 소설가.

** Stanley J. Weyman, 18세기 유럽을 배경으로 한 역사 로맨스를 주로 쓴 빅토리아 시대 소설가.

아서가 끼어들 이유는 없었다. 레스트레이드나 그렉슨, 홉킨스는 '멍청이들'과는 거리가 멀었고, 게다가—

"그렇죠. 난 당신이 왜 그렇게 썼는지 잘 압니다, 도일. 하지만 실생활에서는……."

이 시점부터 도일에게는 앤슨의 말이 거의 안 들리다시피 했다. 그의 생각은 '실생활'이라는 단어에 사로잡혀 있었다. 무엇이 실제이고 무엇이 아닌지 사람들은 얼마나 쉽게 이해하는가. 순진한 사무변호사가 포틀랜드에서 징역을 살아야 하는 세계…… 홈스가 레스트레이드와 그의 부하들이 풀 수 없는 수수께끼를 해결하는 세계…… 혹은 그 너머의 세계, 닫힌 문 뒤의 세계, 투이가 무기력하게 미끄러져 들어간 세계. 어떤 사람들은 이런 세계들 중 하나만 믿었고, 어떤 사람들은 두 가지를 믿었다. 세 가지 세계를 전부 이해하는 사람은 소수였다. 어째서 사람들은 이 우주로 나아가는 데 많이 믿는 것보다는 적게 믿는 것이 진보라고 생각할까.

"……친애하는 도일, 난 내무성의 지시 없이는 휘하의 경위들에게 코카인 주사기를 주지 않을 것이고, 경사와 순경들에게 바이올린을 주진 않을 거요."

도일은 마치 공격당한 사람처럼 고개를 옆으로 기울였다. 손님 연기는 이만하면 충분했다.

"이야기를 시작해볼까요. 보내드린 보고서는 읽으셨겠죠."

"당신이 보낸 그…… 이야기, 읽었습니다." 앤슨이 대답했다. "그렇게 실수를 연발했다니, 기가 차서 말이 나오지 않더군요.

충분히 미연에 방지할 수 있었을 텐데요."

도일은 앤슨의 솔직함에 놀랐다. "그렇게 말씀하시니 기쁘군요. 어떤 실수를 말씀하시는 겁니까?"

"목사 아내의 가족들이 저지른 실수 말입니다. 하나같이 다 잘못했죠. 대체 머릿속에 뭐가 들어 있었던 걸까요? 대체 무슨 생각이었을까요? 도일, 당신 조카가 파르시와 결혼한다고 생각해보세요. 조카의 마음을 돌릴 수 없다고요. 그러면 어쩌시겠습니까? 그런 자가…… 여기서 생계를 꾸려갈 수 있게 하는 건 말이죠. 그레이트 웨얼리에서요. 그건 페니언 단원을 스태퍼드셔 지서장에 임명하는 거나 다름없는 일이죠."

"내 생각도 당신에게 동의하는 쪽으로 기우는군요." 도일이 대답했다. "그렇게 함으로써 목사의 후원자가 영국국교회의 보편성을 널리 알리려 했다는 점에는 의심이 없습니다. 제가 판단하기에 목사는 정감 있고 헌신적인 사람입니다. 그는 최선을 다해 교구에 봉사해왔습니다. 하지만 이처럼 거칠고 투박한 사람들로 넘쳐나는 교구에서는 성직자가 유색인종이라는 사실을 받아들일 수 없었겠죠. 따라서 유감스러운 상황이 발생했습니다. 그러니 그런 시도는 다시는 되풀이되어서는 안 되겠죠."

아서의 마지막 말에, 앤슨은 '거칠고 투박한'이라는 조롱을 감수하면서까지도 갑자기 존중을 느꼈다. 그와 아서의 사고방식에는 생각보다 더 큰 공통점이 있었다. 그는 아서가 철저하게 급진적인 인물은 아니라는 점을 알았어야 했다.

"그리고 이 동네에는 튀기 아이들이 세 명이나 생겼죠."

"조지, 호레이스, 모드죠."

"그냥 튀기 아이들일 뿐이에요." 앤슨이 말했다.

"조지, 호레이스, 모드라니까요."

"그래요, 조지, 호레이스, 그리고 모드 이-달-지."

"받으신 사건분석을 읽어보셨습니까?"

"네, 당신이 보낸 사건…… 분석, 읽었지요." 앤슨은 이번에는 분석이라는 단어를 용인하기로 했다. "아서 경, 난 당신의 끈기와 열정을 존경합니다. 당신의 아마추어적 추리를 나 혼자만 간직하겠다고 약속하죠. 이를 널리 퍼뜨려봤자 당신의 명성에 흠집만 날 겁니다."

"당신은 내가 사건을 다시 살펴볼 수 있도록 허락하셔야 합니다."

"바라시는 대로 해드리죠. 바라시는 대로. 언젠가 블랜치가 읽던 잡지를 내게 보여준 적이 있었죠. 몇 년 전 〈스트랜드〉 지에 실린 당신 인터뷰였습니다. 당신이 어떤 식으로 글을 쓰는지 알 수 있었습니다. 인터뷰 내용이 당신을 멋대로 왜곡하지는 않았지요?"

"그랬던 기억은 없습니다. 하지만 내용을 검사하겠다는 자세로 읽은 적은 없는 것 같군요."

"당신은 언제, 어떻게 이야기를 쓰는지를 설명했고, 또 항상 결말을 생각하고 쓰기 시작한다고 말했습니다."

"결말에서부터 시작해야 합니다. 목적지를 모르면 어느 길로 가야 할지 알 수 없으니까요."

"그렇죠. 그리고 당신의…… 사건분석을 봅시다. 당신이 언제 어떻게 이달지를 처음 만났는지, 호텔 로비에서였다고 알고 있습니다만, 또 그를 어떻게 관찰했는지, 인사를 건네기도 전에 어떻게 무죄를 확신했는지가 나와 있더군요."

"그렇습니다. 분명하게 진술된 이유에 따른 것이지요."

"분명하게 느낀 이유였겠지요. 이렇게 말씀드리고 싶군요. 당신의 분석은 전부 그런 느낌에 기초한 것입니다. 그 타락한 젊은이가 무죄라고 느끼게 되자, 모든 것이 다 맞아떨어지는 듯 보였던 것이죠."

"그렇다면 당신의 경우도 그 젊은이가 유죄라고 확신한 순간, 모든 게 맞아떨어진 것 아니겠습니까."

"난 호텔 로비에서 잠깐 생각해서 결론을 내리지 않았습니다. 내 결론은 수년 동안 계속된 경관들의 관찰과 그들의 보고서에서 나온 겁니다."

"당신은 처음부터 그를 겨냥하고 있었습니다. 어린 학생에 불과했던 그에게 징역살이를 시키겠다며 위협했죠."

"그렇게 범죄의 길을 계속 따라가면 어떤 결과로 이어지는지를 아이와 아버지 둘 다에게 경고하려고 한 겁니다. 난 경찰의 임무가 벌주는 것만이 아니라 더 큰 범죄를 예방하는 것이라고 생각했고, 내 생각은 틀리지 않다고 생각합니다."

도일은 앤슨의 마지막 말이 자기에게 써먹으려고 미리 준비한 것이라고 생각하며 고개를 끄덕였다. "내가 조지를 만나기 전에 이미 〈엄파이어〉 지에 실린 그의 훌륭한 기사를 읽었다는 점을 잊으셨나봅니다."

"감옥에 갇힌 자들 중에 자기가 어째서 유죄가 아닌지에 대해 만족스러운 설명을 떠들어대지 못하는 자는 없는 법이니까요."

"당신은 조지 에들지가 자기 자신을 협박하는 편지를 보냈다고 생각하십니까?"

"그렇습니다. 다른 편지들도 마찬가지고요."

"당신은 조지 에들지가 짐승을 훼손하는 갱단의 대장이라고 생각하십니까?"

"누가 알겠소. 그런 얘기는 신문에서나 다룰 법한 것이지. 물론 관련된 자들이 더 있다는 것은 분명하오. 그중에서 그 사무변호사가 가장 영리한 자일 것이라는 점도 분명하고."

"당신은 영국국교회 목사인 그의 아버지가 아들의 알리바이를 위해 위증했다고 생각하십니까?"

"도일, 개인적인 질문을 하나 하지요. 아들이 있습니까?"

"네. 열네 살입니다."

"그애에게 문제가 생기면 당신은 아들을 돕겠지요?"

"그렇습니다. 하지만 전 범죄를 저지른 아들을 위해 위증할 생각이 없습니다."

"하지만 그래도 아들을 도와주고 지켜주려고 하겠죠."

"네."

"그렇다면 다른 사람들도 그러리라는 생각은 안 듭니까?"

"영국국교회 사제가 성경에 손을 얹고 위증한다는 건 있을 수 없는 일입니다."

"그러면 대신 이렇게 생각해보시죠. 파르시인 그의 아버지가 파르시 가족을 충실하게 지키려고 했다고. 그에게 살 곳을 마련해주고 살 길도 찾아줬지만 결코 속할 수 없었던 나라에 충실하기보다는. 그는 아들을 지키고 싶었던 겁니다, 도일. 자기 아들을."

"그렇다면 당신은 그의 어머니와 여동생도 위증했다고 보십니까?"

"도일, 자꾸 내가 어떻게 생각하는지를 묻는군요. 하지만 '내 생각'은 스태퍼드셔 지서, 검사, 선서를 하고 자리에 앉은 배심원들, 그리고 사계법정 판사들의 생각과 같습니다. 난 매일 재판에 참석했어요. 괴롭겠지만 외면할 수 없을 한 가지 사실을 알려드리지. 배심원단은 이달지 가족의 증언을 믿지 않았소. 특히 아버지와 딸의 증언은 전혀 믿지 않았지. 어머니의 증언은 별로 중요하지 않았고. 그들은 쉽게 판결하지 않았소. 잉글랜드의 배심원이 둘러앉아 평결을 내리는 행위는 엄숙한 일입니다. 그들은 증인을 파악하고 증언의 무게를 헤아리지. 그들은 그저…… 강령회 테이블에 앉은 것처럼 어떤 신호를 기다리며 앉아 있기만 하는 게 아니오."

도일은 날카로운 시선을 던졌다. 우연히 뱉은 말일까, 아니면 그를 초조하게 하려고 일부러 던진 말일까. 아무튼 이 정도로는 어림도 없다.

"우리는 정육점집 아들이 아니라 사무변호사라는 전문직에 종사하는 이십대 후반의 잉글랜드인이자 철도법과 관련된 책을 쓴 저자에 대해 말하고 있습니다."

"그러니 그의 범죄가 더욱 중한 겁니다. 형사법원이 오로지 범죄자들만 다룬다고 생각하신다면 당신은 내 예상보다 훨씬 더 순진하시군. 당신도 이 점을 반드시 알아두셔야 하는데, 작가들도 피고석에 설 때가 있습니다. 그리고 그가 받은 형량은 의심할 바 없이 사건이 얼마나 중한지를 반영하고 있습니다. 사무변호사가 법을 무시하고 악용하다니 얼마나 개탄할 일입니까."

"그는 7년형을 받았습니다. 오스카 와일드도 고작 2년형을 받았는데요."

"그런 이유로 당신이나 내가 아닌 법정이 형을 선고하는 겁니다. 나라면 이달지에게 더 적은 형량을 선고하지는 않았겠지만, 와일드에게는 분명 더 많은 형량을 선고했겠죠. 그는 철저하게 유죄였으니까요. 위증에 대해서도 마찬가지고요."

"난 그와 저녁을 먹은 적이 한 번 있습니다." 도일이 말했다. 이제 적대감이 소 강의 안개처럼 피어오르고 있었다. 그의 모든 본능은 조금 뒤로 물러서라고 말하고 있었다. "아마 1889년이었을 겁니다. 제게는 귀중한 저녁이었죠. 전 그가 자기중심적이고 끝없이 자기 얘기만 늘어놓으리라고 생각했지만, 그는 완벽한 매너를 갖춘 신사였습니다. 그때 같이 있던 네 사람 가운데 그는 나머지 세 사람에 비해 단연 독보적인 존재였지만, 전혀 그런 기색을 내비치지 않았죠. 혼자서만 떠들어대는 남자는 똑똑할지는 몰라도 진정한 신사는 될 수 없지요. 와일드는 대화를 이어갈 줄 알았고, 우리가 무엇을 얘기하든 예의 바른 관심을 보일 줄 알았습니다. 그는 제가 쓴 『마이카 클라크』도 읽었다고 했지요.

우리는 친구들에게 찾아온 행운이 우리를 가끔 이상하게 낙담시킨다는 이야기를 나눴습니다. 와일드는 우리에게 리비아 사막의 악마 이야기를 들려주었습니다. 이 이야기, 들어보셨습니까? 아닌 모양이군요. 악마가 자기 제국을 돌아보는 중이었습니다. 그러다 신성한 은자를 괴롭히는 작은 친구들을 여럿 마주쳤죠. 그들은 타고난 본성대로 성자를 유혹하고 도발하고 있었지만, 성자는 이를 어렵지 않게 물리칠 수 있었죠. '그렇게 하면 안 된다.' 악마가 말했습니다. '내가 보여주지. 잘 봐라.' 악마는 성자의 뒤로 다가가 달콤한 목소리로 이렇게 속삭였습니다. '당신 형이 막 알렉산드리아 주교로 임명되었다.' 그러자 성자는 단번에 질투와 분노가 어린 표정을 지었죠. '봐라.' 악마가 말했죠. '이렇게 하는 거다.'"

내키지 않았지만 앤슨은 도일의 웃음에 가세했다. 남색을 즐기는 도시 남자의 얄팍한 냉소주의는 그의 입맛에 맞지 않았다. "그 이야기대로라면," 그가 말했다. "악마는 와일드 역시 쉬운 희생양이라는 점을 알았겠군요."

"한마디 더 해야겠군요." 도일이 말을 이었다. "와일드와 대화하는 동안 난 그에게서 사고의 조야함을 전혀 발견할 수 없었습니다. 당시에는 그렇다는 생각조차 할 수 없었죠."

"뭐, 신사가 직업이었나보군요."

도일은 그의 말에 담긴 조롱을 무시했다. "몇 년 후에 런던에서 그를 다시 마주쳤죠. 그때는 완전히 미친 사람처럼 보였습니다. 그는 자기 연극을 본 적이 있느냐고 물었고, 전 유감스럽게도 못 봤다고 대답했죠. '꼭 보세요.' 그는 너무나 심각한 표정으로 이렇게 말하더군요. '정말 훌륭해요! 천재적이죠!' 그에게서 예전의 신사다운 모습이라고는 찾아볼 수 없었습니다. 당시 나는 그의 놀라운 발전이 그를 파멸로 이끌었고, 이를 고려할 때 그에게는 경찰법정이 아니라 병원이 더 적합하겠다고 생각했습니다. 지금도 그렇게 생각하고요."

"당신의 자유주의 때문에 교도소가 텅텅 비겠군요." 앤슨이 건조하게 말했다.

"날 오해하시는군요. 난 선거라는 불쾌한 일에 두 번 뛰어든 적이 있습니다만, 어느 당도 지지하지 않습니다. 내가 자랑스럽게 여기는 건 내가 완벽한 잉글랜드인이 아니라는 사실이죠."

앤슨에게는 자기만족적으로 여겨지는 이 말이 시가 연기 타래처럼 그들 사이를 떠돌았다. 앤슨은 밀어붙일 시간이라고 생각했다.

"아서 경, 당신의 영광스러운 선택을 받은 그 젊은이는 당신 생각과는 다른 인물이라는 점을 분명히 알려드려야겠군요. 법정에서 미처 다루지 못한 다양한 사안들이 있었습니다."

"제출할 수 없는 이유가 있었겠지요. 아니면 너무 빤한 내용들이라 변호인들의 먹잇감이 될 거라고 생각했을지도 모르고요."

"우리끼리 하는 얘기지만 도일, 소문들이 있습니다……."

"소문은 늘 있죠."

"당신의 젊은 친구에게 도박 빚이 있다는 소문도 있고, 의뢰인의 돈을 횡령했다는 소문도 있습니다. 그 일이 없었더라도 몇 달 안에 그는 다른 심각한 상황에 처할 수밖에 없었을 겁니다."

"말도 안 됩니다."

앤슨은 천천히 자리에서 일어나더니 책상으로 다가가 서랍에서 열쇠를 꺼내 다른 서랍을 열고 서류철을 꺼냈다.

"이걸 보여드리지 않을 수 없군요. 벤저민 스톤 경 앞으로 보낸 편지입니다. 물론 무수히 많은 편지 중 한 통이죠."

날짜는 1902년 12월 29일이었다. 왼쪽 상단에는 조지 에들지의 사무실 주소와 사서함주소가 인쇄돼 있었고, 오른쪽 상단에는 '그레이트 웨얼리, 월솔'이라고 적혀 있었다. 사기꾼 거린의 도움을 받지 않고도 아서는 조지의 필체를 알아볼 수 있었다.

친애하는 선생님께. 쾌적한 삶을 영위하던 저는 최근 절대적인 빈곤의 상태에 빠졌습니다. 일차적으로는 친구를 위한 보석금으로 막대한 양의 돈(거의 220파운드)을 지불했기 때문입니다. 전 곧 갚을 수 있으리라고 생각하며 세 명의 대금업자들에게 이 돈을 빌렸습니다. 그러나 그들의 과도한 이자는 상황을 악화시킬 뿐이었습니다. 그들 중 두 사람은 제게 파산신청을 하라고 요구하고 있습니다만, 제가 115파운드를 즉시 갚을 수 있다면 이를 철회하겠다고 합니다. 제게는 도움을 요청할 친구가 없습니다. 파산선고를 받게 되면 전 의뢰인들을 모두 잃을 테고, 오랫동안 다시 일어서지 못할 것입니다. 전 마지막 수단으로 몇 되지 않는 사람들에게 호소할 수밖에 없습니다.

제 친구는 제게 20파운드만 돌려주었습니다. 현재 제게는 21파운드가 있습니다. 얼마가 되더라도 감사하겠습니다. 적은 액수라도 부채를 갚는 데 큰 도움이 될 것입니다.

심려를 끼쳐드려 죄송하다는 말씀을 드립니다. 가능한 한 절 도와주시리라 믿습니다.

존경을 담아,
G. E. 에들지

앤슨은 편지를 읽는 도일을 지켜보았다. 첫 번째 훼손사건이 일어나기 5주 전에 쓴 편지라는 점을 지적할 필요도 없었다. 이제 공은 그에게로 넘어왔다. 도일은 편지를 뒤집어보았고, 몇몇 구절들을 다시 읽었다. 마침내 도일이 입을 열었다.

"이 편지에 대해서도 조사해보셨겠죠?"

"그럴 필요가 있나요. 경찰이 할 일은 아니었죠. 길거리에서 구걸하는 건 범법행위지만, 같은 변호사들 사이에서 구걸하는 일은 우리가 신경 쓸 일이 아니죠."

"여기서는 도박 빚이나 의뢰인의 돈을 횡령했다는 얘기는 하나도 없는데요."

"그런 얘기를 해서 벤저민 스톤 경의 마음을 움직일 수 있었겠습니까? 행간을 읽어보세요."

"거절하겠습니다. 내게 이 편지는 친구를 관대하게 보살피다가 힘들어진 존중받을 만한 젊은이가 절망적으로 호소하는 걸로 보입니다. 파르시들은 타인에게 자선을 베푸는 사람들로 잘 알려져 있죠."

"아, 이제 그는 다시 파르시가 된 겁니까?"

"무슨 뜻이죠?"

"아까는 전문직에 종사하는 잉글랜드인이라고 했다가 이제는 파르시라고 하는군요. 그렇게 입맛대로 바꿔서 말씀하시면 안 됩니다. 존중받을 만한 젊은이가 이렇게 많은 액수를 요구하는 게 정상이라고 생각합니까? 게다가 세 명이나 되는 대금업자들에게 그런 돈을 빌린다고요? 당신이 아는 사무변호사들 중에 이런 짓을 하는 사람들이 몇 명이나 됩니까? 행간을 읽어보세요, 도일. 당신 친구에게도 한번 물어보시고요."

"그에게 물어볼 생각은 없습니다. 그리고 그가 파산하지 않았다는 건 분명합니다."

"그렇죠. 아마 어머니가 도움을 줬겠죠."

"아니면 버밍엄의 다른 사람들이 친구를 위해 보석금을 내준 그와 마찬가지로 관대함을 보여주었는지도 모르죠."

앤슨은 도일이 고집스러운 동시에 순진하다고 생각했다. "당신의…… 낭만적인 기질에 찬사를 보냅니다, 아서 경. 당신이야 그렇게 생각하시겠죠. 그런 일을 비현실적으로 여기는 나를 용서하시기 바랍니다. 당신 친구는 감옥에서 풀려났습니다. 이제 그는 자유인이에요. 그런데도 공연히 사람들을 휘저어대려는 의도가 뭡니까? 내무성이 이 사건을 다시 조사하기를 바랍니까?

내무성은 벌써 여러 번 조사했어요. 위원회가 소집되기를 바라는 겁니까? 그러면 정말로 당신이 원하는 대로 될 거라고 생각하십니까?"

"위원회가 소집될 겁니다. 우리는 사면을 얻어낼 거고, 보상금을 요구할 겁니다. 또 우리는 조지 에들지를 대신 감옥에 보낸 진짜 범인들을 찾아낼 겁니다."

"오, 그렇게까지 하시겠다?" 앤슨은 이제 진짜로 짜증이 났다. 그는 얼마든지 즐거운 저녁을 보낼 수 있었다. 그들은 둘 다 50세를 앞두고 있다. 한 사람은 백작의 아들, 다른 한 사람은 왕국의 기사였다. 그들은 둘 다 각자 지역에서 사람들의 존경을 받는 주 부지사였다. 그들에게는 차이점보다 공통점이 더 많다…… 그러나 이제 그들 사이에는 악의만이 생겨나고 있었다.

"도일, 괜찮으시다면 두 가지를 알려드리죠. 당신은 협박편지, 짐승 훼손, 여타의 괴롭힘이 몇 년 동안 지속적으로 이어졌고, 나아가 경찰이 이 모든 걸 당신의 친구에게 덮어씌웠다고 생각합니다. 한데 당신은 누군지도 모를 범죄자들에게 이를 덮어씌우고 있습니다. 누가 더 논리적입니까? 우리는 이달지에게 두 가지 혐의를 부과했습니다. 그리고 두 번째 혐의에 대해서는 묻지 않기로 했습니다. 아마 그가 이 모든 범죄를 저지르진 않았을 거요. 한 사람이 그렇게 많은 범죄를 전부 저지를 수는 없으니까. 그가 갱단의 우두머리는 아닐지 몰라도 단원일 수는 있소. 익명의 편지가 어떤 효과를 발생시키는지를 보고 배웠다가 직접 실행한 것인지도 모릅니다. 괴롭힘을 받다보니 괴롭혀야겠다는 생각이 들었을지도 모릅니다. 짐승들을 훼손하는 갱단이 있다는 말을 듣고 가입하기로 한 건지도 모릅니다.

두 번째는 이겁니다. 난 유죄로 추정되는 사람이 무죄 판결을 받는 것과 무죄로 추정되는 사람이 유죄 판결을 받는 걸 나름대로 여러 번 봤습니다. 너무 놀라지 마세요. 난 부당한 기소와 부당한 선고가 어떤 것인지 압니다. 하지만 그런 경우에도 희생자는 그의 변호인들이 기대하는 바와는 달리 전적으로 결백하지 않습니다. 이렇게 생각해보죠. 당신은 호텔 로비에서 조지 이달지를 처음 만났습니다. 당신은 약속시간에 늦었죠. 당신은 어떤 자세를 취한 그를 보고 그가 무죄라고 추론했겠죠. 이렇게 말씀드리죠. 조지 이달지가 당신 앞에 있었습니다. 그는 당신을 기다리고 있었죠. 그는 당신이 자신을 관찰하리라는 걸 알고 있었습니다. 해서 그는 결백해 보이도록 자세를 잡았던 거죠."

도일은 아무런 대꾸 없이 뺨을 부풀리며 시가를 빨아들였다. 앤슨은 그가 스코틀랜드인 행세를 하는지, 아일랜드인 행세를 하는지는 몰라도 지독하게 고집스럽다고 생각했다.

"당신은 그가 전적으로 결백하기를 바라겠죠, 아닙니까? 그냥 무죄가 아니라 전적으로 결백하기를 말입니다. 제 경험으로는 도일, 전적으로 결백한 사람은 없습니다. 유죄가 아니라고 해도 전적으로 결백한 건 아닙니다. 전적으로 결백한 사람은 아무도 없다고 봐도 무방합니다."

"예수 그리스도는 어떻습니까?"

이거야 원. 앤슨은 생각했다. 내가 빌라도라도 되는 줄 아나.

"순전히 법적인 관점에서만 보자면," 그는 식후의 여유로운 말투로 대답했다. "우리의 구세주 역시도 박해를 자처했다고는 할 수 있겠지요."

이제 그들이 당면한 문제로부터 벗어나 있다는 생각을 하는 쪽은 도일이었다.

"그러면 하나 묻죠. 당신이 생각하기에 진짜로 일어났던 일은 뭡니까?"

앤슨은 좀 지나치다 싶게 큰 웃음을 터뜨렸다. "미안하지만 탐정소설에 나올 법한 질문을 하시는구려. 독자들이 그렇게 제발 좀 알려달라고 애걸하면 당신은 빼기면서 답을 해주겠죠. 진짜로 일어났던 일을 제발 알려주세요.

도일, 대부분의 범죄 현장에는 사실 목격자가 없습니다. 도둑들은 집이 빌 때를 기다리고, 살인자들은 희생자가 혼자 있을 때를 노리죠. 말의 배를 가르고 싶은 놈들은 밤이 올 때를 기다리고요. 목격자가 있다면 아마 대개 공범일 겁니다. 범인을 잡아봤자 거짓말을 하죠. 늘 그렇습니다. 범인을 두 명 따로 잡으면 각각 다른 거짓말을 합니다. 다른 놈이 이쪽한테 불리한 증언을 했다고 하면, 이놈은 또 다른 거짓말을 합니다. 스태퍼드셔 지서의 전 인력을 사건 하나에 총동원하더라도 우리는 결코 진짜 일어났던 일이 뭔지 모르는 채 사건을 종결할 수밖에 없습니다. 철학적인 논증을 늘어놓을 생각은 없습니다. 다만 실제로 돌아가는 꼴이 이렇다는 걸 알려드리려는 겁니다. 어차피 사건이 종결될 때는 유죄를 선고하기에 충분한 것들이 나옵니다. 당신 앞에서 실생활에 대한 강의를 하게 됐구려, 미안합니다."

도일은 자신이 언제까지 셜록 홈스를 만들어낸 벌을 받아야 할지 궁금했다. 사람들은 끝없이 그의 말을 고치려 들고, 되도 않는 충고를 하고, 심지어는 꾸짖기까지 했다. 하지만 그는 계속 해야만 했다. 앤슨이 아무리 도발해오더라도 성질을 내서는 안 되었다.

"일단 그 이야기는 치워둡시다, 앤슨. 밤을 새더라도 우리가 서로를 조금이라도 설득할 수 있을 것 같지 않다는 생각이 드는군요. 아무튼 내 질문은 이겁니다. 당신은 이전까지 폭력적인 성정을 전혀 내비친 적 없는 존중받을 만한 젊은이인 사무변호사가 갑자기 한밤중에 집 밖으로 나가 탄광 조랑말을 너무도 끔찍하게 난자했다고 생각하고 있습니다. 단순하게 묻겠습니다. 왜 그렇게 생각합니까?"

앤슨은 속으로 궁얼거렸다. 또 동기니 범죄자의 심리니 하는 얘기를 하려는가보군. 그는 자리에서 일어나 잔을 다시 채웠다.

"상상력을 발휘한 대가로 돈을 받는 사람은 내가 아니라 그쪽입니다, 도일."

"하지만 난 그가 결백하다고 믿습니다. 당신이 건너뛴 부분들을 따라잡을 수가 없군요. 당신이 있는 곳은 증언대가 아닙니다. 우리 두 사람은 잉글랜드의 훌륭한 신사들이고, 훌륭한 브랜디를 사이에 두고 앉아 있습니다. 훌륭한 시가도 앞에 있죠. 우리는 근사한 곳에 위치한 근사한 집에 있습니다. 당신이 무슨 말을 하더라도, 당신의 말은 이 집 밖으로 새어나가지 않을 거라고 약속드리죠. 다시 묻겠습니다. 왜 그렇게 생각합니까?"

"알겠습니다. 이미 당신도 아는 일부터 말하기로 하죠. 당신은 목사관 하녀였던 엘리자베스 포스터 사건에서 이 모든 일들이 시작되었다고 생각하고 있죠. 우리도 당연히 그 사건을 조사했습니다. 그런데 기소가 가능할 정도로 충분한 증거가 없었습니다."

도일은 멍하니 지서장을 바라보았다. "이해할 수 없군요. 그 하녀는 기소되었습니다. 그녀가 유죄를 시인하기도 했고요."

"목사 개인의 사인기소private prosecution였죠. 게다가 변호사들이 유죄를 시인하라고 하녀를 압박했고요. 목사의 행동이 교구민들에게 환영받을 만하진 않았죠."

"그래서 경찰은 그때부터 에들지 가족을 내팽개쳤던 겁니까?"

"도일, 우리는 증거가 있을 때 기소합니다. 당신의 사무변호사가 공격당했을 때 우린 가해자를 기소했죠. 아, 그가 그런 말은 당신에게 하지 않았군요."

"그는 제 앞에서 불쌍한 척하지 않았습니다."

"뭐 어쨌거나." 앤슨은 서류철에서 종이 한 장을 꺼냈다.

"1900년 11월. 웨얼리 청소년들이 폭행. 그들이 랜디우드에서 그를 울타리로 밀치고 그의 우산을 망가뜨림. 둘 다 유죄 인정. 벌금형. 캐녹 치안법정. 당신은 그가 전에 거기 간 적이 있다는 사실을 모르고 있었습니까?"

"내가 봐도 되겠습니까?"

"죄송하지만 경찰 기록이라서요."

"그러면 적어도 그자들의 이름은 알려주실 수 있겠죠." 앤슨이 망설이자 그는 이렇게 덧붙였다. "그런 문제에 대해서라면 항상 내 블러드하운드들을 풀어놓을 준비가 돼 있습니다."

놀랍게도 앤슨은 재미있다는 반응을 보였다. "당신도 블러드하운드 얘길 하는군요. 뭐, 좋습니다. 워커와 글래드윈이라는 아이들이었습니다." 그는 도일에게 그 이름들이 아무런 의미도 지니지 못한다는 걸 알아차렸다. "아무튼 우린 이런 일이 딱 한 번 일어나지는 않았으리라고 생각합니다. 그전이나 그후에도 비슷한 폭행사건이 있었겠죠. 덜 심각했을지는 모르겠지만. 분명 욕설도 좀 들었을 겁니다. 스태퍼드셔의 젊은이들은 성인군자와는 거리가 머니까요."

"조지 에들지가 자신이 불행해진 까닭이 인종적 편견과는 거리가 멀다고 얘기했다고 말씀드린다면 놀라실지 모르겠군요."

"그거야 좋은 일이군요. 그러면 기꺼이 이 문제는 접어두죠."

"하지만," 도일이 덧붙였다. "난 그의 생각에 동의하지 않습니다."

"뭐, 바라시는 대로." 앤슨이 빼기듯 대답했다.

"그런데 어째서 이 사건이 관련이 있다는 겁니까?"

"왜냐하면 도일, 시작을 모르면 결말도 모르기 때문입니다." 앤슨은 이제 혼자 즐기고 있었다. 그는 계속해서 공격을 날렸다. "조지 이달지에게는 웨얼리라는 지역을 증오할 이유가 충분히 있었습니다. 혹은 증오해도 된다고 생각했겠죠."

"그래서 그가 가축들을 죽여서 복수했다는 겁니까? 근거가 뭡니까?"

"당신은 도시 사람입니다, 도일. 이곳에서 소나 말, 양, 돼지는 가축 그 이상입니다. 생계수단이죠. 가축을 잃으면 생계수단을 잃는 겁니다."

"랜디우드에서 조지가 폭행당한 사건과 가축이 연쇄적으로 훼손당한 사건 사이에 어떤 관계가 있는지 증명하실 수 있습니까?"

"아뇨, 할 수 없습니다. 하지만 범죄자들에게 논리가 있다고 생각하시면 안 됩니다."

"영리한 자들이라도 말입니까?"

"제 경험상으로는 영리하다면 더 그렇습니다. 아무튼, 우리의 젊은이는 남동생이 이미 집을 떠났는데도 여전히 부모 품을 벗어나지 못했습니다. 자신을 우월한 존재로 여기는 이 젊은이는 사는 동네에 유감이 있습니다. 게다가 빚도 엄청납니다. 대금업자들은 그에게 파산선고를 내리겠다고 위협합니다. 직업을 잃을 게 분명합니다. 그가 일생동안 일궈온 모든 것이 사라지기 직전입니다……."

"그래서요?"

"그래서…… 아마도 당신 친구 와일드 씨처럼 미쳐가기 시작했겠죠."

"내가 보기에 와일드는 지나치게 성공해서 무너진 겁니다. 웨스트엔드에서 밤마다 박수갈채를 받던 사람과 고작 철도관련법 안내서 한 권을 써낸 사람을 비교하면 안 되죠."

"당신은 와일드가 병에 걸려서 그렇게 된 거라고 했습니다.

그렇다면 이달지도 그럴 수 있죠. 그는 분명 여러 달 동안 노심초사했을 겁니다. 상당한 압박을 받고 있었을 거고. 참을 수가 없었겠죠. 당신은 그가 돈을 구걸하는 편지를 보고 '절망적'이라고 표현했지요. 그러니 그도 어떤 병에 걸려서 핏속에서 악마적인 성향이 분출하게 된 건지도 모르죠."

"그의 핏줄의 절반은 스코틀랜드입니다."

"네."

"나머지 절반은 파르시죠. 인도의 여러 부족들 가운데 가장 교육열이 높고 상업적으로도 성공한 부족입니다."

"누가 뭐라고 했습니까. 그들이 봄베이의 유대인이라고 불리는 데는 이유가 있겠죠. 마찬가지로 나 역시 별 이유 없이 그가 혼혈이라서 이런 범죄를 저질렀다고는 생각하지 않습니다."

"내 핏줄의 절반은 스코틀랜드, 절반은 아일랜드입니다." 도일이 말했다. "그렇다고 내가 짐승의 배를 가를까요?"

"한 말 또 하게 만드시네. 잉글랜드인이든 스코틀랜드인이든 절반만 스코틀랜드인이든 짐승의 배를 가를 이유는 없지요."

"패링턴이라는 광부를 잊으신 모양입니다. 조지가 감옥에 있는 동안 그는 짐승의 배를 갈랐죠. 이렇게 묻겠습니다. 인도인들도 이런 짓을 할까요? 인도인들은 소를 신성시하지 않습니까?"

"그렇죠. 하지만 피가 섞인다는 게 문제입니다. 해결할 수 없는 분열이 생겨나죠. 어째서 사회가 혼혈인들을 배척하겠습니까? 왜냐하면 그의 영혼이 한쪽은 야만으로, 한쪽은 문명으로 분열되기 때문이지요."

"그러면 스코틀랜드 혈통, 혹은 파르시 혈통이 야만적이라는 말에 책임을 지실 수 있습니까?"

"말 함부로 하지 마시오, 도일. 피를 들먹인 사람은 당신입니다. 당신이 먼저 인종을 들먹였다고요. 저녁 먹는 내내 당신 어머니가 500년을 거슬러 올라가는 가문 사람이라고 자랑하지 않았습니까. 내가 오해했다면 용서하시구려. 하지만 난 그 말을 들으면서 이 세상에서 위대한 사람들은 전부 당신 가계에 포함되는 모양이라고 생각했습니다."

"오해하신 건 아닙니다. 그러니까 당신 말씀은 조지 에들지가 말의 배를 가른 이유가 그의 조상들이 500년 전에 페르시아에서 그런 짓을 했기 때문이라는 겁니까?"

"그 사건에 야만적이거나 제의적인 이유가 있었는지는 모르겠지만, 아마도 그럴 겁니다. 그 자신도 왜 그런 짓을 했는지 모를 수 있죠. 시대를 거스르는 욕구가 끔찍한 혼혈의 핏줄 속에서 갑자기 되살아난 겁니다."

"당신은 정말로 그런 이유 때문이라고 생각하십니까?"

"연관이 있죠. 그렇습니다."

"그러면 호레이스는 어떻습니까?"

"호레이스라니요?"

"조지와 마찬가지로 혼혈로 태어난 호레이스 에들지 말입니다. 그는 존중받는 공무원으로 세금 분과에서 일하고 있습니다. 호레이스도 갱 단원이라고 주장하시는 건 아니지요?"

"아닙니다."

"어째서죠? 말씀대로라면 그도 그럴 만하지 않습니까."

"다시 한 번 얘기하는데, 말씀 참 함부로 하시네. 일단 호레이스 이달지는 맨체스터에 삽니다. 게다가 난 그저 혼혈인들이 극단적인 상황에서 야만주의로 치닫는 경향이 있다는 것을 말했을 뿐입니다. 분명 혼혈인들 대다수는 전적으로 점잖게 살아가고 있습니다."

"……무언가가 방아쇠를 당기지 않는다면 그런 거겠죠."

"만월이 집시나 아일랜드인들에게 광기를 불러일으키는 것처럼 말이지요."

"내게 만월이 효과를 보인 적은 한 번도 없습니다."

"하층 아일랜드인들을 말하는 겁니다, 친애하는 도일. 당신을 공격할 생각은 없습니다."

"그래서 조지와 호레이스의 차이는 뭡니까? 어째서 당신은 하나는 야만주의에 빠져버렸지만 다른 하나는 그렇지 않다고, 아니, 아직 그렇지 않다고 말씀하시는 겁니까?"

"형제가 있습니까, 도일?"

"있습니다. 이네스라는 남동생이 있습니다. 직업군인입니다."

"그는 어째서 탐정 이야기를 안 쓴답니까?"

"말 돌리지 마세요."

"형제라고 해서 다 똑같이 사는 건 아닙니다."

"다시 묻겠습니다. 어째서 호레이스는 아니라는 겁니까?"

"그 증거는 계속 당신 눈앞에서 당신을 보고 있었습니다, 도일. 그의 가족들이 전부 법정에서 제시했죠. 당신이 그걸 놓쳤다니 놀랍군요."

길 건너의 화이트 라이언 호텔에 방을 예약하지 않아 유감이라고 도일은 생각했다. 저녁이 다 지나기 전에 애꿎은 가구라도 발로 걷어찰 필요가 있었다.

"외부인들에게는 당혹스럽고 불쾌하게 보이는 이런 사건들은, 내 경험상, 법정에서 논의되지 않은 사안들에 달려 있을 때가 있습니다. 흡연실에서나 논의될 수 있는 사안들 말이죠. 당신은 세상 물정에 밝은 사람입니다. 오스카 와일드 씨의 이야기로 이 점을 넌지시 밝혔죠. 내가 기억하기로 당신은 의학 수업도 받았고, 남아프리카 전쟁에도 참여하여 공적을 세웠죠."

"그렇습니다." 이자는 무슨 말을 하려는 걸까?

"당신 친구 이달지 씨는 서른 살입니다. 미혼이고요."

"그 나이의 많은 젊은이들이 그렇죠."

"그리고 미혼으로 지내기를 선호합니다."

"감옥에서 형까지 살았으니 결혼하기가 더욱 힘들겠죠."

"아닙니다, 도일. 문제는 그게 아닙니다. 포틀랜드 감옥 냄새를 풍기는 남자에게 매력을 느끼는 질 낮은 여자들은 언제나 있는 법입니다. 그가 결혼하기 힘든 이유는 다른 겁니다. 그가 혼혈이라는 이유죠. 많은 사람들은 그런 걸 용납하지 못합니다. 특히 스태퍼드셔에서는."

"그래서 무슨 말씀을 하시려는 겁니까?"

하지만 앤슨은 아직 요점을 밝힐 생각이 없어 보였다.

"사계법정에서 나온 진술에 따르면 피고인에게는 친구가 별로 없었습니다."

"그 유명한 웨얼리 갱의 단원인데도요?"

앤슨은 그 조롱을 무시했다. "동성 친구도, 이성 친구도 없었습니다. 그는 팔에 여자를 품어본 적이 한 번도 없습니다. 하녀조차도요."

"당신이 그를 그토록 가까이 따라다닌 줄은 몰랐군요."

"그는 운동도 하지 않았습니다. 이 점 알고 계셨습니까? 영국에는 남자다운 운동이 많습니다. 크리켓도 있고, 축구, 골프, 테니스, 권투를 할 수도 있죠. 하지만 전부 그와는 거리가 멉니다. 활쏘기도 그렇고요." 그리고 지서장은 잠시 생각하다 이렇게 덧붙였다. "체조도."

"시력이 8디옵터로 근시인 사람이 권투를 할 수 있다고 생각하십니까? 그래서 그를 감옥에 처넣은 겁니까?"

"아, 시력 얘기가 나왔군요. 그걸로 다 해결될 줄 아십니까?" 도일이 무척 화가 났다는 걸 알아차린 앤슨은 그를 더 도발할 길을 찾아냈다. "가난하고 책만 좋아하고 고독한데다 눈이 튀어나온 남자애입니다."

"그래서요?"

"안과의로 일하신 적이 있죠?"

"데본셔 플레이스에 잠시 병원을 낸 적이 있습니다."

"그러면 안구돌출증 환자들도 많이 봤겠군요?"

"그렇게 많지는 않았습니다. 사실 전 환자들을 많이 받지 못했습니다. 환자가 없는 시간을 이용해서 글을 쓸 수 있었으니 결과적으로는 오히려 이득이었죠."

앤슨은 그가 의례적으로 자만심을 드러내고 있다는 걸 알아차렸지만, 하던 말을 밀고 나아갔다. "안구돌출증이 나타난 사례는 어떤 것들이었습니까?"

"백일해 때문에 나타나는 경우가 있습니다. 물론 목이 졸려 죽은 자들에게서도 나타날 때가 있죠."

"안구돌출증은 대개 성욕이 충족되지 않은 사람들에게서 나타납니다."

"허튼소리요!"

"아서 경, 분명 당신이 데본셔 플레이스에서 만난 환자들은 다들 너무 점잖은 사람들이었던 겁니다."

"말도 안 됩니다." 지서장이 할 소리인가? 무슨 시골 아낙들이나 수군거릴 얘기를 하고 있지 않은가.

"물론 증거로 제시할 수 있을 정도로 충분히 관찰한 바는 아닙니다. 하지만 특정 범죄자들을 지켜본 사람들이 일반적으로 갖는 의견입니다."

"허튼소리에 지나지 않습니다."

"그렇게 말씀하신다면, 목사관의 이상한 잠자리 배치에 대해서도 얘기해봐야겠군요."

"그거야말로 조지가 전적으로 결백하다는 증거입니다."

"오늘 밤 우리는 서로의 생각을 바꿀 수 없을 거라는 데 동의했죠. 그래도 잠자리 배치에 대해서는 한번 생각해볼 필요가 있습니다. 그가 어렸을 때, 열 살쯤 되었을 때 여동생이 병에 걸렸니다. 그때부터 어머니와 딸은 한 방을 쓰죠. 아버지와 큰아들이 같은 방을 쓰고요. 운 좋게도 호레이스는 혼자 방을 씁니다."

"아버지의 방에서 뭔가 끔찍한 일들이 벌어졌으리라고 말하려는 겁니까?" 앤슨 이자의 머릿속에는 대체 뭐가 들었단 말인가? 완전히 정신이 나갔단 말인가?

"아닙니다, 도일. 그 반대죠. 그 방에서는 아무 일도 없었을 겁니다. 잠을 자고 기도만 했겠죠. 아무 일도 없었습니다, 아무 일도. 개는 짖지 않았습니다. 이 표현을 용서하시구려."

"그렇다면……?"

"말씀드렸다시피 모든 증거들은 당신 앞에 있습니다. 한 소년이 열 살 이후로 아버지와 한 방에서 문을 잠그고 잡니다. 사춘기를 지나 남성으로 성장했는데도 밤이면 밤마다 아버지와 한 방에서 지내야 합니다. 그리고 남동생이 집을 떠났습니다. 그래서 어떻게 됐습니까? 그가 남동생이 쓰던 침실을 쓸 수 있나요? 아니죠, 이런 이상한 배치는 계속됩니다. 그는 여성과 어울린 적이 없습니다. 하지만 그에게는 정상적인 욕구와 취향이 있죠. 당신은 회의적이지만, 우리는 그의 안구가 어째서 돌출되었는지 알 수 있습니다. 그는 통상적으로 허용되는 범위를 넘어서는 강력한 욕구와 취향의 희생양인 겁니다. 우린 남자입니다, 도일. 우린 이런 부분을 이해할 수 있습니다. 사춘기를 맞은 젊은 남자들이 어떤 위험에 빠지는지 잘 압니다. 자위행위에 빠져 도덕적으로나 신체적으로 약해지다 범죄를 저지르게 될 수도 있고, 남자다운 운동으로 건강하게 해소할 수도 있습니다. 이달지는 후자가 아니라 기꺼이 전자를 선택했던 것이죠. 권투를 하기가 어려웠다면 체조를 할 수도 있었고, 미국에서 건너온 유행처럼 보디빌딩을 할 수도 있었습니다."

"당신은 그가 한밤중에 잔학행위에 나선 이유가…… 성욕을 해소하기 위해서였다고 말씀하시는 겁니까?"

"직접적으로는 아닙니다. 하지만 당신은 진짜로 무슨 일이 일어났고, 왜 그런 일이 일어났는지를 물었죠. 그 젊은이에 대한 당신의 주장이 옳다고 칩시다. 그는 좋은 학생이었고, 부모를 존경하는 아들이었습니다. 아버지의 교회에서 기도하고, 술도 마시지 않았고, 담배도 피우지 않았고, 열심히 일했죠. 하지만 당신은 반대로 그에게 다른 면도 있었다는 점을 인정해야 합니다. 거의 갇혀서 지내다시피 한 그가, 그의 혈통을 고려할 때, 어찌 과도한 충동을 느끼지 않을 수 있었을까요? 그는 낮에는 사회적으로 근면한 일꾼입니다. 그런데 밤마다 자주 무언가 야만적인 충동에 이끌리는 거죠. 그의 어두운 영혼 깊숙한 곳에 무언가가 묻혀 있었습니다. 그는 자기가 무슨 짓을 하는지도 모르면서 그런 일을 저질렀을지도 모릅니다."

"그런 말씀은 추측에 지나지 않습니다." 도일이 말했다. 그러나 앤슨은 그의 목소리가 아까보다 조용하고 수그러진 것처럼 들린다고 생각했다.

"내가 추측을 늘어놓게 된 건 당신 때문입니다. 당신보다는 내가 범죄행위나 범죄의 목적들을 더 많이 봐왔다는 걸 인정하실 겁니다. 내 추측에는 근거가 있습니다. 당신은 이달지가 전문직 종사자라는 사실을 여러 번 언급했죠. 그러면서 전문직 종사자들은 범죄를 저지르지 않는다고 암시했습니다. 당신이 아는 것보다는 많이 저지릅니다. 하지만 이렇게 질문하겠습니다. 아서 경, 당신은 성적으로 자연스럽고 정상적으로 만족하며 행복한 결혼생활을 유지하는 남자들이 난폭하고 변태적인 기질로 인한 범죄를 저지르는 경우를 얼마나 많이 보셨습니까? 잭 더 리퍼가 행복한 결혼생활을 했을까요?

물론 그렇지 않겠죠. 한 가지 더 말씀드리죠. 정상적이고 건강한 남자라도 지속적으로 성적 만족을 얻지 못하면, 이유와 상황이 어떻든 간에 정신까지 영향을 미치리라고 생각합니다. 이달지에게도 이런 일이 일어났던 것이죠. 그는 독방에 감금된 거나 다름없었습니다. 그는 하루라도 빨리 방을 탈출해서 성적 만족을 찾고 싶다고 생각했겠죠. 난 성적인 절망이 몇 년쯤 계속되면 한 남자가 충분히 미칠 만하다고 생각합니다, 도일. 그래서 그는 해괴한 제의를 치르면서 해괴한 신에게 봉사하고자 한 겁니다."

그의 유명한 손님은 아무런 대답도 하지 않았다. 도일의 얼굴은 꽤나 붉어져 있었다. 브랜디를 마셔서 그런 모양이었다. 어쩌면 너무 적나라한 얘기에 내숭을 떠는지도 모르고. 아니면, 그래, 이거다, 그의 논증이 너무나 견고해서 압도된 것인지도 모른다. 아무튼 도일은 아직 길게 남아 있는 훌륭한 시가를 쥐어짜듯 하면서 재떨이만 바라보고 있었다. 앤슨은 기다렸다. 하지만 그의 손님은 이제 난롯불만 바라보고 있었다. 그는 대답을 할 생각도, 대답을 할 수도 없는 듯 보였다. 좋아, 이제 끝났나보군. 인사를 나눌 시간이었다.

“오늘 밤 편안히 주무시길 바랍니다, 도일. 그린 홀에 귀신이 들렸다는 사람들도 있으니 조심하시고요.”

“그러죠.” 도일이 입을 열었다. 하지만 앤슨이 보기에 그는 다른 생각을 하고 있는 듯 보였다.

“머리 없는 기수가 있다는 말이 있지요. 마차가 없는데 마차 바퀴가 현관진입로로 들어오는 소리가 날 때도 있고, 수수께끼의 종소리가 날 때도 있는데 종이 발견된 적은 없었다고 하죠. 물론 허튼수작에 지나지 않아요.” 앤슨은 꽤나 기분이 좋아졌다. “하지만 당신이 유령이나 좀비나 폴터가이스트 따위를 무서워하진 않겠죠.”

“내가 죽은 자들의 영혼을 무서워하다니요.” 도일이 지치고 단조로운 목소리로 말했다. “사실 난 그들을 반깁니다.”

“괜찮으시다면 아침식사는 8시입니다.”

도일이 패배자 꼴로 물러가자 지서장은 시가 꽁초를 난롯불에 던져넣고 즉시 불길에 타오르기 시작한 꽁초를 바라보았다. 그가 침실로 갔을 때, 아직 잠들지 않은 블랜치는 브래든 부인의 책을 읽고 있었다. 옷방 앞에서 그는 빨래건조대 너머로 재킷을 던지며 그녀에게 소리쳤다. “셜록 홈스가 당황했어! 런던경시청에서 수수께끼를 풀어버렸거든!”

“조지, 그렇게 소리치지 마요.”

앤슨 지서장은 실내복 차림으로 함박웃음을 지으며 방 안을 서성거렸다. “위대한 탐정이 열쇠구멍에 귀를 갖다 대고 엿듣는 대도 상관없어. 오늘 밤 내가 그에게 실생활에 대해 강의를 좀 해줬거든."

블랜치 부인은 이토록 즐거워하는 남편을 본 적이 거의 없었다. 그녀는 남은 한 주 동안 술병 진열장 열쇠를 압수해야겠다고 마음먹었다.

아서

등 뒤로 그린 홀의 문이 닫히면서 아서의 분노는 형성되기 시작했다. 하인드헤드로 돌아가는 여행의 첫 구간에서도 그의 분노는 조금도 가라앉지 않았다. 런던 북서부 월솔, 캐녹&러질리 노선은 도발의 연속이었다. 조지를 용의자로 지목한 경관들이 있는 스태퍼드셔, 그가 다녔던 학교가 있는 러질리, 그에게서 머리통에 총알을 박아넣겠다는 협박을 들었다는 로빈슨 경사가 있는 헨스퍼드, 멍청한 치안판사들이 그에게 유죄를 선고한 캐녹, 이 모든 일들이 시작된 웨얼리&처치브리지. 그리고 차창 밖으로 블루윗 씨의 가축들로 추정되는 것들이 점점이 박혀 있는 들판이 흘러갔다. 분명 이 모든 음모가 시작된 월솔을 지나 조지가 체포된 장소인 버밍엄에 이르기까지, 각각의 기차역들은 메시지를 하나씩 품고 있었다. 전부 앤슨이 작성한 동일한 메시지였다. '나와 내 친구들이 이곳을 다스린다. 이곳 사람들은 내 편이며, 이곳의 정의는 나를 따른다.'

진은 그렇게 격분한 아서를 한 번도 본 적이 없다. 오후가 지나고 있다. 그는 찻잔을 내동댕이치며 이야기를 시작한다.

"그리고 그자가 뭐라고 말했는지 아시오? 그는 감히 내…… 아마추어적 추리가 널리 알려지게 되면 내 명성에도 흠집이 날 거라고 했소. 사우스시에서 자기가 죽음의 문턱 직전에 있다고 우겨대는 사람에게 당신은 누구보다도 건강하니 걱정 말라고 했다가 핀잔을 들은 이후로 그렇게 빼기는 태도는 처음 보는군."

"그때 어떻게 하셨나요? 제 말은, 사우스시에서요."

"내가 어떻게 했냐고? 난 당신이 대단히 건강하니 염려하지 말라고 여러 번 말했소. 그랬더니 이렇게 말하는 의사에겐 돈을 낼 수 없다고 하더군. 그래서 그쪽이 원하는 병에 걸렸다고 진단해줄 다른 의사를 찾아가보라고 했소."

진은 그 장면을 상상하며 웃음을 터뜨린다. 그녀는 즐거워하지만, 자신이 그곳에 없었고, 그럴 수밖에 없다고 생각하니 조금은 아쉽다. 그들이 미래를 함께하리라는 점은 분명하지만, 그녀는 그들에게 공유할 수 있는 과거가 전혀 없다는 걸 불현듯 깨닫는다.

"그래서 뭘 하실 거예요?"

"뭘 할지는 정확히 알지. 앤슨은 내가 보고서를 내무성에 보내려 한다고 생각하고 있소. 하지만 보고서를 보내봤자 그 위에 먼지만 쌓이겠지. 내부적으로 한두 번 검토하다가 결국 우리가 죽고 난 다음에야 세상에 발표할 거요. 난 그런 게임은 할 생각이 없소. 내가 작성한 보고서를 가능한 여러 사람들에게 알려야 해. 기차에서 뿌릴까 생각하기도 했소. 〈데일리 텔레그라프〉에 넘겨줄 생각도 있고. 그들이라면 기꺼이 실어줄 거요. 그들에게 '저작권 없음'이라고 명시해달라고 해야겠지. 그러면 다른 신문사들, 특히 중부에 있는 신문사들이 너나 할 것 없이 실을 테니까."

"대단해요. 게다가 무척 너그러우시네요."

"그건 그렇다 치고, 뭐가 가장 효과적일지를 생각해야 하오. 게다가 난 이 사건에 앤슨 지서장을 끌어들일 거요. 그가 처음부터 선입견을 품고 있었다는 건 분명하지. 내가 그의 활동에 대해서도 아마추어적 추리를 하길 바라는 거라면, 난 그의 뜻을 따를 거요. 명예훼손으로 걸고넘어지겠다면 그러라지. 이 일이 끝나고 나면 그는 아마도 설 자리를 잃게 될 수도 있다는 걸 알게 될 거요."

"아서, 제 생각엔……."

"말해봐요, 내 사랑."

"이 일로 앤슨 지서장에게 사적인 복수를 하려고 해서는 안 될 것 같아요."

"그러지 말아야 할 이유를 모르겠군. 이런 엄청난 일이 생긴 건 상당 부분 그의 탓이오."

"아서, 제 말은 앤슨 때문에 당신이 처음에 목표했던 바가 흐트러져서는 안 된다는 거예요. 그렇게 된다면 누구보다도 그 사람이 만족스러워할 테니까요."

아서는 기뻐하는 동시에 자랑스러워하며 그녀를 바라본다. 그녀는 쓸모 있는 제안을 내놓았다. 정말로 영리한 여자다.

"당신 말이 맞소. 난 조지에게 이로울 수 있는 정도로만 앤슨을 들볶을 거요. 하지만 그자를 전혀 손대지 않을 이유는 없지. 난 그를 몰아붙일 거요. 그의 휘하 경관들은 내 보고서의 두 번째 항목 때문에 창피를 면치 못할 거요. 진짜 범인이 누군지 확실해지고, 앤슨이 그걸 코앞에 두고도 팔짱만 끼고 있었다는 것만 증명하면 앤슨이 사임 말고는 뭘 할 수 있겠소? 이 일이 끝나면 스태퍼드셔 지서도 전 조직을 개편할 수밖에 없겠지. 전속력으로!"

그는 진이 감탄과 너그러움이 동시에 담긴 미소를 짓고 있다는 걸 눈치 챈다.

"그리고 이 얘기를 해야겠군요, 내 사랑. 이제 결혼 날짜를 잡을 때가 되었다고 생각하오. 안 그러면 사람들이 당신을 터무니없는 바람둥이로 여길지도 모르니까."

"저하고요? 아서, 정말이에요?"

그는 키득거리며 그녀의 손을 잡는다. 전속력으로 전진하는 거야, 그는 생각한다. 안 그러면 보일러실이 몽땅 터져버릴지도 모르니까.

언더쇼로 돌아온 아서는 펜을 들고 앤슨을 들볶을 준비를 시작했다. 앤슨은 목사관으로 보낸 편지에서 이렇게 썼다. '저는 범법자들을 강제노역형에 처하게 할 수 있다고 믿습니다.' 지서장이라는 사람이 어떻게 이런 선입견으로 똘똘 뭉쳐 있을 수 있는가. 그 문구를 곱씹을수록 아서는 솟구치는 분노를 느꼈지만, 진의 충고에 따라 냉정을 유지하려고 했다. 그는 조지에게 득이 되도록 행동해야 했다. 마찬가지로 명예훼손 소송도 피해야 했다. 그와 동시에 앤슨에 대해 절대로 반박할 수 없는 평결을 만들어내야 했다. 아서가 그토록 체면을 구긴 적은 많지 않았다. 그래, 앤슨도 그런 기분이 어떤 것인지 알게 될 것이다.

> 앤슨 대위가 조지 에들지를 혐오했다는 사실을 솔직하게 드러냈으며, 자신의 그런 편견을 의식하지 못했다는 사실은 분명합니다. 달리 생각할 여지는 전혀 없습니다. 하지만 그런 위치에 있는 사람은 다른 사람들에게 혐오의 감정을 품어선 안 됩니다. 한쪽이 지나치게 강하고, 다른 한쪽이 지나치게 약할 때, 그 결과는 대단히 끔찍합니다. 제가 조사한 바에 따르면 지서장이 조지 에들지를 혐오한다는 사실은 휘하 경찰들에게까지 영향을 미쳤습니다. 조지 에들지를 체포한 경찰들은 그에게 가장 기본적인 정의도 보이지 않았습니다.

사건이 일어나기 전에도, 일어나는 와중에도, 일어난 후에 도 앤슨은 선입견과 더불어 거만한 태도를 여실히 드러내고 있었다.

> 저는 내무성이 이 사건의 부당함을 밝히는 데 앤슨 대위의 보고서가 어떤 역할을 했는지 모릅니다. 하지만 이 점만은 분명합니다. 유죄선고를 받아 직업을 상실하게 된 조지 에들지와 역시 곤궁에 처하지 않을 수 없었던 그의 아버지를 홀로 내버려두지 않기 위해 많은 사람들이 온갖 노력을 기울였습니다. 이 사건을 다시 조사할 수 있도록 말입니다. 옐버턴 씨가 처음 이 사건을 다루기 시작했을 때, 그는 1903년 11월 8일 앤슨 대위가 보낸 편지를 한 통 받았습니다.

그 내용은 다음과 같습니다. '조지 에들지의 직업과 선량하다고 알려진 그의 성격을 고려할 때 그가 공격적이고 혐오스러운 편지를 쓴 혐의로 유죄선고를 받을 수 없음을 증명하려는 시도는 단순히 시간낭비라는 점을 알려드리고자 합니다. 저와 마찬가지로 그의 아버지 역시 그의 성격을 고려할 때 그가 충분히 그런 협박편지들을 쓸 수 있다는 점을 알고 있습니다. 다른 몇 사람 역시 이 일과 관련해 사적으로 아는 바가 있습니다.'

에들지와 그의 아버지는 그가 인생에서 한 번도 익명의 협박편지를 쓴 적이 없다고 맹세했습니다. 옐버턴 씨가 '다른 몇 사람'이 누구인지 문의한 결과, 어떠한 답도 없었습니다. 에들지가 유죄를 선고받자마자 앤슨이 이런 편지를 썼다는 점을 감안할 때, 그는 에들지의 사면을 요구하는 움직임을 미연에 방지하려고 했던 것 같습니다. 이는 쓰러진 사람에게 발길질을 가하는 것과 흡사한 행위라고 할 수 있습니다.

이래도 앤슨이 무너지지 않는다면 어떤 것도 그를 무너지게 할 수 없겠지, 아서는 생각했다. 그는 신문 사설란과 의회 청문회, 내무성의 미심쩍은 발표, 그리고 전 지서장을 위해 마련된 해외 근무지의 아늑하지만 머나먼 숙소를 생각했다. 서인도제도가 적합할 듯했다. 아서와 함께 강신회에 참석할 수도 있었을 앤슨 부인에게는 안된 일이었다. 그러나 그녀는 남편이 받아 마땅한 모욕을 이겨낼 수 있을 것이다. 조지의 어머니가 아들이 받아서는 안 될 모욕도 견뎌냈듯이.

〈데일리 텔레그라프〉는 1월 11일과 12일 양일에 걸쳐 아서의 조사 결과를 실었다. 편집방식은 훌륭했고, 조판공들 역시 흠잡을 데 없는 결과물을 보여주었다. 아서는 천둥처럼 번쩍이는 결론을 이끌어내는 문장들을 반복적으로 읽었다.

> 진실은 가려져 있습니다. 이제 우리는 마지막 재판을 요구합니다. 이 재판에서는 결코 실수가 되풀이되어서는 안 될 것이며, 사실만이 진술될 것입니다. 우리는 대영제국 국민 여러분에게 이런 일이 계속되어도 좋을 것인지를 묻습니다.

이 기사에 대한 반응은 엄청났다. 전보 배달부 소년은 앞이 보이지 않을 정도로 쌓인 엄청난 양의 전보들을 언더쇼로 배달해야 했다. 배리와 메러디스를 포함해 여러 작가들이 지지를 보내왔다. 〈텔레그라프〉의 독자 의견란은 조지의 시력에 대해 법정에서 진술하지 않은 변호인단이 직무를 유기했다는 논의로 가득 채워졌다. 조지의 어머니 역시 의견을 보탰다.

> 전 제 아들의 변호를 맡은 사무변호사에게 제 아들의 시력이 어렸을 때부터 극도로 좋지 않았다는 점을 언제나 분명히 밝혔습니다. 전 이 점이 충분한 증거가 될 수 있다고 생각했습니다. 제 아들이 시력이 좋은 사람들도 소위 '길'조차 보이지 않는 한밤중에 들판까지 나갈 수 없다는 점이 분명했으니까요. 증언대에 섰을 때, 제게는 아들의 나쁜 시력에 대해 진술할 기회가 주어지지 않았고, 전 너무

나 괴로웠습니다. 제게 주어진 시간은 많지 않았고, 전 사람들이 이 사건에 지쳤을 거라 생각했습니다…… 제 아들은 늘 시력이 좋지 않았습니다. 글을 쓰려면 종이 위로 몸을 잔뜩 숙여야 하고, 책을 볼 때는 거의 눈에 붙이다시피 해야 합니다. 외출할 때면 사람들을 잘 알아보지 못합니다. 전 아들을 볼 때마다 항상 아들이 저를 보살피는 게 아니라 제가 그애를 보살펴야 한다고 생각했습니다.

그리고 엘리자베스 포스터를 찾으라고 요청하는 편지들이 있었다. 앤슨 대위에 대한 분석도, 스태퍼드셔에 갱이 있을지도 모른다는 추측을 담은 편지들도 있었다. 누군가는 말의 털이 얼마나 쉽게 외투 안감에 붙는지를 설명해오기도 했다. 조지와 마찬가지로 웨얼리 기차를 자주 타는 한 승객이 보낸 편지도 있었고, '햄스테드 북서부의 구경꾼'이나 '파르시의 친구'가 보낸 편지도 있었다. (케임브리지 대학) 의학박사인 아룬 천더 더트는 동양인들이 천성적으로 짐승을 훼손하는 일과는 거리가 멀다는 점을 지적했다. 뉴 캐번디시 스트리트의 의학박사 차우리 무투는 독자들에게 모든 인도인들이 이 사건을 지켜보고 있으며, 잉글랜드의 명예가 위험에 처해 있다는 점을 상기시켰다.

3일 뒤, 〈텔레그라프〉에 후속기사가 실렸다. 아서와 옐버턴 씨는 내무성에서 글래드스톤 씨와 매킨지 체임버스 경, 그리고 블랙웰 씨를 만났다. 그들은 대화 내용이 밖으로 새나가서는 안 된다는 데 사전 동의했다. 대화는 한 시간 이어졌다. 후에 A. 코난 도일 경은 자신과 옐버턴 씨가 정중하고 호의에 찬 응대를 받았으며, 내무성이 이 문제를 철저히 깔끔하게 해결하리라고 자신 있게 생각한다고 썼다.

아서가 저작권을 포기한 덕분에 이야기는 수월하게 중부뿐 아니라 전 세계로 퍼져나갈 수 있었다. 아서의 에이전시는 무척 분주해졌다. 그는 여러 나라에서 보내온 신문들로 인해 하나의 동사가 다른 언어로 어떻게 표기되는지 알게 되었다. 셜록 홈스가 나섰다. 그를 지지하는 편지들—드물게는 반대 의견들도—이 각지에서 날아들었다. 말도 안 되는 의견도 있었다. 배교자가 된 샤푸르지를 처벌하려고 다른 파르시들이 에들지 가에 대한 박해를 시작했다는 의견이었다. 그리고 아서에게는 매우 낯익은 필체로 적힌 편지 또한 날아들었다.

런던경시청 형사로부터 네가 글래드스톤 씨에게 편지를 써서 에들지가 결국 유죄라고 말한다면, 그들이 다음 해 너를 귀족으로 만들어줄 거라는 얘기를 들었다. 귀족이 되는 편이 신장이나 간을 잃어버릴 위험을 감수하는 것보다 낫지 않은가. 끔찍한 살인사건들을 생각해보라. 그러니까 너도 발을 빼야 하지 않을까?

아서는 문법상의 오류에 주목하면서, 자신이 찾던 바로 그 도주자일 거라고 판단했다. 그는 페이지를 넘겼다.

내가 너에게 말하는 증거는 그들이 그를 감옥에서 풀어줬을 때 그가 종이에 적었던 글 속에 있다. 그는 감옥에서 그의 아버지와 검둥이, 아니면 노란 얼굴의 유대인들하고 지낼 수밖에 없었다. 그의 필체를 그렇게 흉내 낼 수 있는 사람은 없다. 넌 눈 먼 바보다.

이런 조잡한 도발은 아서에게 계속 밀어붙어야 한다는 걸 확신시켜줄 따름이었다. 지체할 필요가 없었다. 미첼 씨는 아서 경이 문의한 시기에 밀턴의 책이 교과과정에 포함돼 있었다는 편지를 보내왔다. 또한 스태퍼드셔의 학교들에서는 가장 나이 든 선생이 기억할 수 있는 한 오랫동안 이 위대한 시인을 가르쳐왔으며, 현재도 가르치고 있다고도 말했다. 해리 찰스워스는 브룩스의 급우이자 현재 체슬린 헤이에서 페인트공으로 일하는 프레드 윈을 찾았으며, 그에게 스펙에 관해 물어볼 예정이라고 알려왔다. 3일 후, 미리 약속된 문구가 적힌 전보가 도착했다. 화요일 헨스퍼드 저녁식사에 초대함. 찰스워스.

헨스퍼드 역으로 아서 경과 우드 씨를 마중 나온 해리 찰스워스는 그들을 라이징 선 술집으로 데려갔다. 그들은 특실에서 셀룰로이드 옷깃에 닳아빠진 소맷동을 단 키가 크고 여윈 청년을 소개받았다. 그의 재킷 소매에는 약간의 흰 얼룩이 묻어 있었는데, 아서는 그 얼룩이 말의 타액도, 빵이나 우유가 묻은 것도 아닐 거라고 생각했다.

"나한테 했던 말을 이분들께도 해드려." 해리가 말했다.

윈은 낯선 이들을 바라보며 천천히 술잔을 두드렸다. 아서는 정보원이 용기를 내어 말을 꺼낼 수 있도록 우드를 보내 잔을 채워오게 했다.

"전 스펙과 학교를 같이 다녔어요." 그가 입을 열었다. "그는 항상 반에서 밑바닥이었어요. 언제나 문제였죠. 어느 여름에는 볏짚에 불을 지르기도 했어요. 씹는담배를 좋아했고요. 어느 날 저녁, 제가 브룩스와 기차에 타고 있었는데 스펙이 우리 객차로 뛰어들어오더니 끝 쪽으로 가서 유리창에 머리를 마구 부딪혀서 창문을 깨뜨렸어요. 자기가 한 짓을 보면서 마냥 웃음을 터뜨리더군요. 그래서 우리는 다른 객차로 옮겼어요.

며칠 후 어떤 철도경찰이 와서 우리가 창문을 깼다는 혐의를 받고 있다고 말했어요. 우린 둘 다 스펙이 한 짓이라고 말했어요. 그는 변상해야 했어요. 그가 창문 고정줄도 끊었는데 그것도 변상해야 했죠. 그후 브룩스네 아빠한테 브룩스와 내가 월솔 기차역에서 어느 할머니에게 침을 뱉었다는 편지가 오기 시작했고요. 스펙은 언제나 나쁜 짓을 했어요. 그러다 결국 학교를 못 다니게 되었죠. 정확히 퇴학처분을 받았는지는 기억나지 않지만, 아무튼 뭐 그런 거였어요."

"그러면 그는 그 뒤에 뭘 했습니까?" 아서가 물었다.

"1, 2년 전에 바다로 갔다고 들었어요."

"바다라고요? 정말입니까? 정말 그렇습니까?"

"뭐, 사람들이 그렇게 말했어요. 아무튼 그는 사라졌죠."

"그게 언제쯤이었을까요?"

"말씀드렸다시피 1, 2년 후일 거예요. 볏짚에 불을 지른 건 아마 1892년이었을 거고요."

"그래서 1895년 말이나 1896년 초에 바다로 갔으리라는 겁니까?"

"잘 모르겠어요."

"대략적으로라도?"

"제가 말씀드린 것 말고는 잘 몰라요."

"어느 항구에서 떠났는지를 아십니까?"

윈은 고개를 흔들었다.

"그가 언제 돌아왔는지는 아십니까? 돌아왔다면 말입니다."

윈은 이번에도 고개를 흔들었다. "선생님께서 제 얘기에 관심 있으실 거라고 찰스워스가 그랬어요." 그는 다시 잔을 두드렸다. 아서는 이번에는 그 동작을 무시했다.

"물론 관심이 있습니다, 윈 씨. 하지만 말씀하신 것에서 이해가 안 가는 것이 있어서 그럽니다."

"정말요?"

"월솔 학교에 다니셨죠?"

"네."

"브룩스도요?"

"네."

"스펙도?"

"네."

"그러면 지난 20년간 그 학교에 스펙이라는 이름의 학생이 없었다는 현 교장 미첼 씨의 말은 어떻게 설명하실 겁니까?"

"아, 알겠어요." 윈이 말했다. "우린 그애를 그냥 스펙이라고 불렀어요. 그애는 알갱이speck처럼 작은 애였거든요. 그래서였을 거예요. 그의 진짜 이름은 샤프예요."

"샤프?"

"네, 로이든 샤프예요."

아서는 와인의 술잔을 집어 비서에게 건넸다. "뭘로 하시겠습니까? 위스키 체이서는 어떻습니까?"

"물론 좋습니다, 아서 경. 매우 후하시네요. 그리고 전 이걸 드리는 대가로 당신이 뭘 돌려주실지 궁금해하고 있었죠." 그는 작은 배낭으로 손을 뻗었고, 그 결과 아서는 지역 생활을 묘사한 열두 장의 스케치를 들고 라이징 선을 나서게 되었다. "전 이 그림들을 '삽화'라고 부르면 어떨까 생각해봤어요." 그는 그림의 문학적 가치에 대해 숙고해보겠다고 약속했다.

"로이든 샤프라. 새로 등장한 이름이군. 그를 어떻게 찾을 수 있을까요. 좋은 수가 있겠습니까, 해리?"

"있다마다요." 해리가 말했다. "윈이 술집의 술을 바닥낼까봐 아까는 얘기하고 싶지 않았어요. 샤프를 어떻게 찾을지 알려드리죠. 그는 그레이터렉스의 피보호자였어요."

"그레이터렉스라!"

"샤프 형제는 둘이에요. 월리 샤프와 로이든 샤프. 둘 중 누구였는지는 기억나지 않지만, 아무튼 전 그들 중 하나와 같이 학교에 다녔어요. 그레이터렉스가 선생님께 그들에 관해 뭔가 알려드릴 수 있겠죠."

그들은 기차를 타고 두 정거장을 되짚어 웨얼리&처치브리지역으로 돌아갔다. 리틀워스 농장까지는 걸어서 갔다. 중년에 접어든 그레이터렉스 부부는 넉넉한 마음씨의 소유자로, 그들을 따뜻하게 맞아들였다. 아서는 처음으로 맥주나 진흙칼도 필요 없고, 정보의 정확한 대가가 2실링 3펜스인지 2실링 4펜스인지 계산할 필요도 없을 것 같다고 느꼈다.

"윌리 샤프와 로이든 샤프는 제 땅을 부쳤던 피터 샤프의 아들들입니다." 그레이터렉스가 말을 시작했다. "거친 아이들이었죠. 아니, 정확하게 말하자면 로이든이 그랬습니다. 그애가 볏짚에 불을 지르는 바람에 그애 아버지가 변상을 해야 했던 일이 기억나네요. 윌리는 거칠다기보단 이상한 아이였고요.

로이든은 월솔 학교에서 퇴학 처분을 받았습니다. 형제가 둘 다 그 학교에 다녔죠. 들려왔던 얘기로는 로이든이 게으르고 폭력적이었다고 하더군요. 뭐, 정확히는 모르겠습니다만. 피터는 그애를 위즈비치 학교에 보냈어요. 그래도 나아지지는 않았죠. 그래서 그는 아이를 캐녹의 멜던이라는 정육업자에게 보내 일을 배우게 했지요. 그후 1893년 말쯤, 전 그애와 직접적인 연관을 맺게 됐습니다. 당시 죽어가던 애들 아버지가 제게 로이든의 신탁관리자가 돼달라고 부탁했죠. 제가 할 수 없는 일은 아니었기 때문에 전 피터에게 그러마고 약속했습니다. 전 최선을 다했어요. 하지만 로이든은 통제할 수 없는 아이였습니다. 너무나 골칫덩이였죠. 도둑질을 하고, 물건들을 파손하고, 계속 거짓말을 하고…… 어떤 일도 성실하게 꾸준히 하지 못했습니다. 결국 전 그에게 두 가지 중 선택하라고 말할 수밖에 없었죠. 용돈을 끊고 경찰에 알리겠다, 그게 싫으면 바다로 가라라고요."

"그가 어떤 선택을 했는지는 알겠습니다."

"전 그에게 루이스 데이비스 주식회사의 제너럴 로버츠 호에서 일을 배우라고 했습니다."

"그게 언제쯤일까요?"

"1895년 말입니다. 새해 직전이었죠. 그 배가 출항한 날짜가 아마 12월 30일이었을 겁니다."

"어느 항구였습니까?" 아서는 이미 답을 알고 있었지만, 그럼에도 불구하고 무척 궁금하다는 듯 고개를 앞으로 내밀었다.

"리버풀 항구였습니다."

"그러면 그는 제너럴 로버츠 호에서 얼마나 오랫동안 일했습니까?"

"글쎄요, 처음으로 꾸준히 일했습니다. 4년 동안의 수습기간이 끝나고 3등 항해사 자격증을 받았죠. 그후에 집으로 돌아왔습니다."

"그게 1903년이었습니까?"

"아뇨, 아닙니다. 더 이릅니다. 1901년이었죠. 하지만 그애가 집에 머물렀던 기간은 길지 않았습니다. 그애는 리버풀과 미국을 오가는 가축수송선에서 일자리를 잡았어요. 그렇게 열 달을 일했죠. 그후에 완전히 집으로 돌아왔습니다. 그게 아마 1903년이었을 겁니다."

"가축수송선이라. 그렇군요. 그는 지금 어디 삽니까?"

"그의 아버지가 살던 집에 살죠. 하지만 그도 많이 변했어요. 결혼도 했고요."

"로이든 샤프나 월리 샤프가 아드님 이름으로 편지를 썼다고 의심하신 적이 있습니까?"

"아니요."

"왜죠?"

"증거가 없었으니까요. 그리고 전 그애가 너무 게으르고 그런 생각을 꾸며낼 정도로 머리가 좋지도 않다고 생각했던 것 같습니다."

"그러면 그들에게는 어린 동생, 추측컨대 입버릇이 상스러운 아이가 있나요?"

"아뇨, 아닙니다. 형제는 둘뿐입니다."

"그러면 그들과 자주 어울렸던 어린 친구 중에 입버릇이 상스러운 아이가 있을까요?"

"아뇨, 전혀요."

"알겠습니다. 그런데 로이든 샤프는 당신이 자기 돈을 관리한다는 사실을 원망하지 않았습니까?"

"그랬죠. 그애는 아버지가 자기에게 남긴 돈을 제가 왜 주려고 하지 않는지 이해하지 못했습니다. 그렇게 많은 돈은 아니었습니다. 전 그애가 그 돈을 탕진해버리기를 바라지 않았고요."

"월리가 형이죠?"

"네, 지금쯤 서른 살 정도 되었을 겁니다."

"그러면 월리 샤프와 같이 학교에 다녔겠군요, 해리?" 찰스워스가 고개를 끄덕였다. "그가 이상하다고 했죠. 어떤 식으로 이상했습니까?"

"그냥 이상했어요. 다른 사람들과 잘 어울리지 못했죠. 어떻게 설명해야 할지 모르겠네요."

"종교적 광신자로 보일 때는 없었습니까?"

"잘 모르겠어요. 윌리는 똑똑했어요. 머리가 잘 돌아갔죠."

"월솔 학교에 다닐 때 그가 밀턴을 공부한 적이 있습니까?"

"모르겠어요."

"학교를 졸업하고는 뭘 했습니까?"

"잠시 전기 기술자 밑에서 일을 배웠죠."

"그래서 이웃한 마을들을 돌아다닐 구실이 생겼겠군요?"

그레이터렉스 씨는 이 질문에 모르겠다는 표정을 지었다. "그랬겠죠. 다른 많은 남자들이 그런 것처럼."

"그리고…… 형제들은 아직도 같이 삽니까?"

"아닙니다. 윌리는 한두 해 전에 외국으로 갔어요."

"어디로요?"

"남아프리카로 갔습니다."

아서는 비서를 돌아보았다. "어째서 다들 갑자기 남아프리카로 가는 걸까? 그의 남아프리카 주소를 아십니까, 그레이터렉스 씨?"

"알고 있었죠. 하지만 그가 최근에, 11월 말에 죽었다는 소식을 들었습니다."

"유감스럽군요. 그러면 그들이 함께 살았던 집은, 로이든이 현재 사는 집은……."

"제가 모셔다드릴 수 있습니다."

"아뇨, 아직은 괜찮습니다. 제 질문은…… 그 집이 고립되어 있습니까?"

"그렇죠. 다른 많은 집들이 그런 것처럼."

"그러니까 이웃의 눈에 띄지 않고 집에 들어가거나 나올 수 있다는 말씀이시죠?"

"네, 물론이죠."

"들판으로 나가기도 쉽겠네요?"

"그렇죠. 집 뒤편이 들판이니까요. 하지만 다른 집들도 대부분 그렇죠."

"아서 경." 그레이터렉스 부인이 처음으로 입을 열었다. 그는 그녀를 돌아보았다. 그녀의 얼굴은 붉어져 있었고, 그들이 도착했을 때보다 약간 흥분한 것 같았다. "경께서는 그를 의심하고 계시죠. 둘 다 의심하시는 건가요?"

"증거를 모으고 있다고 말씀드리죠, 부인."

아서는 그레이터렉스 부인이 샤프 형제를 충실하게 비호하며 의심이나 비방은 부당하다고 말할 거라고 생각하고 있었다.

"그렇다면 제가 목격했던 일을 수월하게 말씀드릴 수 있겠네요. 약 3년 반 전에, 제 기억으로는 조지 에들지가 체포되기 전이었던 7월의 어느 날 오후, 전 샤프의 집에 들렀어요. 윌리는 나가고 없었지만 로이든은 집에 있었죠. 우리는 짐승들이 훼손된 사건에 대해 이야기하기 시작했어요. 당시에는 누구나 그 일을 화제로 삼았거든요. 그런데 로이든이 주방 선반에서…… 제게 어떤 도구를 보여주었어요. 그애는 그걸 제 앞에 들이밀었죠. '이게 그자가 짐승을 죽일 때 쓴 거예요.' 보기만 해도 끔찍해서 그에게 당장 치우라고 했어요. 전 이렇게 말했죠. '그들이 네가 바로 그자라고 생각하게 하고 싶니?' 그러자 그는 그걸 다시 선반장에 넣었어요."

"왜 나한테는 말하지 않았소?" 그녀의 남편이 물었다.

"그 사건과 관련된 덧없는 소문들이 이미 충분히 많다고 생각했어요. 그리고 전 그저 그 일을 잊어버리고 싶었고요."

아서는 억지로 침착함을 유지하며 중립적으로 물었다. "경찰에 알릴 생각은 하시지 않았군요?"

"네. 충격이 가라앉자 전 잠시 걸으며 그 일을 생각해봤어요. 전 로이든이 그저 뻐기고 싶었던 것뿐이라고 생각하기로 했죠. 뭔가 아는 척하고 있다고요. 그애가 진짜로 그런 짓을 했다면 제게 도구를 보여주진 않았을 거라고 생각했어요. 게다가 전 그애를 오래 알아왔어요. 남편의 말대로 좀 거친 아이이기는 했지요. 하지만 바다에서 돌아온 뒤로 그애는 안정을 찾았어요. 꾸준히 일하려고 노력했고, 결혼할 계획도 세우고 있었어요. 그리고 지금은 결혼했고요. 경찰은 이미 그애를 주시하고 있었어요. 그러니 제가 경찰에게 알린다면 그들은 증거가 있든 없든 그를 체포할 게 분명했죠."

그렇죠, 아서는 생각했다. 그리고 당신이 침묵하는 바람에 그들은 대신 조지를 잡아넣고 이 사건을 해결한 겁니다.

"난 도대체 당신이 왜 말해주지 않았는지 모르겠소." 그레이터렉스 씨가 말했다.

"왜냐하면, 왜냐하면 당신은 항상 그애들을 나보다 엄격하게 대했잖아요. 전 당신이 바로 결론부터 내릴 거라고 생각했어요."

"그건 꽤나 정확한 결론이었을걸." 그는 신랄하게 대꾸했다.

아서가 말을 이었다. 말다툼을 벌일 때가 아니었다. "그레이터렉스 부인, 그건…… 어떤 종류의 도구였습니까?"

"칼날이 무척 길었어요." 그녀가 손짓으로 그려보였다. 1피트 정도 되는 듯했다. "그리고 커다란 주머니칼처럼 접을 수 있었어요. 농장에서 쓰는 도구는 아니었고요. 곡선 형태의 칼날이 무시무시했어요."

"언월도처럼 생겼습니까? 아니면 낫처럼 생겼나요?"

"아뇨, 날 자체는 직선이었어요. 끝부분은 전혀 날카롭지 않았고요. 하지만 끝부분에 부분적으로 위로 도드라진 곡선 형태의 날이 있었어요. 그게 너무나 날카로워 보였죠."

"그림으로 그려주실 수 있겠습니까?"

"그럼요." 그레이터렉스 부인은 주방 서랍을 열고 줄이 그어진 종이 한 장을 꺼내 자신 있게 칼의 윤곽선을 그렸다.

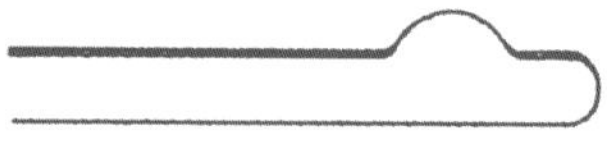

"여기, 이 부분은 뭉뚝했어요. 직선 부분인 여기도요. 그리고 여기, 곡선 부분은 끔찍할 정도로 날카로웠어요."

아서는 다른 사람들을 돌아보았다. 그레이터렉스 씨와 해리는 고개를 흔들었다. 우드는 그림을 한 바퀴 돌려 자기 쪽으로 오게 하더니 이렇게 말했다. "이건 십중팔구 말 랜싯이네요. 보통 쓰는 것보다는 좀 크지만. 가축수송선에서 훔친 모양이군요."

"것 보세요," 그레이터렉스 부인이 말했다. "친구 분께서도 곧장 결론부터 내려버리네요. 경찰도 아마 그랬겠죠."

이번에는 아서도 물러서지 않았다. "그 대신 경찰은 조지 에들지가 범인이라는 결론을 내리고 말았죠." 그레이터렉스 부인의 얼굴은 더욱 붉어졌다. "이렇게 여쭤볼 수밖에 없어 죄송합니다, 부인. 부인께서는 경찰이 조지에게 혐의를 씌웠을 때, 나중에라도 경찰에게 도구에 대해 말할 생각은 안 하셨나요?"

"생각을 하긴 했어요."

"하지만 아무것도 안 하셨죠."

"아서 경," 그레이터렉스 부인이 대답했다. "짐승 훼손이 벌어졌을 때 경께서는 이 지역에 안 계셨죠. 다들 극도로 불안한 상태였어요. 이 사람 저 사람 가리지 않고 소문이 돌았죠. 그레이트 웨얼리 갱단이 짐승에게서 젊은 여자들로 범행대상을 옮겨갈 거라는 소문도 있었고요. 이교도들이 벌이는 희생제의에 대한 이야기들도 있었어요. 초승달이 뜰 때 그런 제의를 치른다고들 그랬죠. 아, 이제 생각나네요. 로이든의 아내가 제게 한번 말한 적이 있어요. 초승달이 뜰 때 남편이 이상한 행동을 보인다고요."

"그건 사실입니다." 그녀의 남편이 신중하게 입을 열었다. "저도 몇 번 본 적이 있습니다. 그는 초승달이 뜬 날에는 미친 사람처럼 웃어댔죠. 처음에는 다른 사람들 보라고 일부러 그러는 거라고 생각했어요. 한데 다음에 또 그런 모습을 목격했을 때 그의 주변에는 아무도 없었습니다."

"그런데도—" 아서가 말을 받았다.

그레이터렉스 부인이 끼어들었다. "웃는 건 범죄가 아니에요. 미친 사람처럼 웃더라도 말이에요."

"하지만 부인께서는 어째서……."

"아서 경, 저 역시 스태퍼드셔 경찰들이 대단히 유능하거나 머리가 좋다고 생각하지는 않아요. 우리 둘 다 이 점에는 동의할 수밖에 없겠죠. 하지만 경께서 젊은 친구가 부당하게 징역을 살게 되어 마음이 아프신 것처럼, 같은 일이 로이든 샤프에게 일어나게 되면 저 역시 마음이 아플 거예요. 경의 친구가 감옥을 벗어나지 않았다면, 어차피 둘 다 창살 뒤에서 만나게 됐겠죠. 갱이 있는지 없는지는 몰라도 같은 갱 단원들로 취급당했을 거예요."

아서는 이 질책을 받아들이기로 했다. "무기는 어떻게 됐습니까? 그걸 없애버리라고 말씀하셨나요?"

"아뇨, 우리는 그날부터 지금까지 그 얘기를 입에 올린 적이 없어요."

"그러면 하나만 부탁드리겠습니다, 그레이터렉스 부인. 앞으로 며칠 더 그 일을 언급하지 마시길 부탁드립니다. 그리고 마지막 질문입니다. 샤프 형제들과 관련하여 워커나 글래드윈이라는 사람들을 알고 계십니까?"

부부는 고개를 흔들었다.

"해리, 당신은요?"

"글래드윈은 기억나는 것 같아요. 짐마차꾼이었죠. 하지만 몇 년째 못 봤어요."

해리는 다음 지시를 기다리라는 말을 들었다. 아서와 비서는 그날 밤 버밍엄으로 돌아갔다. 캐녹에서 잘 곳을 찾는 쪽이 편했지만, 힘든 하루를 보낸 아서는 훌륭한 부르고뉴 포도주 한 잔으로 자신감을 되찾고 싶었다. 임페리얼 패밀리 호텔에서 저녁을 먹던 그는 갑자기 협박편지의 한 구절을 기억해냈다. 그는 나이프와 포크를 요란하게 내려놓았다.

"그자가 아무도 자기를 잡을 수 없다고 빼기면서 이렇게 썼지. '나는 누구보다도 날카롭다sharp.'"

"나는 누구보다도 날카롭다." 우드가 되풀이했다.

"그렇지."

"그러면 입버릇이 상스러운 소년은 누굴까요?"

"나도 모르지." 이렇게밖에 대답할 수 없었던 아서는 의기소침해졌다. "이웃집 아이일 수도 있고, 샤프 형제가 꾸며낸 인물일지도 모르지."

"그래서 이제 우리는 뭘 하죠?"

"계속해야지."

"하지만 전 우리가, 아니 경께서 사건을 해결했다고 생각했는데요. 로이든 샤프가 범인이잖아요. 로이든 샤프와 월리 샤프가 둘이서 편지들을 썼고요."

"나도 그렇게 생각하네, 우디. 왜 그렇게 생각하는지 말해보게."

우드는 한 가지를 말할 때마다 손가락을 하나씩 꼽으면서 대답했다. "왜냐하면 그가 그레이터렉스 부인에게 말 랜싯을 보여주었기 때문이죠. 살갗과 근육을 자르면서 내장을 건드리지 않고 짐승을 고통스럽게 괴롭힐 수 있는 도구는 말 랜싯처럼 특이한 도구밖에 없으니까요. 또 그는 정육점과 가축수송선에서 일한 적이 있으니 짐승을 다루고 절단하는 법을 알았을 겁니다. 또 편지들이 왔던 기간이 그가 웨얼리에 있었던 기간과 없었던 기간에 일치하고요. 편지에는 그의 움직임과 행위에 대한 힌트가 분명하게 들어 있습니다. 또 그는 난폭한 짓을 했던 전력이 있고, 초승달이 뜰 때 영향을 받아요."

"훌륭하네, 우디. 훌륭해. 정황증거들을 통해 잘 추론했어. 전체적으로 훌륭하게 설명했군."

"아," 실망한 비서가 말했다. "제가 뭘 빠뜨렸나요?"

"아닐세. 아무것도 빠뜨리지 않았네. 로이든 샤프가 바로 그자야. 로이든 샤프가 아니라는 생각은 전혀 들지 않네. 하지만 우리에게는 더 구체적인 증거가 필요하네. 우리에게는 그 말 랜싯이 필요해. 우리가 그걸 확보해야 하네. 샤프는 우리가 이 지역에 와 있다는 걸 알고 있어. 눈치라도 챈다면 바로 아무도 찾을 수 없는 곳에 숨길 거야."

"눈치 채지 못한다면요?"

"눈치 채지 못한다면? 자네와 해리 찰스워스가 그걸 우연히 발견해서 확보해야지."

"우연히요?"

"우연히."

"그리고 확보하라고요?'

"확보해야지."

"대체 어떻게 하면 될지 알려주시겠습니까?"

"솔직히, 그런 건 내가 모르고 있는 편이 더 낫지 않겠나? 아무튼 난 이 지역 사람들은 아직도 집을 나설 때 문을 잠그지 않는 습관이 있다고 생각하네. 혹시 협상해야 한다면, 언더쇼 기둥 뿌리라도 뽑아줘야지."

우드는 아서의 이 고상함에 짜증이 났다. "우리가 그자의 현관문을 두드리고 '실례합니다, 당신이 짐승을 훼손할 때 쓴 랜싯을 우리가 사서 경찰에게 보여주려고 하는데요'라고 하면 샤프가 퍽이나 좋아하며 건네주겠습니다."

"물론 그러면 안 되지." 아서가 키득거리며 말했다. "그렇게 하면 안 된다고. 자네 둘은 좀 더 상상력을 발휘해야 하네. 교묘한 방법을 써야지. 아니면 뭐랄까…… 좀 더 직접적인 방식이 나을 수도 있고. 자네들 둘 중 한 사람이 그를 선술집에서 잡아놓고 있는 동안…… 그레이터렉스 부인이 말한 선반장이 주방에 있었다고 했나? 아무튼 자네가 알아서 해줘야겠네."

"만약의 경우가 생긴다면 제 보석금을 내주실 거죠?"

"그뿐인가, 성격증인*도 서주겠네."

우드는 천천히 고개를 흔들었다. "전 아직도 얼떨떨합니다. 어

* 피고인의 인성, 성품에 대해 증언하는 증인.

제 이 시간에 우린 아는 게 거의 없었어요. 그냥 약간의 추측만 하고 있었을 뿐이죠. 그런데 이제는 하루 만에 모든 사실을 알게 되었어요. 윈과 그레이터렉스 부부를 만나서 알게 된 거죠. 아직 증명할 수 없을지는 모르지만, 아무튼 다 알게 됐잖아요. 전부 하루 만에요."

"원래는 일이 이렇게 풀리면 안 되는 거였지." 아서가 말했다. "내가 그걸 모르는 건 아닐세. 글로도 여러 번 정리했네. 이렇게 단순하게 단계를 밟으며 해결될 일이 아니었는데. 마지막 순간까지는 결코 해결될 수 없는 부분이 있어야 했어. 그러다 영광스러운 마지막 추론 하나로 매듭을 풀게 되면, 논리적이면서도 충격적인 해답이 나타나면, 그제야 엄청난 승리를 만끽하는 거지."

"지금은 그런 느낌이 아니신가봐요?"

"지금은 그렇지. 지금 느끼는 건 사실 실망에 가깝다네. 그렇지, 거의 실망이야."

"뭐," 우드가 말했다. "그렇다면 경보다 더 단순한 사람은 그냥 승리를 만끽하도록 허락해주시면 좋겠네요."

"그야 그러지."

그후 아서는 마지막 파이프를 한 모금 빨아들인 뒤 방으로 돌아갔다. 그는 침대에 누워 생각에 잠겼다. 그는 스스로 도전할 대상을 찾아냈고, 오늘 완수했다. 하지만 그는 어떤 희열도 느끼지 못했다. 자신감도, 힘든 일을 마치고 돌아와 쉴 때의 아늑함도 없었다. 그러니 승리감은커녕 조그만 행복도 느낄 수 없었다.

그는 투이와의 결혼생활을 떠올렸다. 그는 물론 그녀를 사랑했다. 처음에는 그녀를 맹목적으로 사랑했고, 결혼 초야를 기다리기도 힘들었다. 하지만 그들이 결혼하던 날, 월러가 들러리를 섰던 손턴 인 론데일에서의 결혼식 날 그가 느낀 감정은…… 그녀에 대한 기억을 훼손하지 않고는 끄집어낼 수 없는 것이었다. 그녀가 행복해 보였기에 그는 딱 그만큼 행복했다. 그건 사실이었다. 물론 그후, 이삼 일 정도의 짧은 기간이 지난 후부터는 그도 바라던 행복을 경험할 수 있었다. 하지만 결혼의 순간 그 자체는 그가 생각했던 것보다 훨씬 덜 행복했다.

아마도 이런 이유에서 그는 인생의 모든 순간들마다 항상 새로운 도전을 찾아 헤맸던 것이리라. 새로운 일을 벌이고, 새로운 활동을 시작하고. 성공할 때마다 그의 기쁨은 오래 지속되지 않았다. 이런 생각을 할 때마다 그는 우디의 단순함을, 한 번 받은 월계관으로 만족하는 사람들을 질투했다. 그는 결코 그런 사람이 아니었다.

아무튼 이제 뭘 해야 할까. 일단 랜싯을 확보해야 했다. 로이든 샤프의 필체도 확보해야 했다. 그레이터렉스 부부가 그의 편지 같은 걸 가지고 있을지도 모른다. 로이든 샤프와 워커와 글래드윈이 어떤 관계인지도 알아봐야 했다. 그들이 모녀 폭행사건과 관련이 있는지도 모른다. 로이든 샤프가 월솔에서 어떤 수업을 받았는지도 알아봐야 했다. 윌리 샤프가 다닌 장소들과 편지들이 부쳐진 장소들도 유심히 대조해봐야 했다. 말 랜싯이 확보되는 대로 훼손된 짐승들을 조사한 수의사에게 보여야 했고, 전문적인 의견을 요청해야 했다. 또 조지에게도 샤프 형제에 대해 기억나는 점은 뭐든 말해달라고 해야 했다.

그는 엄마에게 편지를 써야 했다. 진에게도 편지를 써야 했다.

해야 할 일들로 머릿속을 가득 채운 그는 곧바로 잠에 곯아떨어졌다.

언더쇼로 돌아온 아서는 책이 거의 끝날 때와 유사한 기분을 느꼈다. 이야기가 거의 다 만들어졌고, 글을 쓰기 시작할 때의 흥분감이 가셨고, 이야기를 빈틈없이 구성하는 일만 남았을 때의 기분이었다. 다음 며칠간 그의 지시나 문의, 재촉에 대한 답장들이 도착했다. 첫 번째 답은 브룩스 철물점에서 구입했던 물건처럼 갈색 종이로 포장되어 끈에 묶인 채 도착했다. 그는 포장을 풀기도 전에 내용물을 알았다. 우드의 얼굴이 그것을 말해주고 있었다.

포장을 풀자 말 랜싯이 천천히 모습을 드러냈다. 끔찍하게 생긴 도구였다. 직선 부분의 뭉뚝함과 대비되는 치명적으로 날카로운 곡선 형태의 모서리는 보기만 해도 끔찍했다. 정말이지 그 무엇보다도 날카로워 보였다.

"끔찍하군." 아서가 말했다. "내가 뭘 좀 물어봐도—"

하지만 비서는 아서의 말이 떨어지기도 전에 거부의 뜻으로 고개를 흔들었다. 아서 경은 알아서도 안 되었고, 알고 싶어해도 안 되었다.

조지 에들지는 샤프 형제에 관한 기억이 아무것도 없다고 말했다. 학교를 다닐 때도, 졸업하고 나서도 아무런 기억이 없다는 것이었다. 그들이 어째서 그와 그의 아버지에게 적개심을 품었는지도 모르겠다고 했다.

그러나 미첼 씨는 로이든 샤프의 학업기록에 대해 만족스러울 정도로 상세한 편지를 보내왔다.

1890년 크리스마스. 1학년. 23명 중 23등. 전혀 향상되지 못했음. 프랑스어, 라틴어 낙제.
1891년 부활절. 1학년. 20명 중 20등. 둔함. 숙제를 해오지 않았음. 그림 그리기에서 향상된 면을 보임.
1891년 여름. 1학년. 18명 중 18등. 향상되기 시작함. 수업 시간에 잘못된 행동으로 매를 맞았음. 씹는담배. 변명. 급우들을 별명으로 부름.
1891년 크리스마스. 1학년. 16명 중 16등. 만족스러운 태도를 보이지 않음. 거짓말을 일삼음. 항상 불평을 늘어놓거나 다른 아이들이 불평하는 대상. 커닝하다 적발됨. 이유 없이 자주 사라짐. 그리기에서 향상된 면을 보임.
1892년 부활절. 2학년. 8명 중 8등. 게으름. 비행을 일삼음. 매일 체벌. 아버지에게 편지를 씀, 급우들의 성적 위조, 고의적인 거짓말. 이 일로 매를 20대 맞음.
1892년 여름. 무단결석. 편지 및 서명 위조. 아버지가 학교를 그만두게 했음.

이럴 줄 알았지, 아서는 생각했다. 위조, 커닝, 거짓말, 별명 부르기, 비행. 그리고 퇴학 혹은 자퇴한 날짜를 주목할 필요가 있었다. 1892년 여름이다. 에들지 가족들과 브룩스, 월솔 학교에 대한 괴롭힘이 시작된 시기와 일치했다. 아서는 짜증이 들끓어 오르는 걸 느꼈다. 논리적으로, 정상적으로 조사하면 이런 결과가 나오는데도 저 멍청이들은…… 그는 스태퍼드셔 지서의 모든 사람들, 지서장부터 배럿 경정, 캠벨 경위, 파슨스 경사와 업턴 경사, 그리고 가장 직급이 낮은 신출내기들까지 벽에 일렬로 세워놓고 간단한 질문 하나를 던지고 싶었다. 1892년 겨울, 누군가가 월솔 학교에서 열쇠를 훔쳐 그레이트 웨얼리로 가져갔다. 누가 용의자로 가장 적합하겠는가? 학교에서 아둔하고 못된 짓을 일삼다가 결국 몇 달 전에 쫓겨난 소년이겠는가? 아니면 목사의 아들로 월솔 학교에 다닌 적이 없으며, 월솔에는 간 적도 없고, 꾸준하고 학문적인 성취를 보였으며, 초승달만 뜨면 미치는 소년과는 달리 월솔 학교에 어떤 원한도 가질 리 없는 소년이겠는가? 아서는 대답을 듣고 싶었다. 지서장부터 경정, 경위, 경사, 그리고 쿠퍼 순경에 이르기까지 모든 경찰에게. 그리고 사계 법정의 고매하신 12명의 배심원들에게.

해리 찰스워스는 1903년 늦가을, 혹은 초겨울에 그레이트 웨얼리에서 일어난 사건을 설명하는 편지를 보냈다. 어느 날 저녁, 할인판매 하는 종이를 사러 웨얼리를 떠났던 제이리어스 핸들리 부인이 딸과 함께 웨얼리 역에서 집으로 돌아가고 있었다. 길을 건던 그들에게 두 남자가 다가왔다. 그들 중 하나가 소녀의 목을 붙들었다. 그의 손에는 뭔가 빛나는 물체가 들려 있었다.

어머니와 딸이 소리를 지르자 그는 달아나기 시작했다. 그러면서 이미 멀리 간 동료에게 이렇게 소리를 질렀다. '좋아, 잭. 이제 간다!' 딸은 어머니가 전에도 한 번 길을 걷다가 같은 남자에게 제지당한 적이 있다고 진술했다. 그의 얼굴은 둥글었고, 수염이 없었으며, 5피트 8인치 정도의 키에 짙은 색 정장을 입고 뾰족한 흰 모자를 쓰고 있었다고 했다. 이는 당시 선원 풍의 옷차림으로 돌아다녔던 로이든 샤프의 인상착의와 일치했다. (후에는 이런 옷차림을 더 이상 하지 않았다.) '잭'은 샤프의 친구라 알려진 방종한 성격의 도축업자 잭 하트라는 추측이 제기되었다. 경찰은 이 사건에 대해 알고 있었지만, 누구도 체포하지 않았다.

추신에서 해리는 프레드 윈을 다시 만났으며, 흑맥주 1파운드를 대가로 주고 그와 브룩스, 스펙이 다 같이 월솔 학교에 다닐 때 일어난 사건 이야기 하나를 더 들었다고 적었다. 로이든 샤프는 기차 객차의 쿠션을 뒤집고 커버를 칼로 찢어서 속을 채운 말털을 끄집어내는 일이 많았다고 했다. 그런 뒤에는 요란하게 웃으며 쿠션을 다시 뒤집어놓았다는 것이었다.

3월 1일 금요일, 내무성이 외부의 압박에는 별 신경을 쓰지 않는다는 걸 보여주기 위해서인지 6주나 늦게 조사위원회가 열렸다. 목적은 대중의 동요를 불러일으킨 에들지 사건과 관련해 다양한 사안들을 조사하겠다는 것이었다. 그러나 내무성은 위원회가 열리는 것이 사건에 대한 재심을 의미하는 것은 아니라는 점을 강조하고자 했다. 그들은 증인들을 부르지도, 에들지 씨에게 출석을 요구하지도 않겠다고 했다. 위원회는 내무성에 제출된 보고서 같은 자료들만 검토하고, 특정한 절차적 사항들에 관해서만 판결을 내리게 될 것이었다. 인도 사령부의 중급 훈작사 아서 윌슨 경, 더럼 카운티 사계법정 의장 존 로이든 와턴 각하, 그리고 런던 지사 앨버트 디 러첸 경이 가능한 한 신속하게 글래드스톤 씨에게 보고를 올리겠다고 했다.

아서는 이 신사들이 '특정한 절차적 사항들'에 관해 즐겁게 만담이나 주고받게 두면 안 된다고 생각했다. 그는 〈텔레그라프〉에 실릴 기사—조지의 결백을 증명해줄—에 로이든 샤프가 범인이라는 점을 암시하는 내용을 포함시킬 생각이었다. 여기서 그는 그간의 조사과정을 설명하고, 찾아낸 증거들을 요약하고, 향후 증언을 제시할 만한 사람들의 목록을 작성할 것이다. 특히 브리지타운의 도축업자 잭 하트와 지금 남아프리카에 있다는 해리 그린, 그리고 초승달이 떴을 때 남편이 어떤 행동을 보이는지 증언해줄 로이든 샤프 부인이 필요했다.

그는 조지에게 기사 초안의 사본을 보내 그의 생각을 물을 것이고, 계속해서 앤슨을 들볶을 것이다. 브랜디와 시가를 사이에 두고 길게 나누었던 대화를 생각할 때마다 그는 신음을 내뱉지 않을 수 없었다. 요란하게 싸웠지만 전체적으로는 쓸모없는 대화였다. 그들은 숲 속에서 싸우다 뿔이 뒤얽히고 만 두 마리의 스칸디나비아 엘크나 마찬가지였다. 설사 그렇다 해도, 아서는 정말 그래선 안 될 사람이 그렇게나 자기도취적이고 선입견으로 똘똘 뭉쳐 있다는 데 충격을 받았다. 게다가 유령을 들먹이며 그를 겁주려고까지 했다는 점도. 사람을 잘못 봐도 한참 잘못 본 셈이었다. 서재에서 아서는 말 랜싯을 꺼내 트레이싱페이퍼 위에 올려 놓고 칼날의 윤곽선을 그대로 따라 그렸다. 그는 그 그림을 '실제' 사이즈라고 표시하여 지서장에게 보내 의견을 물을 것이다.

"드디어 위원회가 열렸네요." 그날 저녁 큐대를 꺼내드는 사이 우드가 말했다.

"그들만의 위원회라고 해야겠지."

"뭐가 불만이세요?"

"그런 양반들이라도 바로 앞에 놓인 증거를 외면할 수는 없을 거라는 데 희망을 걸어봐야지."

"왜 그렇게 말씀하세요?"

"왜냐고? 자네는 앨버트 디 러첸이 누군지 아나?"

"런던 치안판사장이잖아요. 신문에서 봤어요."

"그게 문제야. 그게 문제라고. 그는 앤슨 대위의 사촌이기도 하네."

조지 & 아서

아서 경에게 감사의 편지를 쓰기 전에 여러 번, 채링 크로스 그랜드 호텔에서 두 번째 만남을 갖기 전에는 한 번, 조지는 〈텔레그라프〉를 읽었다. 한낱 무명작가가 아닌 당대의 가장 유명한 작가가 묘사한 자신에 대한 글을 읽는 기분은 당황스러웠다. 그는 여러 사람이 한꺼번에 겹쳐 있다는 인상을 받았다. 그는 부당함을 호소할 길을 찾는 희생자이기도 했고, 최고법원의 판결을 앞둔 사무변호사이기도 했고, 소설 속 등장인물이기도 했다.

기사에서 아서 경은 그가, 그러니까 조지가 왜 웨얼리 갱단(이 존재하기는 한다면)에 연루될 수 없는지를 설명했다. '무엇보다도 그는 술을 마시지 않는다. 따라서 그가 그런 갱에 연루돼 있다고 보기는 상당히 어렵다. 그는 담배를 피우지 않고, 매우 수줍고 과민하다. 그는 가장 뛰어난 학생이었다.' 맞는 말이지만, 사실이 아니기도 했다. 기분이 좋기도 했고, 좋지 않기도 했다. 거짓말이라고는 할 수 없었지만 그와 동시에 전부 다 믿기는 힘든 말이었다. 우선 그는 성실하고 열심히 공부하기는 했지만 가장 뛰어난 학생은 아니었다. 그는 1등상이 아닌 2등상을 받았고, 버밍엄 사무변호사협회에서는 금메달도 은메달도 아닌 동메달을 받았다. 그는 그린웨이나 스텐트슨보다는 유능한 사무변호사일지도 모르지만, 독보적인 위치까지 오르지는 못할 것이다. 마찬가지로 조지는 자신이 매우 수줍지는 않다고 생각한다. 또 호텔에서의 첫 만남에서 아서 경은 조지가 과민하다고 판단했을지는 모르지만, 거기에는 그럴 만한 이유가 있었다. 로비에 앉아 신문을 읽으며 아서 경을 기다리던 조지는 시간을, 어쩌면 날짜를 착각했을지도 모른다는 걱정을 하기 시작했었다. 그런데 몇 야드 떨어진 곳에서 외투를 걸친 키가 큰 사람이 자신을 꼼꼼히 훑어보고 있다는 걸 알아차렸다. 위대한 소설가가 그런 시선으로 쳐다보고 있는데 달리 어떻게 반응할 수 있단 말인가? 아서 경은 그의 부모를 만나고 그를 더욱 수줍고 과민하다고 생각하게 되었을 것이다. 다른 집에선 어떤지 몰라도, 목사관에서는 부모가 아이들을 바라보는 방식이 아이들이 스스로를 보는 방식과 같은 속도로 발전하지 못했다. 그의 부모는 조지만 잘못 본 게 아니었다. 모드는 부쩍 성장했지만, 그의 부모는 모드가 얼마나 강하고 야무진 존재가 되었는지 알아보지 못하는 듯했다. 여기까지 생각이 미친 조지는 자신이 아서 경 앞에서 그렇게 과민하게 굴지는 않았다고 판단했다. 더 과민할 수밖에 없는 상황에서도 그는 완벽한 평정 속에 사람들로 가득한 법정에 섰다. 버밍엄판 〈데일리 포스트〉는 그를 그렇게 묘사했다.

그가 담배를 피우지 않는다는 건 사실이었다. 그에게 담배란 아무런 쓸모도 없고 불쾌하며 허튼 데 돈을 쓰는 습관에 불과했다. 게다가 담배를 피운다고 해서 무조건 범죄를 저지르는 것도 아니었다. 셜록 홈스는 파이프 담배를 피우는 습관으로 유명하지 않은가. (그는 아서 경도 파이프 담배를 피운다고 알고 있었다.) 하지만 이들 두 사람이 갱단원이 된 건 아니잖은가. 그가 술을 전혀 마시지 않는다는 것도 사실이었다. 하지만 이는 그가 금욕적인 원칙에 따라서라기보다는 부모가 그를 그렇게 키웠기 때문이었다. 그러나 그는 배심원단이나 위원회는 다른 생각을 할지도 모른다는 걸 알게 되었다. 금주는 적당히 절제하는 삶의 방식으로도, 혹은 극단적으로 자신을 옭죄는 태도로도 받아들여질 수 있었다. 술을 전혀 마시지 않는 사람은 강력한 인간적인 욕구를 적당히 제어하는 사람으로도 여겨질 수 있고, 더 본질적인 것에 집중하기 위해 다른 종류의 악덕을 물리치는 사람, 즉 냉혈한에 가까운 광신도로 여겨질 수도 있었다.

그는 아서 경이 한 일의 성격과 가치를 과소평가할 생각은 없었다. 아서 경의 기사는 비범한 기법으로 그 누가 쓴 소설이라 해도 단번에 뛰어넘을 만큼 예외적인 상황이 연쇄적으로 벌어진 과정을 묘사하고 있었다. 조지는 다음과 같은 선언투의 문장을 자랑스러움과 감사가 어우러진 마음으로 여러 번 읽었다. 이 모든 각각의 질문들은 제대로 해결되기 전까지는 이 나라의 연간 행정기록에 진한 얼룩을 남기게 될 것이다. 아서 경은 소음을 일으키겠다고 약속했다. 그가 만들어낸 소음은 스태퍼드셔와 런던, 그리고 잉글랜드를 넘어 전 세계로 멀리멀리 퍼져갔다. 아서 경의 말대로 그들이 나무를 흔들지 않았더라면 내무성은 분명 위원회를 소집하지 않았을 것이었다. 물론 위원회가 소음과 흔들리는 나무에 어떻게 반응할지는 미지수였지만. 동방의 폭정보다도 부조리하고 부당한 폭정이 아닐 수 없다는 아서 경의 말은 조지에게 내무성이 옐버턴 씨의 청원서를 처리했던 방식을 지나치게 비난하는 듯 보였다. 누군가에게 폭정을 저질렀다고 비난하는 건 미래에 그들이 더 나은 모습을 보이도록 설득하는 것과는 거리가 멀어 보였다. 그리고 로이든 샤프에 대한 진술이 이어졌다…….

"조지! 늦어서 미안합니다. 꼼짝없이 갇혀 있었지 뭡니까."

아서 경이 서 있다. 혼자는 아니다. 아서 경의 옆에는 근사한 젊은 여성이 있다. 그녀는 우아하고 당당하다. 녹색이 감도는 그녀의 눈동자 색을 조지는 어떻게 불러야 할지 모른다. 여자들이라면 알 법한 색깔이지만. 그녀는 살짝 미소를 지으며 손을 내민다.

“이쪽은 진 레키 양입니다. 우리는…… 쇼핑을 하다 늦었어요.” 그는 우물거리며 말한다.

“아니에요, 아서. 당신이 수다를 떠는 바람에 늦었잖아요.” 그녀의 목소리는 구슬리는 듯하면서도 확고하다.

“내가 점원하고 얘기를 좀 하긴 했지. 남아프리카에서 복무했다는 사람에게 예의를 갖추려면—”

“그래도 쇼핑하다 늦은 건 아니잖아요.”

조지는 그들의 대화에 당황한다.

“보시다시피 조지, 우린 결혼을 준비하고 있습니다.”

“만나게 되어 정말 반가워요.” 진 레키 양이 활짝 웃으며 말한다. 조지는 그녀의 앞니가 약간 큰 편이라고 생각한다. “그리고 이제 전 가야겠네요.” 그녀는 아서를 향해 장난스럽게 머리를 흔들고는 가버린다.

“결혼이란…….” 아서는 문서실 의자에 몸을 파묻으며 말한다. 질문은 아니었지만, 조지는 기이할 정도로 정확하게 대답한다.

“제가 바라는 상태입니다.”

“뭐, 혼란스러운 상태일 수도 있다는 점을 미리 알려드리죠. 물론 대단히 행복하죠. 빌어먹을 혼란스러운 행복일 때가 많아서 그렇지.”

조지는 고개를 끄덕인다. 자신이 알고 있는 증거는 많지 않다고 생각하면서도, 그는 아서의 말에 딱히 동의하지는 못한다. 그의 부모의 결혼생활을 빌어먹을 혼란스러운 행복이라는 말로 표현할 수 없다는 건 분명하다. '빌어먹을'도, '혼란스러운'도, '행복'도 목사관의 삶과는 맞아떨어지지 않는다.

"아무튼 일을 시작합시다."

그들은 〈텔레그라프〉에 실린 기사들과 이에 대한 반응, 글래드스톤 위원회, 위원회의 자문단과 구성원들에 대해 상의한다. 아서는 앨버트 디 러첸의 사촌이 누구인지를 자신이 직접 밝혀야 할지, 그의 클럽에 출석하는 신문 편집자에게 슬쩍 힌트를 주어야 할지, 아니면 이 문제를 그냥 이대로 내버려둬야 할지 고민 중이다. 그는 즉각적인 의견을 기대하며 조지를 건너다본다. 하지만 조지에게는 즉각적인 의견이 없다. 그가 매우 수줍고 과민하기 때문일 수도 있고, 그가 사무변호사에 지나지 않기 때문일 수도 있고, 아니면 아서 경이 도움을 주는 대상인 그가 거꾸로 아서 경의 전략적 조언자가 될 수는 없기 때문일 수도 있다.

"옐버턴 씨에게 이 문제를 상의해보시면 어떨까요."

"하지만 난 당신과 상의하고 있소." 아서는 조지가 답답하다는 듯 대답한다.

조지는 생각나는 대로 대답할 수밖에 없다. 첫 번째는 너무 도발적이고, 세 번째는 너무 수동적이다. 그러니 전체적으로 보아서는 두 번째가 가장 나은 것 같다. 그런데…… 그가 다시 생각에 잠기자 아서 경은 초조해진 모양이다. 솔직히 인정하자면, 아서 경의 이런 반응 때문에 그는 약간 과민해질 때가 있다.

"예상컨대 조지, 그들은 위원회의 보고서를 직시하지 않을 겁니다."

조지는 아서 경이 먼젓번 질문에 대해 여전히 자신의 관점을 필요로 하는지 궁금하다. 그렇지 않다는 생각이 든다. "하지만 그들은 반드시 보고서를 공표해야 할 텐데요."

"아, 그럼요. 그럴 겁니다. 하지만 난 정부가 어떻게 움직이는지 잘 압니다. 특히 부끄러워하거나 수치스러움을 느낄 때 말이죠. 그들은 어떻게든 숨기려고 할 겁니다. 할 수만 있다면 묻어버리려고 할 거예요."

"어떻게 그럴 수 있습니까?"

"글쎄요, 예를 들면 사람들이 주말을 맞아 휴가를 떠나기 시작하는 금요일 오후에 발표하겠죠. 아니면 휴회기간에. 이런 속임수를 얼마든지 쓸 수 있는 겁니다."

"하지만 보고서가 훌륭하다면 사람들 사이에서 회자되지 않을까요."

"훌륭한 보고서가 나올 리가 없습니다." 아서가 단호하게 말했다. "그들 관점으로부터는요. 그들이 당신의 무죄를 확정한다면, 물론 그래야 하지만, 그건 내무성이 지난 3년 동안 모든 증거가 눈앞에 있었는데도 불구하고 의도적으로 정의를 실천하지 않았다는 뜻입니다. 그런데 당신이 여전히 유죄라고 판단하는 건 이제 절대적으로 가능하지 않죠. 즉 불가능합니다. 따라서 그들은 애매한 입장을 취할 수밖에 없는 겁니다."

"네, 알겠습니다."

그들이 이야기를 나누기 시작한 지 30분쯤 지났다. 아서는 조지가 로이든 샤프에 대해 아무런 말도 하지 않아 당황한다. 아니, 당황한 정도가 아니라 모욕당한 기분이라 짜증까지 났다. 조지에게 그린 홀에서 보았던, 돈을 빌려달라는 편지에 대해 물어볼까 하는 생각이 스쳤다. 하지만 그래선 안 된다. 앤슨에게 놀아나는 꼴이 될 테니까. 조지는 아마 아서 경의 계획에 따라야겠다고 생각하는지도 모른다. 그래, 그런 게 분명하다.

"자," 그가 말한다. "로이든 샤프는 어떻게 할까요."

조지가 대답한다. "편지에 쓴 대로 전 그를 모릅니다. 어렸을 때 저와 같이 학교를 다닌 쪽은 형이었을 겁니다. 물론 형에 대한 기억도 전혀 없지만요."

아서는 고개를 끄덕인다. 그는 생각한다. 이봐요, 친구. 난 단지 당신의 무죄를 밝혀줄 생각만 하는 게 아니오. 난 범죄자들의 손발을 묶어 재판에 회부하려는 겁니다. 그런데도 당신은 고작 그런 반응을 보이는 겁니까? 그는 성질을 억누르고 기다렸다.

"전 깜짝 놀랐어요." 조지가 마침내 입을 연다. "그가 왜 저를 괴롭히려고 했던 걸까요?"

아서는 대답하지 않는다. 그는 이미 조지에게 합당한 대답을 들려준 바 있다. 조지가 혼자 힘으로 그 이유를 추리해내야 한다.

"아서 경, 경께서 이 사건에 인종적 편견이 한 요인으로 작용했다고 생각하신다는 점은 잘 압니다. 하지만 이미 말씀드렸다시피 전 동의할 수 없어요. 샤프와 전 서로 모르는 사이입니다. 누굴 싫어하려면 먼저 알아야죠. 그다음에 싫어할 이유를 찾는 거고요. 싫어할 이유가 충분치 않다면 상대방이 지닌 약간 이상한 점, 예를 들어 피부색 등을 구실로 싫어할 수 있겠죠. 하지만 분명 샤프는 절 모릅니다. 제가 그에게 뭔가 잘못한 적은 없는지 생각해봤어요. 제 의뢰인과 어떤 연관이 있을지도 모르고……."

아서는 아무 말도 하지 않는다. 빤한 얘기를 수백 번씩 되풀이할 수밖에 없으니까. "아무튼 그가 어째서 짐승들을 그렇게 훼손할 수밖에 없었는지 이해할 수가 없군요. 대체 어떤 사람이 그런 짓을 하고 싶어할까요. 어떻게 생각하십니까, 아서 경?"

"보고서에서 밝힌 바대로," 아서가 대답한다. 그는 일 분마다 점점 더 기분이 언짢아지고 있었다. "초승달이 그에게 해괴한 영향을 미치기 때문이겠죠."

"그럴지도요." 조지가 대답한다. "모든 사건들이 정확하게 달의 주기와 일치하는 건 아니었지만요."

"그렇죠. 하지만 대부분의 사건들은 일치했습니다."

"네."

"그렇다면 이렇게 주기를 벗어난 사건들의 경우, 경찰을 헛갈리게 하려고 일부러 저지른 것이라는 생각은 안 드십니까?"

"그럴 수도 있겠네요"

"에들지 씨, 제가 당신을 확신시키지 못하는 모양이군요."

"죄송합니다, 아서 경. 전 경을 믿지 못하는 것도, 경께 대단히 감사하지 않는 것도 아닙니다. 아마도 제가 사무변호사라 이런 모양입니다."

"그래요." 그가 조지를 너무 밀어붙이는지도 모른다. 그러나 이상한 기분이 든다. 지구 끝까지 가서 금이 가득 든 가방을 구해다줬는데, '죄송하지만 솔직히 전 은이 더 좋아요'라는 대답을 듣는 기분이다.

"도구 말입니다." 조지가 말한다. "말 랜싯이라는 도구 말이에요."

"네."

"어떻게 생긴 물건인지 정확히 아시게 된 연유를 여쭤도 될까요?"

"물론이죠. 먼저 그레이터렉스 부인에게 도구를 그림으로 그려달라고 부탁했습니다. 그림을 본 우드 씨가 말 랜싯이라는 걸 알아냈고요. 그리고 그다음으로는—" 아서는 일부러 뜸을 들였다. "제가 그걸 갖고 있습니다."

"갖고 계시다고요?"

아서는 고개를 끄덕인다. "원하신다면 보여드릴 수도 있지요." 조지는 놀란 표정이다. "여기서는 아니고요. 가져오지 않았으니 걱정하지 마세요. 그건 언더쇼에 있습니다."

"어떻게 구하셨는지 여쭤도 될까요?"

아서는 손가락으로 콧등을 문지르며 낮은 목소리로 말한다. "우드와 해리 찰스워스가 우연히 찾아냈죠."

"우연히요?"

"샤프가 버리기 전에 우리가 확보해야만 했습니다. 그는 제가 그를 찾아 동네를 들쑤시고 다닌다는 걸 알고 있었어요. 그는 당신에게 보냈던 종류의 편지를 제게도 보냈습니다. 제 장기를 꺼내겠다고 협박했죠. 그에게도 머리라는 게 달려 있다면 그 누구도 백 년 동안 찾을 수 없는 곳에 도구를 묻으리라는 게 분명했습니다. 그래서 전 우드와 해리를 보내 그걸 우연히 찾아내라고 했죠."

"알겠습니다." 조지는 변호사, 특히 자신을 대변하는 사무변호사 앞에서 절대 해선 안 될 이야기를 은밀하게 터놓는 의뢰인을 보는 듯한 기분이다. "샤프는 만나보셨습니까?"

"아뇨, 전 제 진술로 분명하다고 생각합니다."

"아, 그렇겠죠. 죄송합니다."

"당신이 반대하지 않는다면 전 샤프에 대한 진술서를 다른 서류들과 함께 내무성에 보내려고 합니다."

"아서 경, 어찌 감사하다고 말씀드려야 할지 모르겠군요—"

"그럴 필요 없습니다. 전 당신에게 감사의 말을 들으려고 이 일을 시작하지 않았습니다. 게다가 당신은 이미 충분히 고맙다는 말을 했고요. 제가 이 일을 시작한 이유는 당신이 결백하기 때문이고, 이 나라의 사법부와 행정부의 어리석음이 부끄러웠기 때문입니다."

"하지만 당신이 해내신 일은 다른 그 누구도 할 수 없었을 겁니다. 게다가 이렇게 짧은 시간 동안에요."

그러면서 내가 일을 망쳤다고 생각하고 있겠지, 아서는 생각했다. 아니, 터무니없는 생각은 하지 말자. 그는 다만 샤프를 기소하는 일보다는 자신의 무죄를 밝히는 일에 더 큰 관심이 있을 뿐이다. 이해할 수 있다. 다른 일을 시작하기 전에 이미 시작된 일을 끝내려는 거겠지. 그는 신중한 사무변호사 아닌가. 그런데 내가 사방을 들쑤시고 있으니, 중요한 일을 놓칠까봐 걱정이 된 거겠지.

그러나 그들이 헤어지고 난 뒤 삯마차를 타고 진의 아파트로 향하는 동안, 아서는 궁금해하기 시작했다. 그 말이 뭐였더라? '사람들은 당신의 도움을 제외한 무엇이든 용서한다'였던가. 아무튼 그런 격언이었다. 그는 드레퓌스 사건을 접했을 때, 너무나 많은 사람들이 드레퓌스를 도우려고 나서서 열정을 다해 노력한다는 데 깊은 감명을 받았다. 그들은 거짓에 맞서 진실을 밝히고, 불의에 맞서 정의를 수호하기 위해서뿐 아니라 그들이 사는 나라의 명예를 지키기 위해서도 갖은 노력을 다했다. 그들 대부분은 알프레드 드레퓌스 대령이라는 사람 개인을 위해 그런 노력을 한 게 아니었다. 그들은 그를 냉정하고 정확하게 보았고, 자비심이나 인간적 동정을 베풀려고 하지 않았다. 어떤 사람들은 희생자 드레퓌스가 완전히 무고한 건 아니라고 쓰기도 했다. 전형적인 프랑스인다운 언급이었지만, 그렇게 틀린 말도 아니었다.

하지만 이렇게 말하는 건 부당할지도 모른다. 조지 에들지를 처음 만났을 때, 그는 이처럼 여리고 허약한 젊은이가 3년간의 수감생활을 견뎌냈다는 사실에 깊은 인상을 받았다. 그래서 그는 3년간의 수감생활이 조지 에들지에게 어떤 영향을 미쳤는지 제대로 파악하지 못했는지도 모른다. 동틀 녘부터 해질 녘까지 조지는 그에게 일어난 사건의 세부 사항들을 하나도 빠뜨리지 않고 되새기는 것으로 그 세월을 견뎌냈는지도 모른다. 언제 필요할지 모르니 온갖 사실들과 논쟁들을 하나도 빠뜨리지 않고 되새기면서. 그래야만 한 사람이 전과는 판이하게 다른 조건에서 불의에 맞서 살아남을 수 있는지도 모른다. 따라서 조지 에들지에게 자유로운 사람이 보일 법한 반응을 기대하는 건 지나친 일인지도 모른다. 유죄선고가 철회되고 보상금을 받기 전까지 그는 전과 같은 사람으로 돌아갈 수 없을지도 모른다.

조지한테 짜증을 내면 안 되지, 아서는 생각했다. 조지는 좋은 사람이다. 그리고 결백하고. 다만 스스로 성자 행세를 할 생각이 전혀 없을 뿐이지. 그에게서 더 많은 감사의 말을 듣고 싶어하는 건, 책을 출간할 때마다 독자들이 하나같이 천재적인 작품이라는 말을 해주길 기대하는 거나 다를 바가 없다. 그러니 조지에게 짜증을 내지 말자. 짜증은 오늘 아침 또 다시 건방진 편지를 보내온 앤슨 대위한테나 내야 한다. 앤슨은 짐승 훼손이 말 랜싯으로 이루어졌으리라는 제안을 딱 잘라 거부했다. 게다가 '당신이 그린 칼은 외과의들이 쓰는 평범한 메스입니다'라는 무시하는 듯한 말까지 덧붙였다. 그렇겠지! 아서는 앤슨이 또 다시 자신을 도발했다는 말로 조지를 귀찮게 하지 않았다.

그는 앤슨뿐 아니라 윌리 허눙에게도 짜증이 났다. 코니는 점심을 먹는 동안 매제가 고안한 새로운 농담을 그에게 전해주었다. "아서 코난 도일과 조지 에들지가 지니고 있는 공통점이 뭔지 알아? 몰라? 포기하는 거야? 바로 '문장sentences*'이지." 아서는 혼자 궁얼거렸다. 문장이라니, 그게 재미가 있다고 생각하나.

* 영어 단어 sentence는 '(작가의) 문장'이라는 뜻 외에 '선고'라는 뜻을 지니고 있다.

물론 누군가는 재미있어할 것이다. 그러나 정말이지…… 허능은 유머감각을 잃어버린 모양이다. 중년에 이르면 보통 그런다고들 했다. 아니다. 그것도 허튼소리다. 이제 아서는 자신에게 짜증나기 시작했다. 그도 분명 중년에 이른 나이였으니까.

그동안 조지는 여전히 그랜드 호텔 문서실에 앉아 있었다. 그는 의기소침해 있었다. 그는 무례하고 배은망덕하게도 아서 경에게 예의를 다하지도, 감사를 표하지도 않았다. 몇 달 동안이나 사건을 붙들고 있었던 아서 경에게. 조지는 부끄러움을 느꼈다. 그는 사과의 편지를 써야 한다. 그런데…… 그런데…… 조지는 실제로 느꼈던 감정 이상을 쓸 수가 없었다. 그랬더라면 부정직한 일이 되었을 테니까. 아니, 사실 그가 그 이상을 썼다면, 그는 자신이 정말로 느낀 것들을 쓸 수밖에 없었을 것이다.

그는 아서가 내무성으로 보내기로 한 로이든 샤프에 대한 고발장을 여러 번 읽었다. 읽을 때마다 그가 받은 인상은 굳어져갔다. 그는 어쩔 수 없이 전문가적 결론을 내렸다. 그의 결론은 로이든 샤프를 고발해봤자 자신에게는 도움이 되지 않으리라는 것이었다. 나아가 그의 생각에 의하면, 감히 아서 앞에서는 말하지 못했지만, 샤프에 대한 아서 경의 판단은 이상하게도 조지에 대한 스태퍼드셔 지서의 판단과 닮은 데가 있었다.

아서 경의 고발장은 스태퍼드셔 지서가 조지에 대해 내렸던 판단과 마찬가지로 편지들을 거론하며 시작했다. 레지널드 하디 경은 스태퍼드 법정에서 사건 개요를 요약하며, 편지를 쓴 사람이 가축을 훼손한 사람과 동일인물이라고 밝혔다. 이 말이 함축하고 있는 바는 노골적이었고, 엘버턴 씨를 비롯한 많은 사람들이 이를 적절하게 지적했다. 하지만 아서 경 역시 같은 논리를 따르고 있었다. 아서 경은 편지를 시작점으로 삼아 로이든 샤프의 모든 행적들을 추론해냈고, 편지들을 들어 샤프가 유죄라고 주장했다. 그들이 전에 조지에게 했던 것과 동일한 방식이었다. 그리고 이제 샤프와 그의 형이 조지가 범인인 것처럼 보이게 하려고 의도적으로 그런 편지를 썼다고 결론을 내린다면, 어째서 다른 사람들이 샤프를 범인인 것처럼 보이게 하려고 의도적으로 편지를 썼다는 생각은 할 수 없는가? 그 편지들이 처음부터 틀린 것이었다면, 어째서 두 번째는 사실이어야 하는가?

마찬가지로, 아서 경이 제시한 모든 증거들은 정황적이었고, 대부분 들은 것이었다. 한 여자와 아이가 로이든 샤프로 추정되는 인물에게 공격당했다. 그러나 당시 그의 이름은 거론되지 않았고, 경찰도 추적에 나서지 않았다. 그레이터렉스 부인의 진술은 3년이나 지난 일에 대한 것이었다. 그녀는 지금까지 한마디도 하지 않고 있다가 로이든 샤프라는 이름이 거론되자 이제야 입을 열었다. 그녀가 샤프의 부인으로부터 들었다는 말도 여자들이 빨래나 널면서 주고받는 가십거리에 지나지 않았다. 로이든 샤프의 학업성적이 엉망이기는 했다. 그러나 공부를 못해서 범죄자가 된다면, 감옥에는 빈 방이 없을 것이었다. 로이든 샤프는 초승달이 뜰 때마다 이상행동을 보인다고 했다. 하지만 초승달이 뜨지 않을 때는 그런 행동도 보이지 않는다. 샤프는 남들의 눈에 띄는 일 없이 빠져나갈 수 있는 집에 살고 있다고 했다. 하지만 목사관도, 그 지역의 다른 많은 집들도 샤프의 집과 다를 게 없었다.

그리고 조지가 무엇보다도 받아들일 수 없던 것은 따로 있었다. 아서 경의 유일한 구체적인 증거는 말 랜싯뿐이다. 아서 경은 말 랜싯을 확보하고 있다. 한데 적법한 절차로 확보한 물건인가? 아서 경은 제3자인 우드 씨를 시켜 로이든 샤프의 거주지에 불법적으로 침입하여 랜싯을 훔치게 했다. 그 물건을 스태퍼드셔 지서에 넘기지 않은 이유는 이해할 수 있지만, 적어도 합당한 법적 지위를 지닌 사람, 예를 들어 사무변호사에게 넘길 수는 있다고 조지는 생각했다. 아서 경은 증거의 가치를 훼손했다. 누군가의 집에 들어갈 때는 주인의 허락을 받아야 하고, 수색하려면 영장이 있어야 한다는 것은 경찰도 알고 있었다. 조지의 전문분야는 형법이 아니었지만, 어쨌거나 그는 아서 경이 절도를 범했고, 그 과정에서 필수적인 증거물의 가치가 훼손되었다는 정도는 알 수 있었다. 아서 경이 절도 공모혐의를 벗을 수 있기만 해도 다행이었다.

아서 경의 과도한 열정에 이끌려 온 곳은 여기까지였다. 전부 셜록 홈스 탓이라고 조지는 생각했다. 아서 경은 자신이 창조해낸 인물에 지나치게 휘둘렸다. 홈스는 놀라운 추리능력을 발휘하여 악당들을 경찰의 손에 넘겨주었다. 그가 잡은 악당들은 명백히 유죄였다. 하지만 홈스는 증언대에 설 일이 한 번도 없었다. 그는 증언대에서 추측과 직관과 불충분한 논리를 앞세우며 디스터널 씨 같은 사람들 앞에서 몇 시간 동안이고 떠들어댈 필요가 없었다. 아서 경이 한 일은 범죄자의 발자국이 발견될지 모를 들판 위를 여러 종류의 다른 장화를 신고 마구 돌아다닌 것과 마찬가지였다. 열정만 앞섰던 아서 경은 로이든 샤프를 고발할 기회마저도 스스로 무너뜨렸다. 전부 셜록 홈스 씨 탓이었다.

아서 & 조지

글래드스톤 위원회의 보고서 한 부가 아서에게도 도착했을 때, 그는 의원선거에서 두 번 낙마해서 다행이라고 생각했다. 직접적인 부끄러움을 느끼지 않아도 되니까. 그들이 일을 처리하는 방식은, 그러니까 숨기고 싶은 일을 파묻는 방식은 성령강림절 휴일 전날인 금요일에 최소한의 사전 알림도 없이 보고서를 발표하는 것이었다. 바닷가로 향하는 기차에서 불미스러운 일이 있었다는 보고서를 누가 읽고 싶겠는가. 이 보고서에 대해 누가 쓸모 있는 논평을 할 수 있겠는가. 성령강림절의 일요일과 월요일이 지나가고 사람들이 다시 업무로 복귀할 때쯤이면 누가 신경이나 쓰겠는가. 에들지 사건이라니, 벌써 몇 달 전에 일어났던 일 아니야?

조지도 보고서를 들고 있다. 그는 표지를 바라본다.

조지 에들지 사건 보고서

의회 제출용

그 아래는 이렇게 적혀 있었다.

런던, 정부 출판국 인쇄

에이어, 스포티스우드

[Cd. 3503] 가격 1실링 5페니, 1907년

겉으로 보기에는 중요한 문서처럼 보이지만, 가격 때문에 전혀 중요하지 않아 보인다. 1실링 5페니로 그의 사건과 그의 인생에 대한 진실을 알 수 있다니…… 그는 조심스럽게 앞장을 펼친다. 보고서는 네 장으로 이루어져 있고, 두 페이지의 간략한 부록이 덧붙여 있다. 1실링 5페니. 그는 짧은 숨을 내쉰다. 그의 인생이 이렇게 다시 요약되고 있었다. 이번에는 〈캐녹 체이서 쿠리에〉나 버밍엄의 〈데일리 가제트〉, 〈데일리 포스트〉, 혹은 〈데일리 텔레그라프〉나 〈타임스〉의 독자들뿐 아니라 국회의원들과 국왕폐하를 위한 것이기도 하다…….

아서는 보고서를 읽지 않고 진의 아파트로 가져갔다. 그래야 옳았다. 보고서는 의회에 제출되었고, 그 역시 자신이 벌인 모험의 결과를 그녀 앞에서 제출해야 했다. 그녀는 그의 기대를 훨씬 넘어선 흥미를 보였다. 사실 그는 아무런 기대도 하지 않았다. 하지만 그녀는 항상 그의 곁에 있었다. 언제나 문자 그대로 그의 곁을 지키지는 않았지만, 적어도 은유적으로는 그러했다. 따라서 그녀 앞에서 결론이 나야 했다.

조지는 물 한 잔을 들고 소파에 앉는다. 어머니는 웨얼리로 돌아갔고, 그는 현재 런던경시청에 주소가 등재된 구드 양의 하숙집에 혼자 있다. 그는 소파 팔걸이에 공책 한 권을 올려놓는다. 그는 보고서에 흔적을 남기고 싶지 않다. 아마도 루이스와 포틀랜드에서 제한적으로 책을 보던 때의 습관이 남아 있는지도 모른다. 진은 바느질감을 들고 있고, 아서는 난롯가에 등을 대고 서 있다. 그녀는 아서가 보고서를 읽어주기를 기다리며 고개를 반쯤 기울이고 있다. 그녀는 그들이 조지 에들지를 위해 오늘 뭔가 해줄 수 있지 않을까 생각한다. 그를 초대해서 샴페인 한 잔을 따라주면 어떨까. 술을 마시지 않는다고 했나. 보고서가 오늘 나온다는 얘기를 아침에야 들었지만…….

조지 에들지는 흉악한 범죄를 저질렀다는 혐의를 풀려고 노력해왔다…….

"하!" 아서가 말했다. 아직 문단 하나도 다 읽지 않은 참이었다. "이것 좀 들어봐요. 재판을 주재하여 유죄를 선고했던 사계법정 부의장은 그와 그의 동료들이 유죄선고가 옳았다는 의견을 강력하게 주장한다고 보고했다. 아마추어들, 저열한 아마추어들. 그들 중 법률가라고는 한 사람도 없었소. 사랑하는 진, 난 가끔 이 나라 전체가 아마추어들에 의해 돌아가고 있다는 기분이 들어요. 이 사람들 말을 들어봐요. 이런 상황에서 우리는 이미 결정된 유죄선고에 대해 반대입장을 표명하기 전에 망설일 수밖에 없다."

조지는 이런 도입부에는 그다지 신경 쓰지 않는다. 그는 이런 문서들에서 그러나가 언제 등장할지 알 정도의 법률적 지식은 충분히 갖추고 있다. 그리고, 드디어 그러나가 등장한다. 한 번이 아니라 세 번씩이나. 그러나 당시 웨얼리 주민들은 당연히 극도로 불안해했다. 그러나 오랫동안 당혹스러워했던 경찰은 당연히 누군가를 반드시 체포해야 한다고 생각했다. 그러나 경찰은 에들지의 혐의에 대한 증거를 찾기 위해 조사에 착수했다. 그렇다. 이 말대로라면 경찰이 처음부터 그에게 선입견을 갖고 있었다는 사실이 이제 공식적으로 밝혀진 것이다.

아서와 조지 둘 다 보고서를 읽는다. 이 사건에는 커다란 난점이 있었다. 이 사건을 살펴보면서 우리는 가능하지 않은 방식을 취해야 했기 때문이었다. 허튼소리, 아서는 생각한다. 조지가 결백하다는 사실을 밝히는 데 가능하지 않은 방식을 취할 까닭이 뭔가? 조지는 생각한다. 이건 그냥 하는 말이야. 타협안이 없다고 말하려는 거지. 사실이 그래. 왜냐하면 내가 전적으로 유죄이거나 전적으로 무죄여야 하니까.

재판에서의 결함들…… 이 사건에는 두 가지 의문점이 남아 있었다. 그렇다. 처음에는 범죄가 언제 발생했느냐에 대한 문제. 경찰 증거는 불충분했고, 사실상 모순적이었다. 면도날에 대해서도 비슷했다. 발자국에 대해서는 이렇게 언급하고 있다. 우리는 발자국이 실제적으로 아무런 증거적 가치가 없다고 판단한다. 면도날이 무기였다는 말에 대해서는 이렇게 언급하고 있다. 수의사의 증언과 쉽사리 일치하지는 않는다. 오래된 혈흔과 말의 털에 대해서는 이렇게 언급하고 있다. 버터 박사는 의혹을 불러일으키지 않는 증인이다.

버터 박사가 항상 문제였어, 조지는 생각한다. 하지만 여기까지는 공정하다고 할 수 있었다. 다음으로 편지들에 관한 언급이 이어진다. 그레이터렉스 앞으로 온 편지들이 열쇠였고, 배심원단은 이를 충분히 검토했다. 그들은 상당한 시간을 들여 고심했다. 우리는 그들이 에들지가 이러한 편지를 썼다고 생각할 수밖에 없었다고 판단한다. 우리 역시 편지들을 철저히 조사했고, 에들지의 필적과 비교했다. 우리로서는 배심원단이 내렸던 판단에 반대할 수 없다.

조지는 어지러움을 느낀다. 부모가 곁에 없어 다행이라는 생각이 든다. 그는 마지막 문장을 한 번 더 읽는다. 우리로서는 배심원단이 내렸던 판단에 반대할 수 없다. 그들은 그가 편지를 썼다고 생각한다! 위원회는 그가 그레이터렉스 앞으로 편지를 썼다고 말하는 것이다! 그는 물을 마신다. 그리고 보고서를 무릎에 올려놓고 진정되기를 기다린다.

반면 아서는 계속 보고서를 읽으면서 솟구치는 분노를 느낀다. 보고서는 에들지가 편지를 썼다고 해서 잔학행위를 한 것은 아니라고 말한다. "친절하시기도 하군!" 아서가 외친다. 그 편지들은 다른 범죄들을 덮으려고 쓴 것이 아니다…… 어떻게 온갖 권력을 지닌 자들이 이렇게 말할 수 있단 말인가. 아서는 으르렁거린다. 그들은 조지를 또 다시 음해하고 있다. 우리는 그 편지를 쓴 사람이 무죄라고 생각한다. 그러나 무죄일 수는 있어도 잘못된 생각과 사악하고 질 나쁜 비행에 빠져 자신이 무엇을 하는지도 모르면서 경찰을 혼란스럽게 하려고, 따라서 수사를 더욱 어렵게 하려고 이러한 편지를 쓴 것이다.

"말도 안 돼!" 아서가 소리친다. "말-도-안-돼."

"아서."

"말도 안 돼, 말도 안 돼." 그가 연신 되풀이한다. "난 지금까지 조지 에들지처럼 솔직하고 정신 똑바로 박힌 사람은 본 적이 없소. 질 나쁜 비행이라니. 이 바보는 엘버턴이 제출한 조지에 대한 성격 진술서를 읽지도 않았나? 잘못된 생각과 사악하고 질 나쁜 비행에 빠져…… 이거야 원…… 소설이 따로 없군." 그는 벽난로 선반에 보고서를 내려놓았다. "이들에게도 면책권이 주어지나? 그렇지 않다면 난 이들을 명예훼손으로 고소할 거요. 전부 다. 비용은 물론 내가 부담해야지."

조지는 환각을 보는 듯하다. 세계가 미쳐 돌아가고 있다는 느낌이 든다. 그는 포틀랜드에서 마른 목욕을 하던 때로 돌아간다. 그들이 그에게 셔츠를 벗으라고, 다리를 들라고, 입을 벌리라고 말한다. 그들은 그의 혀를 잡아당기며 말한다. 이건 뭔가, D462? 혓바닥 밑에 뭘 숨기고 있지? 쇠지렛대 같은데. 경관님, 이자가 혓바닥 밑에 쇠지렛대를 숨긴 것 같아요. 소장님께 보고해야죠. D462, 경고하지. 책이나 들여다보면서 성자 흉내를 내고 절대로 탈출하지 않겠다고 했겠다. 그래봤자 넌 D462야, 조지 에들지. 넌 D462라고.

조지는 다시 읽기를 중단한다. 아서는 계속한다. 조지의 사건에서 두 번째 의문점은 그가 단독으로 범행을 저질렀는지 아닌지에 대한 것이었다. 그들은 그들 입맛에 맞는 쪽의 증거를 사용했다. 하지만 공식적으로 소집된 위원들이 아무리 머저리라도 조지의 시력이라는 중요한 문제를 놓칠 수 없었다. 내무성에 제출된 자료들 가운데는 그의 시력을 매우 강조하는 자료들이 있었다. 그렇겠지. 할리 스트리트와 맨체스터 스퀘어에서 가장 뛰어난 의사들이 강조한 자료들이지. 우리는 감옥에서 에들지를 진찰했던 뛰어난 전문가의 보고서와 우리에게 자료를 보낸 안과의들의 의견을 신중하게 검토했다. 그 결과 시력이 나빠서 범죄를 저지를 수 없었다는 주장은 전적으로 받아들여질 수 없다고 판단했다.

"멍청이들! 전적으로 받아들여질 수 없다니! 멍청이들!"

진은 바느질감 위로 고개를 숙이고만 있다. 그녀는 아서가 이 일을 시작하게 된 동기가 조지 에들지가 무죄라고 생각했기 때문이 아니라 무죄라는 것을 알았기 때문이라는 점을 떠올린다. 아서가 한 일과 판단을 이토록 가볍게 다루다니, 그들은 대단한 무례를 범했다!

하지만 그는 이 점을 잊고 싶다는 듯 성급하게 읽어나갔다.

"우리는 유죄선고가 만족스럽지 않다고 생각하며…… 배심원단의 평결에 동의할 수 없음을 알린다. 하!"

"그러니까 당신이 이겼다는 뜻이네요, 아서. 그들은 조지가 결백하다고 했어요."

"하!" 아서는 진의 말은 들은 것 같지도 않다. "이제 이걸 들어봐요. 본 사건에 대한 우리의 입장은 당시에 내무성이 개입하는 것이 타당치 못했으리라는 것이다. 위선자들! 거짓말쟁이들! 눈 가리고 아웅하는 꼴이라니."

"그게 무슨 말이에요, 아서?"

"사랑하는 진, 무슨 말이냐면 누구도 잘못하지 않았다는 말이오. 위대한 대영제국의 해법이 여기에도 적용되었다는 뜻이지. 끔찍한 일이 벌어졌지만 아무도 잘못하지 않았소. 권리장전에 이 말을 새겨넣었어야 하는데. 아무도 잘못하지 않았다는 거요. 특히 그들 잘못은 아니라는 거지."

"하지만 그들은 평결이 잘못되었다고 인정했잖아요."

"그들은 조지가 결백하다고 말하면서도, 3년 동안 징역살이를 했던 건 누구의 잘못도 아니라고 말하는 거요. 재판이 잘못되었다고 몇 번이나 내무성에 청원서를 넣었는데도 그들은 다시 검토하기를 거부했소. 그런데도 아무도 잘못하지 않았다니. 만세! 만세!"

"아서, 제발 좀 침착하세요. 브랜디나 소다를 좀 드시고요. 원하신다면 담배라도 태우세요."

"숙녀 앞에서는 절대로 안 되지."

"그렇다면 오늘만 예외로 할게요. 제발 침착하세요. 그들이 어떤 식으로 그들의 입장을 정당화하고 있는지 살펴봐야 하잖아요."

하지만 그 부분을 먼저 살피는 건 조지 쪽이다. 제안…… 사면권…… 특사 보증…… 한편으로 우리는 앞서 기술한 이유들로 인해 그런 유죄선고가 내려져서는 안 되었다고 생각한다…… 그의 직업적 전망을 완전히 망침…… 경찰 감사…… 그가 잃어버린 지위를 회복하는 것이 불가능하지 않다면…… 조지는 이 대목에서 읽기를 멈추고 물을 마신다. 그는 한편으로라는 말 다음에는 항상 또 다른 한편이 뒤따르게 마련이라는 걸 잘 알았고, 그 자리에 있을 말들을 직면할 수 있을지 자신할 수가 없다.

"다른 한편으로 보면on the other hand." 아서가 으르렁거린다. "제기랄, 내무성은 인도의 신에게 달린 수많은 손만큼이나 많은 한편hand들을 찾아내겠지. 그 신의 이름이 뭐더라—"

"시바신이죠."

"그렇소, 시바신. 그들이 어째서 잘못한 것이 하나도 없는지에 대한 이유를 찾으려면 시바신만큼이나 많은 '한편'들이 필요하겠지. 반면, 에들지가 1903년 익명으로 편지를 썼다는 배심원단의 판단이 철회되기 어렵다. 우리는 그가 무죄이기는 하지만 스스로 상당한 문제를 야기했다고 판단할 수밖에 없다. 정말이지 어처구니가 없군."

"아서, 제발. 사람들이 우리가 싸우는 줄 알 거예요."

"미안하오. 자 이제…… 아, 별첨서류 1. 그래, 이거로군. 내무성이 어째서 결코 아무 일도 안 하는지에 대한 이유로군. 별첨서류 2. 내무성의 솔로몬이 위원회에 감사인사를 전하고 있군. 신중하고 자세한 보고서. 자세한 보고서라니! 4페이지를 통틀어 앤슨이나 로이든 샤프라는 이름은 찾아볼 수가 없는데! 계속 지껄여보시지. 스스로 상당한 문제를 야기했다. 헛소리. 헛소리. 결론을 받아들인다…… 그러나…… 예외적인 경우…… 영구적인 자격 박탈…… 오, 이제 알겠군. 그들이 가장 두려워하는 건 법조계인들이지. 그런 사람들이야말로 이 사건이 가장 불미스러운 사건이라는 점을 알고 있을 테니까. 그래, 그래서…… 조지에게 복직을 허락하려면…… 헛소리…… 헛소리…… 대단히 심사숙고한 끝에…… 특별사면."

"특별사면." 진이 그를 올려다보며 그의 마지막 말을 반복한다. 아무튼 승리는 그들의 것이다.

"특별사면." 조지가 읽는다. 보고서에는 이제 단 하나의 문장만이 남아 있다.

"특별사면." 아서가 자신의 마지막 말을 반복한다. 그와 조지는 함께 마지막 문장을 읽는다. "하지만 이 사건에 대해 어떠한 보상금도 지불할 수 없다는 걸로 결론을 내리고자 한다."

조지는 보고서를 내려놓고 머리를 감싼다. 아서는 냉소적으로 마지막 문구를 읽는다. "당신의 충실한 H. J. 글래드스톤."

"아서, 당신은 결말을 빨리 보고 싶어했잖아요." 그녀는 이런 표정의 그를 본 적이 없다. 그녀의 마음에 경고등이 울린다. 그녀는 혹여나 이런 감정이 자신을 향한다면 참을 수 없을 것 같다.

"그들은 내무성 입구와 출구에 새 표지판을 달아야 할 거요. '반면에'와 '한편으로'라고."

"아서, 그렇게 불분명하게 말씀하지 마시고 그게 무슨 뜻인지 좀 더 분명하게 말해줘요."

"무슨 말이냐면, 사랑하는 진, 내무성은, 정부는, 이 나라는, 우리의 잉글랜드는 법적으로 새로운 개념을 발명했다는 뜻이오. 옛날에는 무죄 아니면 유죄였지. 무죄가 아니라면 유죄고, 무죄라면 유죄가 아니었소. 수백 년 동안 이처럼 단순한 체계를 사용해왔소. 판사들, 배심원들, 다수의 대중들이 이 체계를 지지했지. 한데 오늘부터 우리는 영국 법의 새로운 개념을 보게 된 거요. 유죄인 동시에 무죄. 이렇게 볼 때 조지 에들지는 선구자라고 할 수 있지. 저지르지도 않은 범죄로 특별사면을 받았으니까. 하지만 3년 동안의 징역살이는 정당한 처벌이었다고 하는 거요."

"그래서 타협안이 나온 건가요?"

"타협안이라니! 이건 그냥 위선적인 짓거리요. 이 나라가 가장 잘하는 짓이지. 수백 년 동안 해온 대로 말이야. 이게 정부 보고서라니, 그냥 한낱 헛소리에 지나지 않는데—"

"아서, 담배라도 태우세요."

"아니오. 언젠가 난 숙녀 앞에서 담배를 피우는 사람을 붙잡은 적이 있소. 난 그자의 입에서 파이프를 빼어 두 동강을 낸 다음 집어던졌지."

"아무튼 에들지 씨는 다시 사무변호사로 일할 수 있잖아요."

"그렇겠지. 그리고 신문을 읽는 그의 모든 잠재적인 고객들은 그들이 자기 자신을 위협하는 익명의 편지를 쓸 정도로 미친 사람과는 절대 상담할 수 없다고 생각하겠지. 내무장관과 앤슨의 사촌이라는 제정신이 나간 작자들조차도 손쓸 도리가 없는 끔찍한 범죄를 저지른 사람과는."

"그래도 사람들은 잊어버릴 거예요. 당신은 내무성이 성령강림절에 보고서를 발표한 이유가 이 사건을 그냥 묻어버리기 위해서라고 했어요. 그러니까 사람들도 에들지 씨가 특사를 받았다고만 생각할 수도 있잖아요."

"내가 아무것도 안 한다면 그렇겠지."

"계속하실 거라는 말인가요?"

"난 아직 그들에게 뒷모습을 보이지 않았소. 난 그들을 이대로 내버려두지 않을 거요. 난 조지에게 약속을 했소. 당신에게도 약속했고."

"아니에요, 아서. 당신은 뭔가를 할 거라고 말했고, 그 말대로 해냈어요. 당신은 특사를 얻어냈잖아요. 그래서 조지는 다시 일할 수 있게 되었고요. 그의 어머니도 그가 원하는 건 다시 일하는 것뿐이라고 말했잖아요. 그러니 대단한 성공이에요, 아서."

"진, 나를 자꾸 이성적인 말로 달래려 하지 마오."

"그러면 비이성적으로 말할까요?"

"물론 그건 절대 안 되지."

"안 그러면요?" 진이 놀리듯 묻는다.

아서가 말한다. "당신과 함께라면 다른 건 필요 없소. 오직 하나뿐이야. 참 단순하지. 내 인생에서 이렇게 단순한 건 오직 이것뿐이오. 이제야. 이렇게 길고 긴 시간을 보낸 뒤에야."

조지에게는 그를 위로할 사람도, 놀릴 사람도, 자꾸만 머릿속을 맴도는 말들을 멈추게 할 사람도 없다. 잘못된 생각과 사악하고 질 나쁜 비행에 빠져 악의를 품은 남자가 자신이 알지도 못하는 것을 아는 척하고, 경찰을 혼란스럽게 하기 위해…… 이런 평가의 말들이 의회와 국왕폐하 앞에 제출된 것이다.

그날 저녁 조지는 한 언론사 대표에게 보고서에 대한 입장을 알려달라는 요청을 받았다. 그는 결과가 대단히 불만족스럽다고 말했다. 그는 보고서가 정의로운 방향으로 나아가려면 아직 멀었다고 말했고, 그가 그레이터렉스 편지를 썼다는 판단에 대해서는 모욕적인 비방이며 근거 없는 음해라고 말했다. 그는 정당하게 사과를 받고 위원회의 결정이 철회될 때까지 노력하겠다고도 했다. 게다가 보상금도 제공되지 않았다. 그들은 그가 받았던 유죄선고가 잘못되었다는 점을 인정했고, 따라서 그는 3년 동안의 징역살이에 대해 정당한 보상금을 받아야 한다. 그는 이 문제를 그냥 놔두지 않을 것이다. 그는 잘못된 처우에 따른 보상을 얻어낼 것이다.

아서는 〈데일리 텔레그라프〉에 위원회가 전적으로 비논리적이며 터무니없는 결정을 내렸다고 썼다. 그는 특별사면을 하면서 배상금을 주지 않는 것처럼 야비하고 비영국적인 일을 상상이나 할 수 있느냐라고 썼다. 그는 조지 에들지가 익명의 편지를 쓰지 않았다는 것을 30분 안에 증명할 수 있다고 주장했고, 납세자들에게 조지 에들지의 배상금을 내라고 할 수는 없으므로 이 일에 가장 큰 책임이 있는 스태퍼드셔 경찰과 사계법정, 내무성이 동등하게 갹출해서 부담금을 내야 한다고 말했다.

그레이트 웨얼리의 목사 역시 〈데일리 텔레그라프〉에 편지를 보내왔다. 그는 배심원단이 편지를 쓴 사람에 대해 아무런 언급도 하지 않았다는 점과 그들의 잘못된 추론은 레지널드 하디 경의 잘못된 판결 때문이라는 점을 지적했다. 그의 말에 따르면 레지널드 하디 경은 배심원단에게 편지를 쓴 사람이 짐승도 훼손했다고 말할 정도로 충분히 비논리적이고 경솔했다. 재판에 참석했던 다른 법정변호사는 의장의 판결이 유감스러웠다고 말했다. 목사는 아들이 경찰이나 내무성에서 무자비하고 경악스러운 대우를 받았다고 말했다. 내무장관과 그의 위원회에 대해서는 그들이 외교적이고 전략적인 입장을 취하는지는 모르겠지만, 자신의 아들이 영국 대지주나 귀족의 아들이었다면 이렇게 하지는 않았을 것이다라고 말했다.

앤슨 대위도 보고서에 불만이 있기는 마찬가지였다. 스태퍼드셔의 〈센티넬〉 지와 인터뷰한 그는 경찰의 명예와 관련된 비판에 대해 답변했다. 증거들이 모순적이다라고 밝힌 위원회는 경찰이 어떤 식으로 수사했는지를 모르고 있는 것이다. 경찰이 처음부터 에들지가 유죄라고 단정지었고, 이런 관점에서 증거를 수집했다는 것은 사실이 아니었다. 오히려 에들지는 잔학행위가 벌어지고 몇 달이 지나기까지 용의자로 여겨지지 않았다. 처음에는 다양한 사람들이 용의자 물망에 올랐다. 그러나 점차 그 수가 줄어들었고, 최종적으로 늦은 밤마다 집 밖을 배회하는 습관이 있다고 알려진 에들지에게로 좁혀졌다.

〈데일리 텔레그라프〉에도 이 인터뷰가 실렸다. 조지는 반박문을 실었다. 처음부터 경찰이 그를 향해 조잡한 근거를 쌓아올렸다는 사실이 분명해졌다. 사실상 그는 한 번도, 버밍엄에서 약속이 있어 늦게 돌아오지 않는 한, 늦은 밤에 집 밖을 배회한 적이 없었다. 그는 항상 9시 30분 이전에는 집으로 돌아갔다. 그 지역에는 조지만큼 밤늦게 돌아다닐 가능성이 적은 사람도 없는데, 경찰은 분명 농담을 진지하게 알아들은 모양이다. 게다가 그가 밤에 늦게 돌아다니는 버릇이 있었다면 그 구역을 순찰하는 그 많은 경찰의 눈에 띄지 않았을 리가 없다.

계절에 어울리지 않게 추운 성령강림절이었다. 어느 백만장자의 아들이 자동차 경주에서 200마력짜리 차를 몰다가 비극적으로 죽었다. 외국의 왕자들이 왕실 세례식을 위해 마드리드에 도착했다. 포도주용 포도를 재배하는 농장주들이 베지에에서 시위를 벌였다. 농부들이 시청을 약탈하고 불을 질렀다고 했다. 하지만 여의사 히크먼 양에 대한 이야기는 어디에도 없었다. 이미 수년 전부터 어디에도 없었다.

아서 경은 앤슨 대위, 내무장관, 그리고 글래드스톤 위원회의 위원들을 각각, 혹은 한꺼번에 명예훼손으로 고소하기 위해 기금을 마련하겠다고 했다. 조지는 감사의 마음을 표하면서도 예의 바르게 거절했다. 그는 이미 아서 경의 개입과 고된 노력, 논리적인 해결방식, 그리고 그가 만들어낸 소음에 대해 감사를 표해왔다. 그러나 조지는 소음으로 만사를 해결할 수 있다고 생각하지 않았다. 열기가 있다고 해서 항상 빛이 생겨나는 것은 아니었고, 소음이 있다고 해서 항상 움직임이 이루어지는 건 아니었다. 〈데일리 텔레그라프〉는 대중에게 이 사건을 자세히 봐달라고 요청했다. 이는 조지에게 억지로 강요하는 것처럼 보였다. 신문은 그를 위해 기부금을 내달라고까지 했다.

그동안 아서는 계속해서 활동을 진행했다. 하지만 누구도 30분 안에 조지 에들지가 그런 편지를 쓸 수 없다고 증명하겠다는 그의 제안을 받아들이지 않았다. 글래드스톤도 마찬가지였다. 그래서 아서는 글래드스톤, 위원회, 앤슨, 거린, 그리고 〈데일리 텔레그라프〉의 모든 독자들 앞에서 직접 증명해 보이기로 했다. 그는 긴 분량의 기사 3편을 작성했다. 실제 편지도 삽화로 실렸다. 그는 이 편지들이 에들지와는 전적으로 다른 계층에 속하는 사람이 쓴 것이며, 그자는 상스러운 말투를 사용하고 문법적인 지식도 없으며 고상함이라고는 찾아볼 수 없는 사람이라고 썼다. 나아가 그는 글래드스톤 위원회가 그를 사적으로 모욕했다고도 썼다. 그들의 보고서에는 내가 제출한 증거가 고려되었다고 생각할 수 있을 만한 구절이 존재하지 않았다는 것이었다. 게다가 위원회는 에들지의 시력에 관한 15명의 전문가들의 의견을 무시하고 이름 없는 교도소 의사의 의견을 받아들였다. 그가 제출한 전문가 명단에는 나라 안에서 손꼽히는 안과의들도 포함되어 있었다. 위원회 구성원들은 부당한 대우를 받은 사람에게 응당 사과해야 할 경찰, 관리들, 정치인들과 하등 다를 바가 없었다. 사과하고 배상금을 내놓기 전에는 그들은 결코 오명을 씻을 수 없을 것이었다.

5월과 6월 내내 의회에서는 청문회가 계속되었다. 길버트 파커 경은 잘못된 유죄선고를 받았다가 특별사면을 받은 사람에게 보상금이 지불되지 않는 사건이 전에도 있었느냐고 물었다. 글래드스톤 씨는 "난 유사한 사건을 모릅니다"라고 대답했다. 애슐리 씨는 내무장관에게 조지 에들지가 무죄라고 생각했는지 물었다. 글래드스톤 씨는 "적절한 질문이라고 생각하지 않습니다. 의견의 문제일 뿐이니까요"라고 대답했다. 파이크 피즈 씨는 에들지 씨가 감옥에서 어떤 성격을 보였는지 물었다. 글래드스톤 씨는 "그는 감옥에서 선량한 성격을 보였습니다"라고 대답했다. 미첼 톰슨 씨는 필적 문제를 새로 조사하기 시작했는지 물었다. 글래드스톤 씨는 답변을 거부했다. F. E. 스미스 씨는 에들지 씨가 편지를 쓰지 않았다는 게 분명하다면 보상금을 주었을지 물었다. 글래드스톤 씨는 "그 질문에는 답변할 수 없습니다"라고 대답했다. 애슐리 씨는 어째서 에들지가 완전히 무죄로 밝혀지지 않았는데도 석방되었는지 그 이유를 물었다. 글래드스톤 씨는 "그건 저와 상관없는 질문입니다. 그의 석방은 제 선임자가 결정했고, 전 그를 따랐을 뿐입니다"라고 대답했다. 하무드 배너 씨는 조지 에들지가 수감된 동안 유사한 잔학행위가 발생했는지 물었다. 글래드스톤 씨는 그레이트 웨얼리 인근에서 1903년 9월, 11월, 1904년 3월에 그런 일이 일어났다고 대답했다. F. E. 스미스 씨는 지난 20년 동안 잘못된 유죄선고를 받은 사람에게 보상금을 준 사례는 얼마나 있었는지, 있었다면 액수는 얼마였는지를 물었다. 글래드스톤 씨는 지난 20년 동안 12건이 있었고, 그중 두 건은 보상금 액수가 상당했다고 대답했다. "한 번은 5,000파운드가 지급되었고, 다른 한 번은 1,600파운드를 두 사람에게 나누어 지급했습니다. 다른 10건의 보상금 액수는 1파운드에서 40파운드까지 다양합니다." 파이크 피즈 씨는 12건 모두 특별사면이 행해졌는지를 물었다. 글래드스톤 씨는 모르겠다고 대답했다. 페이버 대위는 에들지 사건과 관련된 모든 보고서와 편지들을 출판해달라고 요청했다. 글래드스톤 씨는 거부했다. 그리고 마침내 6월 27일, 빈센트 케네디 씨가 물었다. "에들지 씨가 그런 대우를 받았던 까닭은 영국인이 아니기 때문입니까?" 의회의사록에는 이렇게 적혔다. '답변 없음.'

아서에게는 계속해서 익명의 편지와 모욕적인 말들이 담긴 카드들이 도착했다. 거친 노란색 종이봉투에 나달나달한 우표가 붙어 있었다. 런던 북서부에서 부친 것들이었지만, 마구 구겨진 봉투를 보니, 누군가가 편지를 주머니에 넣고 돌아다닌 게 아닌가 하는 의심이 들었다. 편지를 쓴 자는 아마도 직접 부치려고 중부에서 런던까지 기차를 타고 다녔던 모양이다. 그는 이런 편지를 쓴 사람을 찾는 데 도움을 주는 사람에게 20파운드의 보상금을 주겠다고 발표했다.

내무장관과 차관 블랙웰 씨가 아서에게 면담을 요청해왔다. 아서는 〈데일리 텔레그라프〉에 그들이 예의바르지만 냉담한 태도로 그를 대우했다고 썼다. 게다가 그들은 비난을 면치 못한 관료들답게 시종일관 적대적인 분위기를 풍기고 있었다고도 썼다. 그들은 성질을 내지는 않았지만 적대적인 분위기를 떨치지도 않았다. 그들은 너무 바빠서 아서 코난 도일 경에게 더 이상 시간을 뺏길 수 없어 유감이라고 했다.

법률가협회는 조지 에들지를 다시 인명부에 등재시키자는 안건을 두고 투표했다.

〈데일리 텔레그라프〉는 300파운드에 달하는 기부금을 모았다.

그후로는 새로운 일도, 논쟁도, 명예훼손으로 고소하는 일도, 의회 청문회도, 사건 재조사도, 사과도, 보상도 없었으므로, 신문 역시 별로 보도할 것이 없었다.

진이 아서에게 말한다. "우리가 당신 친구에게 해줄 수 있는 일이 한 가지 있어요."

"그게 뭐지, 내 사랑?"

"그를 우리 결혼식에 초대하는 거예요."

아서는 이 제안에 혼란스럽다. "하지만 가족과 가까운 친구만 초대할 거라고 생각했는데?"

"그건 결혼식만 그렇고요, 아서. 그후에 피로연이 있잖아요."

비공식적인 영국인은 자신의 비공식적인 약혼녀를 바라본다. "당신이 너무나 사랑스러운 여인일 뿐만 아니라 무엇이 옳고 무엇이 필요한지 제대로 알고 있는 현명한 여인이라고 말해준 사람 누구 없었소? 당신이 남편으로 맞을 가엾은 미련퉁이보다 당신이 훨씬 현명하다고 말이오."

"전 당신 옆에 있을 거예요, 아서. 항상 당신 옆에. 그래서 같은 방향을 바라볼 거예요. 어떤 방향으로 가게 되더라도요."

조지& 아서

여름이 지나가면서 대화의 주제도 크리켓이나 인도에서 벌어진 소요사태로 넘어갔다. 런던경시청은 더 이상 달마다 조지의 소재를 파악할 필요가 없었다. 내무성은 여전히 침묵을 지켰고, 불굴의 옐버턴 씨조차 더는 새로운 전략을 제시하지 않았다. 조지는 새로운 주거지를 찾을 때까지 메클렌버그 2번지에 마련된 방에서 지내라는 말을 들었다. 아서 경은 격려 혹은 분노가 담긴 짧은 쪽지들 정도만 보내왔다. 조지의 아버지는 침착한 마음으로 교구 일을 다시 시작했고, 어머니는 맏아들과 외동딸을 다른 사람의 손에 맡겨도 괜찮겠다고 판단했다. 조지 앤슨 대위 각하는 현재 공식적으로 범인이라 할 수 있는 인물이 부재함에도 불구하고 그레이트 웨얼리에서 일어난 잔학행위를 새로이 수사했다는 발표를 하지 못했다. 조지는 자기 이름이 언급된 부분을 찾아 헤매는 일 없이 신문을 읽기 시작했다. 웨얼리에서 짐승이 훼손되는 사건이 한 번 더 일어났지만, 사람들은 별 관심을 보이지 않았고, 익명의 협박편지를 보내는 자조차도 편지에서 지친 기색이 역력했다. 조지는 그가 받은 공식판결이 최종적이며 변경될 성싶지 않다는 걸 깨달았다.

결백하지만 유죄. 글래드스톤 위원회는 이렇게 말했다. 대영제국 정부는 내무장관을 통해 이렇게 말했다. 결백하지만 유죄. 결백하지만 광적이고 사악하다. 결백하지만 그릇된 비행에 빠져들었다. 결백하지만 경찰이 합당한 수사를 할 수 없도록 의도적으로 방해했다. 결백하지만 스스로를 문제로 몰아넣었다. 결백하지만 보상금을 받을 자격은 없다. 결백하지만 사과를 받을 자격은 없다. 결백하지만 3년의 징역살이는 부당하지 않다.

그러나 조지에게 이런 평결만 주어지지는 않았다. 대부분의 언론은 조지의 편에 섰다. 〈데일리 텔레그라프〉는 위원회와 내무장관의 입장을 약하고, 비논리적이고, 철저하지 못하다고 썼다. 조지가 파악할 수 있는 한, 대중은 조지가 한 번도 정당하게 취급된 적이 없다고 생각하고 있었다. 법조계 인사들 역시 많은 수가 그를 지지했다. 게다가 당대의 가장 유명한 작가들이 지속적으로 큰 목소리를 내어 그가 결백하다고 말하고 있었다. 이들의 평결이라면 공식 평결을 덮어버릴 수도 있지 않을까?

또한 조지는 더 넓은 관점에서 자신의 사건을 바라볼 방법을 찾았고, 이로부터 교훈을 얻었다. 더 유능한 경찰과 더 정직한 증인을 찾을 수 없다면, 그들의 말이 증언대에 오르는 재판정을 개선해야 한다. 그가 경험한 종류의 사건은 법적으로 문외한인 사람이 의장을 맡아 진행해선 안 된다. 충분한 자질을 갖춘 사람을 재판관석에 앉혀야 재판정은 개선될 수 있다. 사계법정과 순회재판소가 더 훌륭하게 제 기능을 수행할 수 있도록 개선된다 해도, 법의식을 더욱 현명하고 상세하게 다듬을 수 있는 자산이 마련돼야만 했다. 다시 말해, 항고법원이 있어야 했다. 잘못된 유죄선고를 바로잡을 유일한 방법이 내무장관에게 청원서를 보내는 것뿐이라는 사실은 이치에 맞지 않았다. 내무장관은 한 해에 수백 통, 아니 수천 통의 청원서를 받는다. 청원서의 대부분은 감옥에 갇혀 할 일이라고는 내무성에 보낼 청원서를 작성하는 게 전부인 범죄자들이 보낸 것이다. 항고법원에서라면 이런 하찮은 청원서들을 솎아낼 수 있을 테고, 무엇이 사실이고 무엇이 적법한지 진지하게 논의할 것이고, 하급법원에서 편견에 의한 판결을 내리거나 불충분한 판결을 내리는 경우, 이를 바로잡을 수 있을 것이다.

조지의 아버지는 지금의 고난에 고결한 목적이 담겨 있다고 조지에게 여러 번 넌지시 말했다. 조지는 순교자가 될 생각이 전혀 없었고, 여전히 그가 치렀던 고역을 기독교적으로 설명할 수 있다고 생각하지 않았다. 그러나 에들지 사건은 벡 사건과 더불어 법조인들 사이에 거대한 논란을 불러일으켰고, 결국 그는 자신이 일종의 순교자가 된 것이라고 말하지 않을 수 없었다. 물론 진짜 순교자들처럼 죽어야 했던 건 아니었지만. 법적인 순교자로서 그가 겪은 고통은 사법부의 진보를 가져다줄 것이다. 조지가 보기에는 그 무엇도 루이스와 포틀랜드에서의 도둑맞은 3년을, 석방 이후 좌절하며 보낸 시간들을 보상할 수 없었다. 그러나 그의 인생에서 겪었던 그 끔찍한 사건이 그가 몸담은 분야에 궁극적으로는 도움을 줄 수 있다면 어떤 위로를 받을 수 있지 않을까?

자만이라는 죄악에 빠지지 않으려고 조심하면서, 조지는 백 년쯤 뒤에 쓰일 법학 서적을 생각하기 시작했다. '항고법원이 최초로 생겨나게 된 배경에는 정의를 실천하지 못하여 대중들의 불만을 야기한 수많은 사건들이 있었다. 이중 가장 중요한 사건은 에들지 사건으로, 세부 사항들은 더 이상 중요하지 않지만, 이 사건의 희생자인 조지 에들지는 기억해둘 필요가 있다. 그는 『기차 탑승객을 위한 철도법』의 저자로, 초기에는 사람들이 종종 불편을 겪는 주제에 관한 책들을 썼다. 그리고 여전히 인용되는 책은……' 법학의 역사에 주석으로 남는 것보다 훨씬 더 불행한 운명들도 분명 있으리라고 조지는 생각하기로 했다.

어느 날 아침, 조지 앞으로 긴 사각형의 카드가 도착했다. 문구는 은색 초서체로 인쇄되어 있었다.

레키 부부는 조지 에들지 씨를 즐거운 마음으로 초대합니다

9월 18일 수요일 오후 2시 45분
메트로폴 호텔 화이트홀 룸

진 레키 양과 아서 코난 도일 경의 결혼식

글로브 하우스
블랙히스

회신을 요청합니다

조지는 깊은 감동을 느꼈다. 그는 벽난로 선반에 카드를 올려놓고 즉시 답신을 보냈다. 사무변호사 협회는 그를 인명부에 다시 등재했고, 이제 아서 경은 그를 인간 사회로 다시 불러들였다. 그에게는 사교적인 야심이 별로 없었지만(그렇게까지 높은 단계를 꿈꿨던 적은 일단 없었다고 해야 할 것이다), 그는 이 초대장이 고작 일 년 전까지 토비아스 스몰렛의 소설이나 읽으며 포틀랜드 감옥에서 제정신을 유지하려고 애쓰던 사람에게 보내는 고결하고 상징적인 제스처라는 걸 알 수 있었다. 조지는 결혼선물로 무엇이 적당할지 오랫동안 생각했고, 결국 최고급으로 장정한 셰익스피어와 테니슨을 한 권씩 선물하기로 결정했다.

아서는 고약한 기자들을 따돌리기로 결정했다. 그와 진이 결혼을 앞두고 있다는 공표는 없다. 결혼 전야에 그들은 비밀리에

게이어티의 레스토랑에서 저녁을 먹는다. 세인트 마거릿 웨스트민스터의 줄무늬 차양은 마지막 순간이 되어서야 걷혔다. 다들 결혼식을 올리는 일요일이 아닌 수요일에 남들 눈에 띄지 않고 결혼하려는 사람이 누구인지 궁금해서 나른한 햇빛이 쏟아지는 교회 한 구석을 기웃거리는 구경꾼들은 몇 되지 않는다.

아서는 프록코트에 흰 조끼를 입었고, 단춧구멍에는 커다란 흰 작약을 꽂았다. 그의 동생 이네스는 가을 훈련에서 특별휴가를 얻었고, 들러리를 맡아 잔뜩 긴장했다. 아서의 가장 어린 여동생 도도의 남편인 시릴 에인절이 사회를 맡았다. 최근 70세 생일을 맞은 엄마는 회색 양단으로 지은 옷을 입었다. 코니와 윌리도 왔고, 로티와 이다, 킹즐리와 메리도 와 있다. 한지붕 아래 가족들을 단 한 사람도 빠뜨리지 않고 모으겠다는 아서의 꿈은 한 번도 이루어진 적이 없었다. 그러나 여기, 짧은 순간이나마 그들이 모두 모였다. 무엇보다도 이번에는 월러 씨가 끼여 있지 않다.

성단소는 키 큰 종려나무들로 장식되었다. 흰 꽃다발이 꽃병에 꽂혀 있다. 식이 진행되는 동안 합창단이 계속 노래를 부를 예정이었다. 일요일마다 교회 대신 골프장을 찾는 편을 선호했던 아서는 진에게 찬송가를 고르라고 했다. 〈주님을 찬양하나이다, 천국을 경배하나이다〉와 〈오, 인간의 생각을 초월하는 완전한 사랑〉. 그는 그녀가 그에게 마지막으로 했던 말을 떠올리며 앞줄에 섰다. "난 당신을 기다리게 하지 않을 거예요, 아서. 제 아버지께도 분명히 말씀드렸어요." 그는 그녀가 자기 말을 지킬 사람이라는 걸 잘 안다. 어떤 사람들은 그들이 벌써 10년이나 기다렸으니 고작 10분이나 20분쯤 더 기다린다고 해서 별 해가 되지는 않을 거라고, 혹은 신부가 좀 늦게 도착해야 결혼식에 드라마가 더해지는 법이라고 말할지도 모른다. 그러나 기쁘게도 진은 그런 교태를 부리지 않을 것이다. 따라서 그녀는 1시 45분에 교회에 도착할 것이다. 이는 결혼의 확고한 토대가 될 수 있는 요소라고 그는 생각한다. 앞줄에 서서 제단을 바라보던 그는 자신이 항상 여자들을 이해하는 건 아니지만, 어떤 여자가 솔직하고 어떤 여자가 솔직하지 않은지는 알게 되었음을 깨닫는다.

진 레키는 정확히 1시 45분에 아버지의 팔짱을 끼고 도착한다. 그녀는 현관에서 들러리들과 합류한다. 심령술을 좋아하는 릴리 로더 사이먼즈와 레슬리 로즈다. 진의 시동은 시릴과 도도의 아들인 브랜스퍼드 에인절이다. 아이는 파란색과 크림색의 비단 예복을 입고 있다. 진의 드레스는 세미 엠파이어 스타일로, 상아색 비단 스페인 레이스로 만들어졌고, 윤곽선을 따라 진주 자수가 섬세하게 놓여 있다. 속치마는 엷은 은색 천이다. 치맛자락은 엷은 비단 크레이프로 가장자리를 둘렀고, 시폰 사랑매듭은 흰 헤더꽃 편자에 물려 있다. 그녀는 베일 아래로 오렌지꽃 화관을 쓰고 있다.

진이 그의 곁에 서기 전까지 아서는 이를 거의 알아채지 못한다. 그는 옷차림에는 관심이 별로 없는데다, 신부가 도착하기 전까지는 신랑이 신부의 드레스를 봐서는 안 된다는 믿음을 지지하는 편이다. 그는 진이 쓰러질 정도로 근사해 보인다고 생각하고, 크림색과 진주와 긴 치맛자락이 그의 머릿속에 전반적인 인상으로 남는다. 사실 그는 승마복을 입은 그녀를 더 좋아한다. 어쨌거나 그는 그녀에게 감탄의 눈길을 던진다. 그녀는 보일 듯 말 듯 미소를 짓는다.

메트로폴 호텔에는 화이트홀로 이어지는 웅장한 나선계단이 있다. 치맛자락은 성가시기만 하다. 신부 들러리들과 어린 브랜스퍼드는 치맛자락을 잡고 야단법석을 떨어대고, 아서는 초조해진다. 그는 신부를 번쩍 들어올려 힘들이지 않고 계단을 오른다. 그는 오렌지꽃 향기를 맡고, 그의 뺨에 닿는 진주의 감촉을 느끼고, 그날 처음으로 그녀가 조용히 웃는 소리를 듣는다. 아래쪽에서 결혼식 파티에 참석한 사람들의 환호성이 들려오고, 피로연장에서도 이에 화답하는 환호성을 올린다.

조지는 단지 두 번 만났을 뿐인 아서 경과 채링 크로스의 그랜드 호텔에서 짧게 악수했던 신부를 제외하고는 아는 사람이 한 사람도 없음을 알아차린다. 그는 해리 찰스워스는커녕 옐버턴 씨도 초대받지 않았으리라고 짐작한다. 그는 결혼선물을 건네고, 누구나 들고 있는 술잔을 한사코 거절한다. 그는 화이트홀을 둘러본다. 요리사들은 긴 뷔페 테이블에서 분주한 모습이고, 메트로폴의 오케스트라는 악기를 조율하는 중이다. 양치식물과 나뭇잎을 매단 키 큰 종려나무들이 사방에 서 있고, 바닥은 흰 꽃들로 장식돼 있다. 방 가장자리를 둘러 놓인 작은 테이블들 위에도 흰 꽃다발이 놓여 있다.

사람들이 그에게 다가와 말을 붙이자 조지는 놀라면서도 안도한다. 그들은 그가 누구인지 이미 아는 듯 보이고, 그를 마치 잘 안다는 듯이 반긴다. 앨프리드 우드는 자신을 소개하며 웨얼리 목사관에서 조지의 가족들을 만나 대단히 즐거웠다고 말한다. 희극작가 제롬 씨는 불의에 맞서 성공적으로 싸운 조지를 치하한다. 그는 그에게 제롬 양을 소개하고, 다른 유명인사들을 가리켜 보인다. J. M. 배리가 저기 있고, 저 사람은 브램 스토커고, 또 저 사람은 맥스 펨버튼이에요. 의회에서 몇 번씩이나 내무장관에게 망신을 주었던 길버트 파커 경이 조지에게 다가와 악수를 청한다. 조지는 그들 모두가 자신을 부당한 취급을 받았던 사람으로 생각한다는 걸 깨닫는다. 그들 중 단 한 사람도 그를 외설적이고 제정신 아닌 편지를 몰래 쓴 사람으로 여기는 것 같지 않다. 물론 그들은 조지에게 직접적인 얘기는 한마디도 하지 않는다. 다만 조지 역시 그들이 세상을 보는 대체적인 방식과 같은 방식으로 세상을 보는 사람이라고 추정한다는 암시를 넌지시 공유할 뿐이다.

오케스트라가 조용히 연주하는 동안, 전보로 가득한 바구니 세 개가 안으로 들어왔고, 아서 경의 남동생이 전보를 하나씩 읽는다. 그리고 음식이 나오고, 조지가 살면서 한 번도 본 적 없는 양의 샴페인이 나오고, 덕담과 건배가 이어진다. 신랑이 한마디를 시작하자 그의 말들이 마치 샴페인 거품처럼 조지의 머릿속에서 터지고, 조지는 짜릿한 흥분을 느낀다.

"……그리고 오늘 오후 이 자리에 모인 여러분께 즐거운 마음으로 친애하는 조지 에들지를 소개하고자 합니다. 누구보다도 그를 이 자리에서 보게 되어 더없이 자랑스럽습니다……" 사람들은 조지를 돌아보며 미소를 짓고 잔을 들어 보인다. 조지는 어디를 쳐다봐야 할지 알 수 없지만, 아무튼 상관없다는 것을 깨닫는다.

댄스플로어에서 신랑과 신부의 춤이 시작되고, 여기저기서 행복의 탄성이 터져나오고, 그들은 손님들 사이를 돌기 시작한다. 처음에는 둘이서, 다음에는 따로따로. 조지는 종려나무 뒤로 반쯤 몸을 숨긴 우드 씨 옆에 서 있다. 종려나무 잎사귀가 그의 무릎까지 내려온다.

"아서 경은 항상 숨어 있으라고 충고하셨죠." 그는 이렇게 말하며 윙크한다. 그들은 함께 사람들을 바라본다.

"행복한 날이네요." 조지가 말한다.

"그리고 긴 여정이 끝나는 날이기도 하죠." 우드 씨가 대답한다.

이 말에 담긴 뜻을 알 수 없었던 조지는 동의의 뜻으로 그저 고개를 끄덕인다. "아서 경 밑에서 오랫동안 일하셨습니까?"

"사우스시부터 시작해서 노우드를 거쳐 하인드헤드까지 왔죠. 다음 장소가 팀북투라 해도 전 놀라지 않을 겁니다."

"정말인가요?" 조지가 말한다. "신혼여행을 그곳으로 가시나 보죠?"

우드 씨는 질문을 이해하지 못했다는 듯 얼굴을 찌푸린다. 그는 잔에 샴페인을 붓는다. "당신이 누구든 상관 없이 어서 결혼하고 싶어하신다고 들었습니다. 아서 경은 당신이 특-정-한-사-람과 결혼해야 한다고 생각하시지만요." 그는 특정한 사람과, 라는 단어를 스타카토처럼 끊어서 발음하고, 왜인지는 모르겠지만 즐거워한다. "그렇지 않나요?"

조지는 갑자기 대화가 불편하게 느껴지고, 약간 부끄럽기도 하다. 우드 씨는 검지로 콧날을 문지른다. "당신의 여동생이 일러줬어요." 그가 덧붙였다. "우리는 뛰어난 탐정들이었으니까요. 우리에게 이르지 않을 수 없었던 거죠."

"모드가요?"

"바로 모드였죠. 멋진 아가씨였어요. 아, 오해하지 마세요. 전 일반적으로든 특정한 사람하고든 결혼할 생각이 없으니까요." 그는 혼자 미소를 짓는다. 조지는 우드 씨가 사악하기보다는 쾌활한 사람이라고 생각한다. 하지만 그가 약간 취했을지도 모른다고 추측한다. "제 의견이 궁금하시다면, 이건 너무 야단법석이라고 생각합니다. 게다가 돈도 많이 들고요." 우드 씨는 악단과 꽃들, 웨이터들을 향해 잔을 흔든다. 그의 동작을 부르는 걸로 오해한 웨이터가 다가와 그의 잔을 채워준다.

조지가 이 대화가 과연 어디까지 이어질지 궁금해하기 시작할 때, 우드 씨의 어깨 너머로 레이디 코난 도일이 그들을 향해 다가온다.

"우디." 그녀가 말한다. 조지의 눈에는 우드의 얼굴에 이상한 표정이 잠시 스친 듯 보인다. 하지만 그가 그걸 따져보기도 전에 아서 경의 비서는 어디론가 사라진다.

"에들지 씨." 레이디 코난 도일이 그의 이름을 정확히 발음하며 그의 팔에 장갑 낀 손을 올린다. "와주셔서 정말 기뻐요."

조지는 깜짝 놀란다. 마치 그가 결혼식에 참석하기 위해 다른 수많은 약속들을 물리쳐야 했다는 말처럼 들린다.

"늘 행복하시길 바랍니다." 그가 대답한다. 그는 그녀의 드레스를 본다. 이전까지 그런 드레스는 본 적이 없다. 그의 아버지가 결혼했던 스태퍼드셔 마을 사람들 중 누구도 이런 드레스를 입고 결혼하지 않았다. 그는 드레스를 칭찬해야 한다고 생각하면서도, 어떻게 칭찬해야 할지 모른다. 하지만 상관없다. 그녀가 그에게 다시 말을 걸고 있으니까.

"에들지 씨, 당신께 감사를 드리고 싶어요."

그는 다시 한번 깜짝 놀란다. 벌써 그의 결혼선물을 열어봤나? 아마 아닐 것이다. 그러면 그녀는 대체 뭘 감사한다는 말인가?

"죄송하지만 무슨 말씀이신지—"

"아," 그녀가 대답한다. "아마 모르실 거예요." 그녀가 그에게 미소 짓는다. 그녀의 눈이 잿빛이 감도는 녹색이라고 그는 생각한다. 그리고 금발머리. 그가 그녀를 너무 빤히 보고 있는가? "제 말씀은, 오늘 제가 이렇게 행복한 날을 맞을 수 있었던 데는 부분적으로 당신의 공도 있었다는 거예요."

이제 조지는 완전히 당황한다. 게다가, 그는 자신이 그녀를 진짜로 빤히 바라보고 있음을 깨닫는다.

"금방 다른 사람들이 우리 대화에 끼어들 거예요. 그리고 전 사실 당신께 설명할 생각도 없었답니다. 제 말이 무슨 뜻인지 당신은 영원히 모르실지도 몰라요. 하지만 전 당신이 상상할 수 있는 이상으로 당신께 감사하고 있어요. 그러니 당신이 참석해주셔서 너무나 기쁠 수밖에요."

사람들이 다가와 새로운 레이디 코난 도일에게 말을 걸기 시작하고, 조지는 그녀의 말들을 곰곰이 생각한다. 전 당신이 상상할 수 있는 이상으로 당신께 감사하고 있어요. 잠시 후, 아서 경이 다가와 악수를 청하며 조금 전에 한 말은 진심이었다고 말한다. 그러더니 조지의 어깨를 한 번 움켜쥐고는 다른 손님에게로 넘어간다. 신부는 잠깐 사라졌다가 다른 옷을 입고 나타난다. 사람들은 마지막으로 축배를 들어올리고 잔을 비운다. 환호성 사이로 커플이 사라진다. 조지는 잠깐이나마 친구였던 그들에게 작별을 고했다.

다음날 아침, 그는 〈타임스〉와 〈데일리 텔레그라프〉를 샀다. 한 신문에는 프랭크 벌렌 씨와 허눙 씨 사이에, 다른 신문에는 벌렌 씨와 헌터 씨 사이에 그의 이름이 실려 있다. 그는 이름을 알지 못했던 흰 꽃이 릴리움 하리시라는 걸 알게 되었다. 그리고 아서 경과 레이디 코난 도일이 파리로 떠났고, 이후 드레스덴과 베네치아로 가게 될 것이라는 사실도. "신부는," 그는 기사를 읽었다. "아이보리색 의상을 입고 출발했다. 땋은 장식끈으로 테두리를 둘렀으며, 보디스가 있었고, 소매덮개를 씌운 레이스 소매가 달린 의상이었다. 외투의 뒷부분에는 허리선을 따라 금색 자수가 놓인 단추가 달려 있었다. 앞부분에는 가장자리를 따라 레이스 슈미젯이 부드럽게 나풀거렸다. 의상은 메종 뒤프레에서 담당했다."

그는 대부분 무슨 소리인지 알 수가 없었다. 그에게 이 말은 전날 드레스를 입은 신부가 했던 말만큼이나 수수께끼처럼 들렸다.

그는 자기도 언제고 결혼할 수 있을지 궁금했다. 나태하게 가능성만 꿈꾸던 옛날에는 항상 세인트 마크 교회에서 결혼식을 올리는 장면을 상상했다. 아버지가 성혼예배를 진행하고, 어머니가 자신을 자랑스럽게 바라보는 장면을. 그는 신부의 얼굴은 한 번도 상상할 수 없었지만, 그래도 상관없었다. 하지만 그런 시련을 겪었으므로 그에게 교회라는 장소는 별로 어울리지 않을 것 같았다. 게다가 교회를 생각하면 할수록, 결혼식 자체를 치를 수 없다는 생각마저 들었다. 그는 모드도 결혼하게 될지 궁금했다. 그리고 호레이스도. 그는 동생이 어떻게 살고 있는지 잘 알지 못했다. 호레이스는 재판정에 나오길 거부했고, 감옥으로 면회를 온 적도 없었다. 그는 가끔 맥락 없는 엽서들을 보내왔고, 몇 년 동안이나 집을 찾지 않았다. 어쩌면 이미 결혼했는지도 모른다.

조지는 아서 경과 레이디 코난 도일을 다시 볼 수 있을지 궁금했다. 그는 런던에서 몇 달, 몇 년을 머무르며 버밍엄에서처럼 새로운 삶을 시작하려고 노력할 것이다. 런던 어디선가 전 세계적으로 유명한 작가들과 그들의 젊은 아내들이 살아가고 있을 것이다. 그는 공통의 목적이 없는 경우, 그들 사이가 어떻게 될지 알 수 없었다. 아마도 그의 이런 점이 바로 과민하거나 수줍은 것인지도 모른다. 그래도 그는 서식스에 있는 그들을 찾아가거나, 런던 클럽에서 아서 경과 저녁식사를 하거나, 그가 마련할 수 있는 한 가장 괜찮은 집에서 그들을 맞아들이는 상상을 해보려고 했다. 아니다. 그건 그가 갖지 못할 인생에나 속할 장면일 뿐이다. 그들이 다시는 만날 일이 없으리라는 생각이 가장 그럴듯했다. 하지만 그들은 일 년 중 아홉 달 동안 같은 길을 걸었다. 그리고 어제 그들이 걷던 길이 끝났다. 아마도 조지는 그들을 다시 보지 못하더라도 별로 상관하지 않을지도 모른다. 사실 그는 한편으로 그렇게 되는 편이 낫다고 생각했다.

제4장.

결말들

조지

화요일, 모드는 아침식사 테이블에 〈데일리 헤럴드〉를 조용히 올려놓았다. 전날 아침 9시 15분, 아서 경이 고향인 서식스 윈들셤에서 사망했다. 헤드라인에는 아내에게 찬사를 바치며 사망하다라고 적혀 있었다. 셜록 홈스의 창조자는 '당신은 너무나 훌륭하오!'라고 말했다. 그는 슬퍼하지 마시오라고도 했다. 조지는 크로버러의 집안 사람들이 어떻게 해서 '슬퍼하지 않을 수' 있었는지를 읽었다. 그들은 일부러 블라인드도 내리지 않았고, 아서 경이 첫 부인과의 사이에서 낳은 딸 메리만이 '슬픔을 내비쳤다'고 했다.

데니스 코난 도일 씨는 〈헤럴드〉의 특별통신원에게 '슬픔에 잠겼다기보다는 보통 때처럼 쾌활한 목소리'로 아버지에 대한 이야기를 했다. '부친께선 누구보다도 훌륭한 남편이자 아버지

이셨습니다.' 그가 말했다. '그리고 가장 위대한 남성들 중 한 분이셨죠. 아버지는 사람들이 보통 알고 있는 것 이상으로 위대한 분이셨습니다. 아버지께서 너무나 겸손하셨던 까닭에 사람들은 그분의 진면목을 모를 수밖에 없었습니다.' 아들이 마땅히 보낼 법한 찬사는 두 문단 더 이어졌다. 하지만 다음 문단을 읽기 시작한 조지는 부끄러워졌다. 그는 모드한테 신문을 숨기고 싶다는 생각까지 했다. 아들이 부모를 이런 식으로 말해도 되는 걸까? 특히 신문에서? '아버지와 어머니께서는 마지막 순간까지 서로 사랑하셨습니다. 아버지가 돌아오시는 소리가 들려오면 어머니는 소녀처럼 팔짝 뛰며 머리를 매만지고 아버지를 맞으러 달려 나가셨죠. 두 분보다 위대한 연인은 없었습니다.' 아들이 부모를 이런 식으로 말하는 건 적절하지 않을뿐더러, 조지는 지나치게 자랑스러워하는 듯한 그의 말투가 마음에 들지 않았다. 아서 경이 겸손한 사람이었다고 말한 직후에 이렇게 말하다니. 아서 경이었다면 스스로 이렇게까지 말하진 않았을 것이었다. 아들이 말을 이었다. '우리가 아버지를 잃은 게 아니라는 걸 알고 있지 못했다면, 어머니는 분명 한 시간 안에 아버지를 따라가셨을 겁니다.'

데니스의 형제인 에이드리언은 아버지가 그들 삶 속에 여전히 살아 있다고 확신했다. '전 아버지와 계속해서 대화할 수 있으리라 믿습니다. 아버지께서는 돌아가시고 난 뒤에도 지속적으로 우리를 만나러 오실 수 있을 거라는 확고한 믿음을 갖고 계셨죠. 가족 전부 그렇게 믿고 있습니다. 아버지는 이 세상을 떠나

시기 전과 마찬가지로 가끔 우리에게 말을 걸어오실 게 분명합니다.' 하지만 그렇게 간단하지만은 않을 것이었다. '우리는 항상 아버지가 말씀을 하실 때를 알아야 할 겁니다. 하지만 주의해야 하죠. 그쪽에도 여기처럼 항상 장난을 치려 드는 작자들이 있을 테니까요. 하지만 어머니께서는 당신만이 아시는 방법으로 테스트를 할 수 있어요. 아버지가 말씀하시는 방식에는 다른 사람은 따라할 수 없는 버릇이 하나 있습니다.'

소식을 접하자마자 느꼈던 슬픔—어찌되었건 그는 제3의 부모를 잃은 셈이었다—이 허용될 수 없는 것처럼 여겨진 조지는 혼란스러웠다. 슬퍼하지 마라. 아서 경은 행복하게 죽음을 맞이했다. 그의 가족은 단 한 사람을 제외하고는 슬픔에 맞서고 있었다. 블라인드는 내려지지 않았다. 애도는 없었다. 그렇다면 그는 누구를 위해 슬퍼하는가? 그는 자신이 처한 이상한 상황을 모드에게 알려줄까 생각했다. 모드라면 이런 상황을 정확하게 판단해줄 수 있을 것 같았다. 그러나 그는 자신이 자기밖에 모르는 사람처럼 보일지도 모른다고 생각했다. 죽은 자는 겸손한 사람이었으니 그를 알았던 사람들 역시도 겸손하게 애도해야 하는지도 모른다.

아서 경은 일흔한 살이었다. 그에 대한 애정을 표하는 부고기사가 쏟아졌다. 조지는 일주일 내내 부고기사들을 읽었고, 다소 실망스럽게도 모드의 〈헤럴드〉가 그의 〈텔레그라프〉보다 많은 정보들을 담고 있다는 걸 알게 되었다. 가족만 참석하는 정원 장례식이 치러질 예정이었다. 가족만 참석하는 장례식이 아니었다면 자기도 초대받을 수 있었을지 조지는 궁금했다. 그는 아서 경의 결혼식에 참석했던 사람들이 그의 ……의 증인 또한 될 수 있을지 궁금했다. 그는 사실 죽음이라는 단어를 말하려고 했지만, 이는 크로버러에서 쓰지 않는 단어였다. 누군가가 말한 대로 다른 세상으로 가셨다거나 더 나은 세상으로 가셨다고 표현해야 할지도 모르겠다. 아무튼 그의 기대는 가당치도 않았다. 그는 어떻게 보더라도 아서 경의 가족이 아니었다. 이렇게 단단히 마음을 먹은 조지는 다음날 신문에서 삼백 명의 조문객이 장례식에 참석할 예정이라는 기사를 보고 약간 불쾌해졌다.

첫 번째 레이디 코난 도일의 장례식과 두 번째 레이디 코난 도일의 결혼식을 주재한 아서 경의 매제 시릴 에인절 목사는 윈들셤의 장미원에서 아서 경의 장례식을 치렀다. C. 드레이턴 토머스 목사가 그를 보조했다. 모여든 사람들 중 검은 옷을 입은 사람은 많지 않았다. 아서 경은 오랫동안 서재처럼 사용했던 정원 오두막 근처에 묻혔다. 전 세계에서 위문전보가 날아들었고, 꽃들을 실어 나르기 위한 특별열차가 운행되었다. 장례식장을 에워싼 꽃들을 본 누군가는 마치 사람 키 정도로 높은 네덜란드식 정원을 본 것 같았다고 말했다. 진은 영국 참나무로 만든 비목을 주문했다. 거기에는 칼날처럼 곧고 강철처럼 진실하다라고 새겨져 있었다. 그는 끝까지 스포츠맨이자 기사도 정신을 품은 기사로 남은 셈이었다.

조지는 모든 일들이 제대로 치러졌다고 생각했다. 약간 관습을 벗어난 듯 보이기는 했지만, 그의 후원자였던 아서 경은 자신이 바랐던 방식대로 추모되고 있었다. 그런데 금요일자 〈데일리 헤럴드〉는 추모가 완전히 끝나지 않았음을 알렸다. 코난 도일의 빈 의자라는 헤드라인이 한 단어씩 네 줄로 적혀 있었다. 그 아래는 투시영매가 대회합에 출석할 예정이며, 육천 명의 심령주의자들이 추도식에 모일 것이고, 이는 도일 부인의 희망이며 영매는 전적으로 정직한 사람이라는 내용이 다양한 크기의 글자들로 적혀 있었다.

심령주의자들의 추도식은 1930년 7월 13일 일요일 오후 7시, 앨버트 홀로 예정돼 있었다. 매릴러본 심령학협회의 서기 프랭크 호켄 씨가 추도식을 주도한다고 했다. 레이디 코난 도일은 다른 유가족과 함께 참석하여 마지막으로 남편과 함께 강령회를 지켜볼 예정이었다. 아서 경의 존재를 상징하는 빈 의자가 무대에 놓일 것이고, 그녀는 그 왼쪽에 앉을 것이라고 했다. 그녀가 지난 20년 동안 꾸준히 지켜온 자리였다.

이게 끝이 아니었다. 레이디 코난 도일은 투시영매에게 추도식이 끝나기 전에 아서 경을 불러달라고 요청했다. 아서 경이 가장 선호하는 영매였던 에스텔 로버츠 부인이 이 일을 맡을 것이다. 호켄 씨는 〈헤럴드〉와의 인터뷰에서 이를 뒷받침했다. "아서 코난 도일 경이 영매가 묘사할 수 있을 정도로 충분한 시간 동안 나타날 수 있을지는 미지수입니다." 그가 말했다. "그러나 전 아서 경이 충분히 나타날 능력이 있다고 생각합니다. 그는 이미 다른 세상으로 나아갈 준비가 돼 있었습니다." 그리고 이렇게 덧붙였다. "아서 경이 나타난다고 해도 회의주의자들이 받아들일지는 의심스럽습니다. 그러나 로버트 부인은 분명히 확신하고 있습니다. 게다가 그녀는 아서 경을 보지 못하더라도 그 사실을 솔직히 인정할 것입니다." '장난질을 하려는 작자들'의 위협에 대한 언급은 딱히 언급되어 있지 않았다.

모드는 신문을 읽는 그를 지켜보고 있었다. "오빠도 가야지." 그녀가 말했다.

"그렇게 생각하니?"

"물론이지. 그는 오빠를 친구라고 했잖아. 그러니 오빠도 가서 작별인사를 해야지. 일반적인 장례식은 아니지만. 오늘 오후나 내일 매릴러본 협회에 가서 입장권을 사. 그렇게 안 하면 오빠는 불안해할 테니까."

모드가 이토록 단정적으로 나오다니. 이상하지만 기분은 좋았다. 책상 앞에서든 아니든 조지는 결론에 다다르기 전에 다른 논점에 파고드는 버릇이 있었다. 하지만 모드는 그런 시간낭비를 거부했다. 그녀는 조지보다 정확하게, 혹은 적어도 신속하게 볼 줄 알았다. 그는 그녀에게 집안일에 대한 결정권을 넘겼다. 옷이나 사무실에 들어가는 비용을 제외하고는 금전관리도 그녀에게 넘긴 터였다. 그녀는 생활비를 관리했고, 얼마간의 돈을 매달 저축했다. 그리고 남은 돈은 자선단체에 기부했다.

"넌 아버지가 이런…… 종류의 추도식을 거부하셨을 것 같다고 생각하지 않니?"

"아버지는 12년 전에 돌아가셨어." 모드가 대답했다. "그리고 내 생각에 신의 품으로 간 사람들은 지상에 있을 때와는 좀 달라졌을 거라고 생각해."

모드가 이렇게 직설적으로 나올 때마다 그는 놀라곤 했다. 그녀의 말은 비난에 가까웠다. 조지는 이를 걸고넘어지지 않겠다고 생각하면서도, 나중에 혼자 생각해봐야겠다고 결심했다. 그는 다시 신문을 읽기 시작했다. 심령학에 대한 그의 지식은 대부분 아서 경의 짧은 저작물들을 통한 것이었다. 게다가 그는 그런 글들을 꼼꼼하게 읽었다고는 할 수 없었다. 육천 명의 사람들이 영매를 통해 잃어버린 지도자를 불러내기만을 기다리고 있다는 사실은 놀랍게만 여겨졌다.

그는 지나치게 많은 사람들이 모인 장소를 혐오했다. 그는 캐녹과 스태퍼드에서 본 사람들과, 그가 체포된 뒤 목사관을 에워쌌던 난폭한 사람들이 떠올랐다. 그는 승합마차를 거칠게 두드리며 지팡이를 흔들어대던 사람들을 기억하고 있었다. 그는 루이스와 포틀랜드에 꽉꽉 들어찬 죄수들을 생각했고, 그들로 인해 수감생활의 고독한 즐거움이 얼마간 깎여나갔다고 생각했다. 간혹 특정한 상황에서는 그 역시 많은 사람들 앞에서 강연을 할 때도, 다수의 사무변호사들이 참석하는 모임에 나갈 때도 있었다. 하지만 그는 대체적으로 한 장소에 사람들이 너무 많이 모이면 불합리한 일이 벌어지기 시작할 거라는 생각을 품고 있었다. 그가 가장 북적이는 도시인 런던에 살고 있는 건 사실이지만, 그는 의뢰인을 상대하는 정도로 타인과의 만남을 제한할 수 있었다. 그는 사무실에서 한 사람씩 차례로 들어오는 의뢰인을 만나는 편을 선호했다. 책상과 법률 지식들로 보호받는 기분을 느꼈던 것이다. 이곳 버러 하이 스트리트 79번지에서 그는 안전했다. 아래층은 사무실이었고, 위층에는 그의 방과 모드의 방이 있었다.

그들이 같이 살기로 한 건 훌륭한 생각이었다. 누가 먼저 이렇게 하자고 했는지는 기억나지 않지만. 아서 경이 그의 구명을 위해 힘쓰고 있을 때, 어머니는 그의 하숙집이었던 메클렌버그 스퀘어 구드 양의 집에 그와 함께 얼마간 머물렀다. 그러나 어머니는 웨얼리로 돌아가야 했고, 그에게는 어머니를 대신해 집안일을 돌볼 여성이 필요하게 되었다. 모드가 대단히 쓸모 있는 존재라는 사실에 그의 부모는 깜짝 놀랐다. 물론 그는 그다지 놀라지 않았다. 그녀는 그를 위해 집 안을 정돈했고, 요리했고, 그가 외출중일 때면 비서 역할을 맡았다. 그리고 그가 돌아왔을 때는 옛 목사관 공부방에서처럼 눈을 빛내며 그가 보낸 하루에 대한 이야기에 귀를 기울였다. 런던으로 이사 온 다음부터 그녀는 예전보다 외향적인 사람이 되었고, 자기 의견을 표출하는 데도 거침이 없었다. 그녀는 그를 놀리는 방법도 익혔다. 비록 놀림을 당하는 쪽인 그가 즐거웠던 적은 많지 않지만.

"그런데 뭘 입고 가지?"

대답하는 속도를 볼 때, 그녀는 이미 이 질문을 예상하고 있었던 게 틀림없었다. "파란색 정장 있잖아. 장례식은 아니니까 파란색도 괜찮을 거야. 어차피 검정색 정장을 입은 사람들은 별로 없을 거고. 하지만 예의는 갖춰야지."

"신문으로 봐서는 사람들이 많이 올 것 같은데. 무대 앞 자리를 구할 수 있을지 모르겠군."

그들이 함께 살고부터 조지는 이미 결정된 계획에 트집을 잡는 버릇이 생겼다. 그러면 모드는 그에 대한 보복으로 아무려나 자기 하고 싶은 대로 했다. 지금 그녀는 갑자기 자리를 비웠고, 조지의 머리 위 다락방에서 물건들을 뒤지는 소리가 들려왔다. 잠시 후, 그녀는 어떤 물건 하나를 그의 눈앞에 내려놓았다. 갑작스러운 두근거림이 몰려왔다. 쌍안경이 든 먼지 쌓인 케이스였다. 그녀는 행주로 먼지를 닦았다. 오랫동안 광내지 않은 가죽이 행주의 습기에 촉촉하게 젖어 탁하게 빛났다.

오누이는 다시 한번 에버리스트위스의 캐슬 가든에 서 있었다. 그의 삶에서 마지막으로 온전히 행복했던 날이다. 지나가던 사람이 스노든 산을 가리킨다. 하지만 조지가 볼 수 있는 것이라고는 여동생의 즐거운 얼굴뿐이다. 그녀는 조지를 바라보며 언젠가 쌍안경을 사주겠다고 약속한다. 2주 뒤, 그의 고난이 시작되었다. 그가 석방되고 버러 하이 스트리트로 이사 온 뒤 둘이서만 보내게 된 첫 번째 크리스마스에 그녀는 그에게 쌍안경을 선물했다. 조지는 거의 눈물을 흘릴 뻔했다.

그는 모드에게 고마웠지만, 당황하기도 했다. 그들과 스노든은 멀리 떨어져 있었다. 그는 그들이 에버리스트위스에 또 갈 날이 있을 성싶지 않다고 생각했다. 이런 반응을 예상했던지, 모드는 야생조류를 관찰하러 나가자고 제안했다. 이 생각이 마음에 들었던 그는 일요일 오후마다 가끔 런던 주변의 습지와 숲으로 향했다. 그녀는 그에게 취미가 필요하다고 생각했고, 그는 자신이 집을 비우고 없는 시간이 가끔은 그녀에게도 필요할 거라고 생각했다. 그는 몇 달 동안 열심히 들새 관찰을 다녔다. 하지만 사실 그는 날아가는 새를 보기가 힘들었다. 날지 않는 새들은 꼭꼭 숨어 있는 것만 같았다. 게다가 들새 관찰에 최적이라 여겨지는 장소들은 대부분 춥고 습하기만 했다. 감옥에서 3년을 보낸 그는 죽어서 관에 들어가 지상에서 가장 춥고 습한 곳에 묻히기 전까지, 살면서 그 어떤 추위와 습기도 다시 겪고 싶지 않았다. 조지에게 들새 관찰은 이런 것이었다.

"그날 난 오빠에게 무척 미안해하고 있었어."

조지는 고개를 들었다. 잔해로만 남은 웰시 성곽 옆에 서 있던 스물한 살 젊은 여성은 찻주전자를 앞에 둔 희끗희끗한 머리칼의 중년 여성으로 변했다. 그녀는 쌍안경 케이스의 먼지를 점점이 눌러 닦아낸 뒤 다시 한번 쓸어 닦았다. 조지는 여동생을 응시했다. 가끔 그는 그가 여동생을 보살피는 것인지, 여동생이 그를 보살피는 것인지 알 수가 없었다.

"행복한 날이었어." 그가 단호하게 말했다. 그는 그날을 즐겨 회상하고는 했다. "벨뷰 호텔, 트램웨이, 로스트 치킨…… 자갈을 주우러 가진 않았지…… 기차 여행을 했고. 행복한 날이었어."

"난 그냥 행복한 척하고 있었던 거야."

조지는 그날의 기억을 망치고 싶지 않다. "네가 어느 정도까지 알고 있었는지 난 몰랐어." 그가 말했다.

"오빠, 난 어린애가 아니었어. 물론 그 일이 시작되던 시점에는 어렸지만, 그때는 더 이상 어린애가 아니었어. 안 그랬다면 내가 에버리스트위스에 가겠다고 나섰을 리가 없잖아. 집 밖으로 잘 나가지 않는 스물한 살짜리에게 뭘 완전히 숨길 수는 없어. 숨기고 있다고 생각할 뿐이지."

조지는 오늘의 모드에 옛날의 모드를 겹쳐놓으며, 당시의 그녀가 그의 생각대로 어리기만 한 게 아니라 오늘의 모습 역시 많이 갖고 있었다는 걸 깨달았다. 하지만 그는 옛날 일을 다시 들춰볼 생각이 없었다. 그는 오래전에 일어났던 일에 대해 나름으로 결론을 내렸다. 그는 어떤 일이 있었는지 안다. 그날이 별로 행복하지 않았다는 말 정도는 받아들일 용의가 있었다. 그러나 그는 모드가 왜 행복하지 않았는지에 대한 이유를 꼬치꼬치 캐묻고 싶지는 않았다.

모드는 조지의 속내를 알아차렸다. 그때 그가 그녀에게 무언가를 숨기고 있었다면, 그녀도 그에게 무언가를 숨기고 있었다. 그녀는 그날 아침 아버지가 서재로 불러 오빠의 정신적 상태가 무척 걱정스럽다고 말했던 일을 그에게 결코 말할 수 없었다. 아버지는 조지가 엄청난 압박에 시달리고 있는데도 하루쯤 쉬라는 제안을 거부했다고 했다. 그래서 저녁을 먹는 동안 오누이에게 애버리스트위스로 당일치기 여행을 다녀오라고 할 테니, 그녀가 가고 싶든 가고 싶지 않든, 꼭 가고 싶다고 말해달라고 했다. 일어난 일은 그러했다. 조지는 아버지의 말을 예의 바르게, 그러나 고집스럽게 거부했지만, 여동생의 간청에는 누그러질 수밖에 없었다.

목사관에서 이런 수법을 쓴 적은 거의 없었다. 그러나 모드는 조지의 상태에 대한 아버지의 말이 더 충격이었다. 아무렇게나 생활하고 절제라고는 찾아볼 수 없는 경박한 호레이스와는 달리 조지는 그녀가 언제나 의존할 수 있는 성실한 오빠였다. 아버지에게서 물려받은 위대한 불굴의 정신이 없었더라면 그가 어떻게 그런 고난에서 살아남을 수 있었겠는가. 그러나 모드는 이런 생각을 언제까지고 혼자서만 간직할 것이었다.

"아서 경이 대단히 잘못 생각했던 게 하나 있어." 문득 조지가 입을 열었다. "그는 여성 투표권을 반대했어." 이 사안이 한참 논의되던 동안 조지는 여성 참정권을 옹호했으므로, 모드는 그 말에 전혀 놀라지 않았다. 한데 그가 어째서 화가 난 듯한 목소리로 말하는지는 이해할 수 없었다. 조지는 쑥스러워하며 그녀에게서 눈길을 돌렸다. 기억들, 그리고 기억이 환기시키는 모든 것들은 그에게 모드를 향한 가장 따스한 감정을 일깨웠고, 이런 감정들이야말로 그의 인생에서 가장 강력한 느낌이었으며, 앞으로도 그러할 것이었다. 그러나 조지는 이런 생각을 수월하게 전달할 수 있는 사람이 아니었고, 이처럼 간접적인 방식의 고백조차도 힘겨워했다. 그래서 그는 자리에서 벌떡 일어나더니 쓸데없이 〈헤럴드〉를 접어 모드에게 돌려주고 사무실로 내려갔다.

해야 할 일이 있었지만, 그는 책상에 앉아 아서 경에 대한 생각에 잠겼다. 그들이 마지막으로 만났던 건 20년 전이었지만, 그럼에도 그들 사이의 고리는 끊기지 않았다. 그는 아서 경의 글과 행동, 여행과 활동, 나라의 공적인 업무에 관한 개입에 늘 관심을 가졌다. 조지는 종종 그의 입장—이혼법 개정, 독일의 위협에 대한 대비, 영불해협 터널의 필요성, 스페인에게 지브롤터를 돌려주어야 할 윤리적 필요—에 동의했다. 그러나 상대적으로 덜 알려진 아서 경의 형법 개혁—국왕 폐하의 감옥에 있는 상습범들을 전부 스코틀랜드 타이리 섬으로 보내자는 제안—은 약간 미심쩍게 여겼다. 조지는 신문기사들을 스크랩했고, 〈스트랜드 매거진〉에 실리는 셜록 홈스의 지속적인 모험들을 꾸준히 따라갔고, 도서관에서 아서 경의 최신작들을 빌렸다. 그는 영화관에 모드를 두 번 데려갔고, 사설탐정이라는 배역을 훌륭하게 소화해낸 아일 노우드* 씨의 연기를 지켜보았다.

그는 버러 하이 스트리트에서 살게 된 첫 해에, 순전히 런던 올림픽 마라톤 경주를 특별 참관한 아서 경의 기사를 읽겠다는 이유로 〈데일리 메일〉을 샀던 일을 기억했다. 조지는 선수들의 분투에는 별 관심이 없었지만, 그의 후원자였던 아서 경의 타고난 성격을 일면 엿볼 수 있었다. 아서 경의 묘사는 너무나 생생했고, 그는 기사를 읽고 또 읽어 당시 장면을 뉴스 화면처럼 머릿속에서 그려볼 수 있을 정도까지 되었다. 거대한 경기장, 잔뜩 기대를 품은 관중들, 다른 사람들을 제치고 가장 먼저 들어오는 작은 한 사람, 거의 쓰러지기 직전의 이탈리아 선수, 쓰러지고, 일어서고, 다시 쓰러지고, 다시 일어서고, 비틀거리는 선수, 그때 미국 선수가 경기장에 들어와 그를 따라잡기 시작한다, 비틀거리는 이탈리아인은 결승 테이프를 끊기까지 20야드를 남겨두고

* 47편의 초창기 영화들에서 셜록 홈스 역할을 맡았던 영국 배우.

있다. 군중은 최면에 사로잡힌다. 그가 다시 넘어진다. 누군가가 그를 일어나도록 도와준다. 미국인 선수가 그를 따라잡기 직전에 그는 누군가의 도움으로 결승선을 끊는다. 그러나 도움을 받아들인 이탈리아 선수는 경기 규칙을 깬 것이고, 우승 메달은 미국인 선수에게 돌아간다.

여느 작가들이었다면 자신의 묘사를 통해 순간의 드라마를 만들어냈다는 성공을 자축하면서 그 선수를 내버려뒀을 것이다. 그러나 다른 작가들과는 달랐던 아서 경은 이탈리아 선수의 불굴의 투지에 감명 받아 그를 위한 후원금을 모았다. 그렇게 300파운드가 모였고, 선수는 고향 마을에 빵가게를 열 수 있었다. 어떤 금메달도 해낼 수 없는 일이었다. 아서 경은 바로 이런 사람이었다. 관대하면서도 동시에 실리를 따지는 사람.

에들지 사건을 성공적으로 해결한 아서 경은 또 다른 법적 분쟁에 연루되었다. 조지는 다음 희생자들을 바라보며 질투, 혹은 적대감까지 느꼈고, 이런 기분을 인정하며 부끄러워할 수밖에 없었다. 한 예로 아서 경이 해결에 이르기까지 몇 년이나 걸렸던 오스카 슬레이터 사건이 있었다. 살인범으로 누명을 쓴 그는 교수대에 매달리기 직전, 아서 경의 개입으로 사형을 면할 수 있었고, 마침내 석방될 수 있었다. 그러나 상습적인 범죄자에 질 나쁜 인간이었던 슬레이터는 자신을 도와준 사람에게 눈곱만큼도 고마워하는 모습을 보이지 않았다.

한편 아서 경은 탐정 놀이도 계속했다. 3, 4년 전쯤 한 여성 작가가 사라져버린 이상한 사건이 있었다. 그녀의 이름은 크리스티*였다. 그녀는 추리소설 분야에서 떠오르는 샛별이었지만, 홈스가 여전히 사건일지를 작성하는 한, 조지는 떠오르는 샛별들에게는 하등 관심을 주지 않았다. 크리스티 부인은 버크셔 자택에서 사라졌고, 그녀의 자동차가 길드퍼드에서 5마일 떨어진 곳에 버려진 채로 발견되었다. 경관들은 그녀의 흔적을 찾을 수 없었고, 하여 서리 지서장은 아서 경을 불렀다. 아서 경은 여전히 지역 부 주지사를 맡고 있었다. 한데 다음에 벌어진 일은 많은 사람들을 놀라게 했다. 아서 경은 그 유명한 에들지 사건 때와 마찬가지로 목격자들을 탐문하거나, 발자국을 찾아 들판을 마구 돌아다니거나, 경관들에게 이것저것 묻지 않았다. 전혀. 그는 크리스티의 남편에게 실종된 여인의 장갑 한 짝을 요청했고, 이것을 영매에게 보냈다. 영매는 여자가 있는 곳을 찾겠다며 장갑을 자기 이마에 올려놓았다. 스태퍼드셔 지서에 직접 그 방식을 권한 장본인이기도 한 조지는, 블러드하운드를 동원해 범인의 자취를 쫓는 것과, 집 안에 틀어박혀 장갑 냄새나 킁킁거리는 건 완전히 다른 문제라고 생각했다. 조지는 아서 경의 소설을 읽으면서, 자신의 사건에서는 소설 속 사건보다 정통적인 수사기법이 동원되었다는 데 안도했다.

그러나 아서 경이 약간 기이한 행동을 보인다고 해서 조지가 느끼는 크나큰 존경심이 무너질 리는 없었다. 그는 갓 출소한 삼십대의 젊은이일 때도, 이제 콧수염과 머리카락이 희끗희

* 애거서 크리스티를 가리킨다.

끗해진 54세의 사무변호사일 때도 한결같은 존경심을 갖고 있었다. 그가 금요일 아침 이 책상에 앉아 있는 유일한 이유는 아서 경의 고결한 원칙, 그리고 원칙을 행동으로 옮기는 의지 때문이었다. 조지는 삶을 되찾았다. 그에게는 법률서적 한 질이 구비돼 있었고, 만족스러울 정도의 일거리가 있었으며, 모자도 여러 개 있었다. 그리고 근사한—어떤 사람들은 촌스럽다고 말할지도 모르겠지만—회중 시곗줄을 조끼 위로 늘어뜨리고 있었다(해가 갈수록 조끼 위의 시곗줄은 팽팽해졌다). 그에게는 집도 있었고, 당대의 사안에 대한 의견도 갖고 있었다. 그에게 아내가 없다는 건 사실이었다. 함께 점심을 먹으며 계산서로 손을 뻗는 그에게 "조지는 참 훌륭해!" 하고 외치는 동료들도 없었다. 하지만 그에게는 이상한 종류의 명성이 있었다. 비록 온전한 명성이라고는 할 수 없었고, 시간이 지날수록 처음의 명성도 줄어들고 있었지만. 그의 희망과는 달리 그는 변호사로서가 아니라 불의의 희생자로 더 널리 알려져 있었고, 그의 사건은 상고법원의 설립으로까지 이어졌다. 지난 20년 동안 상고법원의 결정은 형법과 관련된 관습법을 혁명적이라 생각할 정도로 바꿔놓았다. 조지는 비록 그가 의도한 바는 아니었으나 이 일에 자신이 도움이 되었다는 것을 자랑스러워했다. 하지만 누가 이를 알아줄까? 고작 몇 사람만이 그를 오래 전에 부당한 대우를 받았던 걸로 유명한 사람으로 기억하며 따뜻한 악수를 청해올 것이었다. 다른 사람들은 대개 농장 소년들이나 시골 순경들과 다를 바 없는 눈길로 그를 보았다. 게다가 오늘날 대부분의 사람들은 그의 이름을 들어본 적도 없다.

그는 가끔 이런 일이 원망스러웠고, 원망하는 자신을 부끄럽게 여겼다. 고통의 시간 내내 가장 필요했던 것이 바로 익명성이었음을 그는 잘 알고 있었다. 루이스 감옥의 사제는 무엇이 가장 그리운지 물었고, 그는 삶이 그립다고 대답했다. 그리고 그는 삶을 되찾았다. 그에게는 일과 돈이 있었고, 거리에서 고갯짓으로 인사를 보내오는 사람들이 있었다. 그러나 그는 가끔 그 이상을 원한다는 생각에 사로잡혔다. 그가 겪었던 고난에는 더 많은 보상이 주어져야 했다. 악당에서 순교자로, 그리고 보잘것없는 존재로. 이는 부당하지 않은가? 그의 지지자들은 그의 사건이 드레퓌스 사건만큼이나 의미를 지닌다고 말했다. 프랑스와 마찬가지로 영국에서도 많은 것들이 드러나게 될 것이라고, 드레퓌스 지지자들과 드레퓌스 반대자들이 있는 것처럼 사람들이 에들지를 지지하는 쪽과 반대하는 쪽으로 나뉠 거라고 말했다. 나아가 그들은 아서 코난 도일 경이라는 든든한 지원군이 있고, 그가 에밀 졸라라는 프랑스 사람보다 훨씬 나은 작가라고 했다. 들려오는 바에 의하면 에밀 졸라는 작품도 형편없고, 감옥에 처넣겠다는 협박에 영국으로 도망쳤다는 것이었다. 아서 경이 어떤 정치인이나 검찰의 협박에 파리로 탈출한다고 생각해보라. 말도 안 되는 생각이다. 그는 영국에 남아 끝까지 싸울 것이고, 거대한 소음을 만들어낼 것이고, 감옥이 무너져라 감방 창살을 붙잡고 흔들어댈 사람이었다.

하지만 드레퓌스라는 이름이 지속적으로 명성을 얻으며 전 세계로 알려진 반면, 에들지라는 이름은 울버햄턴에서나 약간 알려져 있을 뿐이었다. 이는 부분적으로는 그의 행동 때문이기도 했고, 그가 아무런 행동도 하지 않았기 때문이기도 했다. 석방된 후 그는 가끔 모임에서 연설하라거나 신문기사를 써달라거나 인터뷰를 하자는 요청을 받았다. 그는 늘 거절했다. 그는 어떤 대변인도, 대표자도 되고 싶지 않았다. 연단 체질이 아니었던 그는 딱 한 번 〈엠파이어〉 지에 자신이 겪었던 고난에 대해 썼을 뿐이었다. 그런 일을 또 한다면 자만에 빠지고 말 거라고 그는 생각했다. 그는 철도법 서적의 개정판을 낼 생각도 해봤지만 이 역시도 자신의 악명을 이용하는 짓이 아닐까 하는 생각이 들었다.

하지만 한편으로 그는 자신이 겪었던 고난이 영국에 도움이 되었을지도 모른다고 생각했다. 그가 알기로 프랑스는 극단적이고 폭력적인 의견과 원칙을 따르는 나라였고, 무엇이든 잊는 법이 없었다. 반면 영국은 조용한 나라였다. 영국은 원칙을 따르는 곳, 어지간해서는 원칙을 파기할 생각도 하지 않는 곳, 정부 규칙보다 관습법이 더 신뢰받는 곳, 사람들이 자기 일에만 몰두하며 타인의 일에 대해 관여하지 않는 곳, 대중이 분노를 표출하는 일이 드문 곳, 이런 분노가 폭력이나 불의를 낳기도 하지만 곧 기억 속에서 사라지는 곳, 그래서 국가의 역사에 편입되지도 못하는 곳이었다. 이런 일이 있었으니 이제 잊어버리고 전처럼 계속하자, 이것이 영국적인 방식이었다. 뭔가 잘못되었고, 뭔가 망가졌지만, 이제 고쳐졌으니 처음부터 별로 잘못되지 않았던 척하자. 에들지 사건이 없었다면 상고법원이 생길 수 있었을까? 그래, 좋다. 에들지가 사면되고 일 년 만에 상고법원이 설립되었다. 하지만 이리 되었으니 그 문제에 대해서는 더 이상 논의하지 말자. 이것이 영국이었다. 하지만 조지는 영국의 관점을 이해할 수 있었다. 그 역시도 영국인이었으니까.

결혼식에 참석했던 이후 그는 아서 경에게 두 번 편지를 썼다. 전쟁의 마지막 해에 아버지가 돌아가셨다. 조지의 아버지는 쌀쌀했던 5월의 어느 날 아침 콤슨 숙부의 무덤 근처, 그가 40년 이상 예배를 진행했던 교회에서 10야드쯤 떨어진 곳에 묻혔다. 조지는 아버지를 만난 적 있는 아서 경이 이 사실을 알고 싶어하리라 생각했다. 그는 짧은 위로의 문장으로 이루어진 답신을 받았다. 그후 몇 달이 지났을 때, 그는 신문에서 아서 경의 아들 킹즐리가 솜 전투에서 부상을 입어 몸이 약해진 상태에서 인플루엔자로 세상을 떠났다는 소식을 접했다. 당시 많은 사람들의 생명을 앗아갔던 그 병을 킹즐리 역시 피해가지 못한 것이었다. 휴전협정을 고작 2주 남겨두고 있을 때였다. 그는 다시 편지를 보냈다. 아버지를 잃은 아들이 아들을 잃은 아버지에게. 이번에는 더 긴 편지가 도착했다. 킹즐리는 마지막 전사자였다. 아서 경의 아내는 전쟁 첫 주에 오빠 맬컴을 잃었고, 그의 조카 오스카 허눙은 다른 조카 하나와 마찬가지로 이프르에서 죽었다. 그의 여동생 로티의 남편은 전투에 나선 첫날 참호 속에서 죽었다. 아서 경의 목록은 그렇게 킹즐리까지 이어지고 있었다. 그러나 편지의 마지막 단락에서 그는 결코 그들을 잃지 않았으며, 그들은 어느 먼 곳에서 기다리고 있는 것뿐이라고 믿고 있다고 썼다.

조지는 더 이상 종교적인 사람이 아니었다. 그에게 여전히 기독교도의 믿음이 조금이나마 남아 있다면, 그건 자식 된 도리로서가 아니라 오히려 오빠로서 동생에 대한 사랑 때문이었다. 그는 모드를 기쁘게 해주려고 교회에 갔다. 사후의 삶에 대해서는 두고 보겠다는 쪽이었다. 종교적 열의를 미심쩍게 생각했던 그는 아서 경이 종교에 대한 감정을 너무나 열정적으로 토로할 때 놀랄 수밖에 없었다. 그들이 만나게 된 이유와는 별 상관이 없어 보였기 때문이었다. 그러나 그날의 경험 덕분에 조지는 그의 후원자가 완전한 믿음을 지닌 심령주의자가 되었으며, 온 힘을 다해 남은 평생 동안 심령학에 헌신하기로 결정했다는 내용이 담긴 연이은 뉴스들에 마음의 대비를 할 수 있었다. 올바른 신념을 지닌 많은 사람들이 이 소식에 대단한 충격을 받았다. 모범적인 잉글랜드 신사인 아서 경이 일요일 오후에 친구들 몇 명만 불러 놓고 소박하게 심령술 테이블 모임을 가지는 정도로 자신의 관심사를 표출했다면 사람들도 별 신경을 쓰지 않았을 것이다. 그러나 이는 아서 경의 방식이 아니었다. 그에게 어떤 믿음이 생기면, 다른 모든 사람들도 이런 믿음을 가져야 했다. 이는 항상 그의 강점이었으나 가끔은 약점이기도 했다. 사방에서 조롱이 쏟아졌다. 한 신문은 무례하게도 다음과 같은 헤드라인으로 질문을 던지기도 했다. 셜록 홈스가 미쳤나? 아서 경이 강연을 할 때마다 모든 분야의 적대자—예수회, 플리머스 형제교회, 분노한 유물론자—들이 반대강연을 열었다. 불과 지난주만 해도 버밍엄의 반스 주교가 '공상에 불과한 믿음'이 현재 확산되고 있다고 포문을 열었다. 크리스천 사이언스와 심령주의는 '소박한 사람들에게 그릇된 생각을 불러일으키는' 잘못된 신념이라는 것이었다. 조지는 이런 기사들을 읽었다. 그러나 사람들의 조롱도, 사제의 꾸짖음도 아서 경을 제지할 수는 없었다.

심령학을 본능적으로 의심하기는 했지만, 그렇다고 그가 공격자들의 편을 들어준 것은 아니었다. 그는 자신이 심판으로 적격이라고 생각하지는 않았지만, 버밍엄의 반스 주교와 아서 코난 도일 경 사이에서 어떤 선택을 내려야 할지는 잘 알았다. 그는 그랜드 호텔에서의 첫 번째 만남—이는 그에게 가장 위대한 순간들 중 하나였고, 그는 아내와 이 기억을 공유할 수 있기를 언제나 꿈꾸어왔다—이 끝나가던 무렵을 기억했다. 그들이 작별인사를 하려고 자리에서 일어났을 때, 아서 경은 그에게 자연스레 고개를 숙였고, 이 크고 힘센 신사는 그의 눈을 들여다보며 이렇게 말했다. '전 당신이 무죄라고 생각하거나 믿는 게 아닙니다. 전 당신이 무죄라는 것을 압니다.' 어떤 시도, 어떤 기도문도 뛰어넘는 이 말은 온갖 거짓말들에 위협당하는 진실을 지키겠다는 표현이었다. 법적인 사고방식을 지닌 조지가 보기에, 아서 경이 안다고 말한 사람이었다면, 그 입증책임을 진 것은 다른 사람이었지만.

그는 아서 경의 자서전 『회상과 모험』을 꺼냈다. 6년 전에 출간된 이 두꺼운 책은 군청색 표지로 장정돼 있었다. 늘 펼치던 페이지가 자동적으로 펼쳐졌다. 215페이지였다. 그는 읽기 시작했다. '1906년에 아내가 오랜 병환으로 세상을 떠났다…… 어둠의 시기였고, 나는 일을 손에 잡을 수 없었다. 그런데 갑자기 에들지 사건이 나타났고, 나는 전혀 예상하지 못했던 방향에 에너지를 쏟게 되었다.' 조지는 항상 이 서두를 불편하게 여겼다. 사건 하나가 마침 필요한 순간에 갑자기 등장했는데, 이 사건이 아서 경을 절망의 구렁텅이에서 끌어내는 데 딱 필요한 만큼만 특이했다고 말하는 것처럼 보였기 때문이었다. 마치 첫 번째 레이디 코난 도일이 마침 사망하지 않았더라면 그가 다른 식으로—실제로는 그렇지 않았겠지만—행동했으리라는 것처럼. 이런 생각이 너무 지나친 건 아닐까? 단순한 문장 하나를 너무 깊숙이 들여다보고 있는 건 아닐까? 그러나 그는 변호사로 지내오는 내내 늘 이런 식으로 문장을 파고들었다. 그는 신중하게 읽었고, 아서 경 역시 추측건대 신중한 독자들을 위해 글을 썼을 것이다.

책에는 조지가 연필로 밑줄을 긋고 여백에 주석을 단 문장들이 여럿 있었다. 예를 들면 아버지에 관한 문장도 있었다. "나로서는 그 목사가 자신을 파르시로 여겼는지, 혹은 파르시가 어떻게 목사가 되었는지 알 수가 없었다." 조지가 채링 크로스의 그랜드 호텔에서 아버지의 여정에 대해 말한 적이 있으므로, 아서 경은 적어도 한 번은 이에 대해 제대로 알았던 적이 있었다. 그리고 이런 문장이 이어졌다. "아마도 자유주의적 사고를 지닌 누군가가 영국국교회의 보편성을 증명해 보이고 싶었는지도 모른다. 그러나 바라건대 이 실험은 되풀이되지 말아야 한다. 목사는 정감 있고 헌신적인 인물이었지만, 유색인종 성직자와 혼혈아들의 출현은 거칠고 투박한 교구에서 유감스러운 상황이 벌어진 계기가 되었다." 조지는 이 말이 부당하다고 생각했다. 이 말은 사실상 그의 아버지에게 사제직을 주어 그 교구를 담당하게 했던 어머니 쪽 가족을 비난하는 셈이었다. 그는 '혼혈아들'이라는 표현도 마음에 들지 않았다. 기술적인 의미에서는 사실이었다. 하지만 그는 모드를 혼혈 여동생이라고 한다든가, 호레이스를 혼혈 남동생이라고 하는 자신을 생각할 수 없었다. 다른 식으로 말할 순 없었던 것일까? 이 세계의 미래는 인종 간의 조화로운 어울림에 달려 있다고 믿었던 그의 아버지라면 아마도 더 좋은 표현을 찾아낼 수 있었을지도 모른다.

"그 사건으로 나는 격분했고, 온 힘을 다해 천박한 사람들로 인해 난처한 상황에 처한 유색인종 성직자와 푸른 눈과 잿빛 머리를 지닌 용감한 어머니, 그리고 어린 딸로 이루어진 무기력하고 고통 받는 한 가족을 돕기 시작했다." 무기력했다니? 아서 경이 개입하기도 전에 그는 이미 스스로 사건을 분석한 기사를 신문에 실은 적이 있었다. 어머니와 모드 역시 지속적으로 편지를 쓰며 지지자들에게 호소하고 증인들을 모았다. 아서 경은 물론 상당한 신뢰와 감사를 받을 만한 자격이 있지만, 조지에게 그는 무한한 신뢰와 감사를 요구하고 있는 듯 보였다. 아서 경은 분명 〈사실〉 지에 실렸던 벌리스 씨의 긴 기사를 평가 절하하고 있었다. 옐버턴 씨와 그의 청원서는 언급하지도 않았다. 서명에 대해서도 마찬가지였다. 아서 경이 처음 사건을 접하게 된 계기에 대한 언급도 앞뒤가 맞지 않았다. "1906년 가을, 나는 우연히 〈엄파이어〉라는 잘 알려지지 않은 신문을 집어들었고, 어떤 사람이 자기 사건을 직접 쓴 기사에서 시선을 뗄 수 없었다." 그러나 아서 경이 '잘 알려지지 않은 신문'을 '우연히' '집어들' 수 있었던 까닭은 조지가 그에게 기사 전문과 편지를 보냈기 때문이었다. 아서 경도 이를 분명히 기억하고 있었던 게 틀림없었다.

아니야, 조지는 생각했다. 이렇게 불손하게 생각하다니. 아서 경은 기억에만 의존해서 글을 써야 했을 거야. 세월이 지나는 동안 여러 번 속으로 생각하고 속으로 되풀이했던 여러 기억에 의존해서. 목격자들의 증언을 자주 들을 기회가 있었던 조지는 사건을 여러 번 떠올리다보면 이야기의 모서리가 깎여나가면서 실제로 있었던 일보다는 화자 자신에게 중요한 일들이 더 부각되는 경향이 있다는 걸 알고 있었다. 그는 더 이상 같은 실수가 발견되지 않기를 바라며 빠른 속도로 아서 경의 생각을 읽어나갔다. 끝부분에 자리한 "모조품 정의"라는 표현에 다음과 같은 말이 따라나왔다. "〈데일리 텔레그라프〉는 조지 에들지를 위해 300파운드에 달하는 후원금을 모았다." 조지는 씁쓸한 미소를 감추지 못했다. 300파운드는 아서 경이 이탈리아인 마라톤 선수에 대한 선처를 호소하고 나선 다음 해에 모은 액수와 정확히 일치했다. 3년 동안 부당하게 징역살이를 한 것과 마라톤 경기에서 마지막 순간에 넘어졌던 각각의 사건은 정확히 같은 정도로 영국인들의 마음을 뒤흔들었다. 뭐, 사람들이 그의 사건을 그 정도로 보고 있었던 게 사실이라고 인정하는 편이 유익할 것이다.

그러나 조지는 이후에 등장하는 두 줄의 문장만은 책의 다른 어떤 문장들보다도 여러 번 읽었다. 부정확한 기술과 잘못 강조된 부분들을 단번에 만회하고, 300파운드라는 숫자로 모욕을 받았던 사람을 위로하는 문장이었다. "조지 에들지는 나의 결혼식 피로연에 참석했다. 그리고 나는 누구보다도 그가 와주어 자랑스러웠다." 그랬다. 조지는 『회상과 모험』을 추도식에 가져가기로 결정했다. 그의 참석을 반대하는 사람이 있을지도 몰라서였다. 그는 심령주의자들의 외양이, 육백 명은커녕 단 한 사람도 어떨지 짐작할 수가 없었지만, 어쨌거나 그는 자신이 심령주의자처럼 보이지는 않을 거라고 생각했다. 따라서 추도식에 참석하는 데 어려움이 생길 경우, 이 책은 그의 출입증이 되어줄 것이다. 여기 보세요, 215페이지. 이게 납니다. 난 그분에게 작별인사를 드리러 왔어요. 난 그분이 누구보다도 자랑스러워하는 하객이었습니다.

일요일 오후 4시가 지나자마자 그는 버러 하이 스트리트 79번지를 나서서 런던 브리지로 향했다. 지나던 사람이 파란 정장 차림에 왼쪽 팔에는 군청색 책을 끼고 오른쪽 어깨에는 쌍안경을 얹은 작은 갈색 피부의 남자를 보았다면, 같은 민족의 모임—일요일에는 그런 모임이 없는 법이지만—에 간다거나 들새 관찰을 가는 모양이라고 생각할지도 모른다. 하지만 누가 정장을 입고 새를 관찰하러 가겠는가. 스태퍼드셔 사람들은 그를 이상한 눈길로 보았다. 버밍엄에서조차 사람들은 그를 좀 이상하게 여겼다. 그러나 이미 충분히 이상한 사람들로 넘쳐나는 런던에는 그런 사람들이 없었다.

처음 런던으로 이사했을 때, 그는 불안했다. 물론 그의 미래가 불안했고, 그와 모드가 잘 해나갈 수 있을지도, 도시의 규모도, 사람들과 소음도, 무엇보다 사람들이 그를 어떤 식으로 대할지도 불안했다. 랜디우드에서처럼 그를 울타리로 밀치고 우산을 망가뜨리거나, 제정신이 아닌 경찰 업턴처럼 해치겠다고 위협할지도 모를 질 나쁜 사람들도 있을 것이고, 아서 경이 그의 사건에서 주요 원인으로 지목했던 인종적 편견을 지닌 사람들도 있겠지만, 그는 20년도 넘게 런던 브리지를 건너는 동안 늘 편안한 기분을 느꼈다. 사람들은 그를 건드리지 않았다. 예의를 차리기 위함인지, 그저 무관심해서인지는 알 수 없었지만, 조지는 이에 감사했다.

사람들이 습관적으로 마음대로 추측하는 건 사실이었다. 그와 모드는 최근 영국에 도착했는지, 힌두교도인지, 향신료를 수입하는지에 대한 질문을 종종 받았다. 아직도 어디서 왔느냐고 묻는 사람들도 있었다. 시시콜콜한 지명들을 읊지 않으려고 그가 버밍엄에서 왔다고 대답하면, 사람들은 마치 버밍엄이라면 조지 에들지처럼 생긴 사람들이 사는 게 당연하다는 듯 놀랍지도 않다는 표정으로 고개를 끄덕였다. 그린웨이나 스텐트슨이 한동안 베추아나에 관심을 쏟았던 것처럼 조지를 은근히 놀리려는 사람들도 있었지만, 그는 이를 비나 안개처럼 피할 수 없이 당연한 것으로 받아들였다. 조지가 버밍엄에서 왔다는 말을 듣고 실망하는 사람들도 있었지만, 그들은 쉽게 알기 힘든 먼 나라의 소식을 듣고 싶었던 쪽에 가까웠다.

그는 뱅크에서 지하철을 타고 하이 스트리트 켄징턴에 내려 앨버트 홀이 보일 때까지 동쪽으로 걸었다. 늘 만전을 기하는 덕분에—모드는 항상 조지의 이런 성격을 놀려댔다—추도식이 시작되기 전까지 두 시간이 남아 있었다. 그는 공원을 산책하기로 했다.

7월의 화창한 일요일, 오후 5시를 막 넘긴 시각이었다. 신문판매대는 요란했다. 공원은 가족과 여행객, 군인들로 넘쳐났다. 하지만 그들은 한 곳에 몰려 있지 않았고, 조지는 불안해할 필요가 없었다. 그는 서로를 희롱하는 젊은 연인들을 바라보지 않았고, 어린아이들을 엄격하게 다루는 부모를 보며 자기도 그러고 싶다고 질투하지도 않았다. 처음 런던에 왔을 때만 해도 그는 결혼에 대한 희망을 포기하지 않았다. 사실 미래의 아내와 모드가 잘 지낼 수 있을지 걱정하는 쪽에 가까웠다. 그가 모드를 내팽개칠 수 없다는 건 분명했고, 그럴 생각도 없었다. 하지만 몇 년이 지나자 그는 미래의 아내에 대한 모드의 생각이 모드에 대한 미래의 아내의 생각보다 중요하다는 걸 깨달았다. 몇 년이 더 지나자 아내가 생겼을 때 일반적으로 발생할 단점이 뚜렷하게 눈에 들어오기 시작했다. 아내는 처음에만 상냥하고 금방 냉정해질 수도 있었다. 절약을 모르는 사람일 수도 있었다. 아내는 아이를 원할 테고, 조지는 아이가 일을 방해하거나 시끄럽게 굴면 참을 수 없을지도 모른다. 물론 가끔 서로 일치를 보지 못할 성적인 문제도 있다. 그는 이혼 사건을 직접 다루지는 않지만, 결혼을 망치기에 이르는 지독한 문제들을 변호사로서 여러 번 목격할 수 있었다. 아서 경은 이혼법의 억압성에 대해 오랫동안 반대해왔고, 버켄헤드 공에게 이를 넘겨주기 전까지 오랫동안 개혁위원회 의장직을 맡은 바 있었다. 명예의 이름이 실린 명부에서 한 이름이 또다른 이름으로 이어지는 셈이었다. 버켄헤드 공은 다름 아닌 에들지 사건과 관련된 청문회에서 글래드스톤에게 날카로운 질문을 던졌던 F. E. 스미스였다.

하지만 아무래도 좋았다. 54세가 된 그는 꽤나 편안한 삶을 영위하고 있었고, 결혼하지 못한 상태에는 달관해 있었다. 이제 그의 동생 호레이스는 가족에게 잊힌 존재였다. 그는 결혼했고, 아일랜드로 갔고, 이름을 바꾸었다. 이 일들이 각각 어떤 순서대로 일어났는지 조지는 알지 못했지만, 서로 분명히 연결돼 있는 세 가지 바람직하지 않은 행동은 나머지 가족들에게까지 번지지 않았다. 뭐, 사람은 저마다 자기 식대로 사는 법이니까. 그와 모드는 결코 결혼할 수 있을 것 같지 않았다. 그와 모드는 둘 다 수줍은 성격이었고, 다가오는 사람을 막는 것처럼 보였다. 하지만 이미 많은 부부들로 넘쳐나는 이 세상이 인구 부족의 위험에 시달린다는 생각은 들지 않았다. 오누이는 대개, 아니 거의 언제나 부부처럼 조화롭게 살아갈 수 있었다.

함께 살기 시작한 초창기에 그와 모드는 1년에 두세 번 웨얼리를 찾았다. 그러나 내키지 않는 방문이었다. 조지에게 웨얼리는 특정한 기억을 너무 많이 불러일으켰다. 그는 현관문의 노커를 보기만 해도 펄쩍 뛰었고, 밤이면 어두워진 정원을 내려다보며 그림자를 흔드는 나무 아래 아무도 없다는 걸 알면서도 겁에

질리곤 했다. 모드는 조금 달랐다. 아버지와 어머니의 말을 늘 공손히 따랐던 그녀는 목사관에 들어서는 순간부터 내향적이고 머뭇거리는 태도를 보였다. 그녀는 거의 입을 열지도, 웃지도 않았다. 조지에게는 그녀가 다시 아프기 시작한 것처럼 보였다. 하지만 그에게는 언제나 치료책이 있었다. 바로 뉴 스트리트 기차역과 런던 행 기차였다.

처음에는 그와 모드가 함께 외출할 때마다 그들을 부부로 오해하는 사람들이 있었다. 그리고 조지는 다른 사람들이 자신을 결혼도 못한 사람으로 여기게 하고 싶지 않았으면서도, 다음과 같이 정확하게 말하고는 했다. "아닙니다. 앤 사랑하는 여동생 모드예요." 그러나 시간이 지나면서 그는 이런 말을 하는 것도 귀찮아 하게 되었고, 모드는 그의 팔짱을 낀 채 그저 웃음을 터뜨릴 뿐이었다. 곧 그녀의 머리가 자신과 마찬가지로 잿빛이 되면 그들이 노부부처럼 보일 거라고, 그리고 그 자신은 그들을 부부로 오해하는 사람들의 생각을 애써 고칠 필요도 느끼지 못하리라고 조지는 생각했다.

여기저기 배회하던 그는 이제 앨버트 공 기념비로 향했다. 휘황한 금박을 입힌 앨버트 공은 여러 유명한 인물들의 조각상으로 둘러싸여 있었다. 조지는 케이스에서 쌍안경을 꺼내 시험 삼아 써보았다. 그는 천천히 기념비 위쪽으로 시선을 돌렸다. 예술과 과학, 산업을 나타내는 인물들 위로, 생각에 잠겨 앉아 있는 여왕 부군의 형상 위로, 더 높이 위치한 영역으로. 투박한 다이얼은 조절하기 힘들었고 가끔 초점이 맞지 않기도 했지만, 마침내 렌즈 너머로 커다란 십자가가 생생하게 보이기 시작했다. 거기서부터 그는 망원경으로 천천히 첨탑을 훑었다. 첨탑에는 기념비 아래쪽 부분과 마찬가지로 많은 인물들의 조각상이 서 있었다. 그리고 천사들이 있는 단이 있었고, 천사들 바로 밑에는 그리스 식으로 천을 걸친 인간들이 있었다. 가끔 초점을 놓치기는 했지만, 그는 어떤 인물상들이 서 있는지 보려고 쌍안경으로 원을 그리듯 기념비를 훑어보았다. 한 손에는 책을, 다른 손에는 뱀을 든 여자, 곰 가죽을 걸치고 곤봉을 든 남자, 닻을 든 여자, 후드를 쓰고 긴 촛대를 손에 든 사람들…… 성인들을 표현한 것일까? 이 인물들은 어떤 상징을 품고 있을까? 아, 그가 알아볼 수 있는 인물이 하나 있었다. 구석 받침대에 자리한 그녀는 한 손에는 검을, 다른 한 손에는 한 쌍의 저울을 들고 있었다. 조지는 조각상이 눈을 가리고 있지 않음을 보고 즐거워했다. 그는 눈을 가린 조각상을 종종 못마땅하게 여겼다. 자신이 아니라 다른 사람들이 그 의미를 이해하지 못하는 경우가 있었기 때문이었다. 무식한 사람들은 눈가리개를 보면서 조지의 직업을 조롱해도 좋다고 생각하는 모양인데, 그로서는 전혀 용납할 수 없는 일이었다.

그는 쌍안경을 케이스에 넣었고, 차가운 회색 형상들로부터 그의 주변에서 움직이는 다채로운 형상들로, 얼어붙은 조각이 아닌 살아 있는 사람들로 시선을 돌렸다. 그 순간, 조지는 불현듯 모든 사람들이 언젠가는 죽는다는 사실에 사로잡혔다. 그는 가끔 자신의 죽음을 생각해본 적이 있었다. 부모님이 돌아가셨을 때—아버지는 12년 전, 어머니는 6년 전이었다—, 그는 부모님의 죽음을 애도했다. 신문에서 타인의 부고를 읽기도 했고, 동료의 장례식에도 참석했다. 그리고 지금, 그는 아서 경에게 마지막 작별인사를 하러 와 있다. 하지만 이전까지는 모든 사람들이 죽는다는 생각을 한 적이 없었다. 이 깨달음은 정신적인 것이라기보다는 본능적인 것에 가까웠다. 아이였을 때부터 그는 모든 사람들이 죽는다는 걸 알고 있었다. 물론 못된 사람들이 아닌 모든 사람들—콤슨 숙부를 포함한—이 주님의 품에 안겨 그후에도 계속 살아간다고 생각했지만. 그러나 이제 그는 언젠가 죽을 사람에 자신도 포함시키고 있었다. 앨버트 왕자는 이미 죽었다. 윈저 공의 미망인이 그의 죽음을 애도했다. 그러나 윈저 공의 미망인도, 저 앞의 파라솔을 든 여인도 죽을 것이고, 옆에 있는 그녀의 어머니는 더 빨리, 작은 아이들은 나중에 죽을 것이고, 전쟁이 다시 일어나면 아이들은 더 빨리 죽을 것이고, 그들이 데리고 온 개 두 마리도, 멀리 있는 음악단원들도, 유모차에 탄 아기들도 죽을 것이다. 유모차에 탄 아기들조차도 105세, 110세가 되어 지구상에서 가장 오래 사는 사람이 된다 해도 언젠가는 죽을 것이다.

거의 상상력의 한계에 도달하고 있었지만, 그는 생각을 조금 더 이어가기로 했다. 사람들은 죽은 사람을 두 가지 방식으로 생각할 수 있다. 육신이 죽으면 그들의 본질, 그들의 정체성이 더 이상 존재하지 않는다고. 아니면 어떤 종교를 믿든, 믿는다면 열렬한 믿음이든 미적지근한 믿음이든 간에 그들이 여전히 어딘가에 신성한 문서에서 말하는 방식으로, 혹은 우리가 아직 이해할 수 없는 방식으로 어떻게든 살아 있다고. 이 두 가지 방식 사이에 절충안은 존재하지 않았다. 하지만 온화한 여름날 오후, 수천 명의 사람들과 하이드 파크에 있는 지금, 그들 중 죽음을 생각하고 있을 사람은 거의 없으리라 여겨지는 지금, 삶이라 불리는 강렬하고 복잡한 무엇이, 어둠의 영원과 빛의 찰나 사이의 이름 없는 행성에서 잠시 존재할 뿐인 무엇이라고 생각하기는 쉽지 않았다. 이 모든 생명력이 어디선가 어떻게든 지속되리라는 기분이 드는 것도 당연했다. 조지는 자신이 어떤 종교에도 굴복하지 않으리라는 걸 알고 있었다. 매릴러본 심령협회를 찾아가 입장권을 사면서 그들이 내미는 몇 권의 책이나 브로슈어를 받아들지도 않을 것이다. 한편으로 그는 의심의 여지없이 자신이 지금까지 살아온 것과 마찬가지로 살아가리라는 것을(거의 모드 때문에라도), 이 나라 대부분의 사람들이 그러하듯이 영국국교회에서 으레 행하는 의식들을 준수하고, 절반쯤의 진심이 깃든 불투명한 희망으로 그것을 지키리라는 것을 알았다. 죽을 때쯤이면 이 문제에 대한 진실을 발견하거나, 어쩌면 그럴 확률이 더 높겠지만 아무것도 발견하지 못하리라는 걸 알았다. 그러나 바로 오늘, 그 말과 기수—앨버트 공과 마찬가지로 죽어 있는—가 그의 곁을 스쳐가는 순간, 그는 아서 경이 궁극적으로 깨닫게 된 것을 자신도 약간이나마 마주친 것 같다고 생각했다.

이 모든 일에 그는 혼란스러워하며 가쁜 숨을 내뱉었다. 그는 마음을 가라앉히려고 벤치에 앉았다. 그는 행인들을 둘러보았지만, 그의 눈에는 죽은 사람들, 조건부로 석방되었지만 언제라도 곧 다시 수감될 것처럼 보이는 사람들만 들어올 뿐이었다. 그는 다른 것을 생각하려고 『회상과 모험』을 펼쳤다. 그러자 즉각 두 개의 단어가 눈앞에 나타났다. 일반적인 크기의 글꼴이었지만 그의 눈에는 커다란 대문자처럼 보였다. "앨버트 홀." 미신을 믿는, 잘 속아 넘어가는 사람이라면 그 순간 어떤 의미가 있는 거라고 생각했을지도 모른다. 하지만 조지는 우연으로 여기기로 했다. 아무튼 그는 이어지는 내용을 읽으며 마음을 가라앉혔다. 30년 전 아서 경이 앨버트 홀에서 열렸던 강한 남자 선발대회에 심사위원으로 위촉되었을 때의 이야기였다. 그는 샴페인을 곁들인 저녁을 먹은 후에 텅 빈 밤거리로 나갔고, 몇 발 앞서 걸어가는 우승자를 보았다고 했다. 우승자는 소박하게도 랭커셔로 돌아가는 아침 첫 차를 탈 때까지 밤이 내린 런던 거리를 배회하기로 했다는 것이었다. 조지의 눈앞에 그 장면이 생생하게 펼쳐지는 것 같았다. 거리에는 안개가 끼고, 사람들이 말할 때마다 입김이 얼어붙고, 강한 남자 대회에서 우승한 남자는 황금 상패를 옆구리에 끼고도 호텔 방을 얻을 돈이 없다. 조지는 아서 경처럼 뒤에서 우승자를 지켜본다. 그는 기울어진 모자와 두툼한 근육질 어깨를 팽팽하게 덮은 재킷을 바라보고, 팔 아래 느슨하게 끼고 있는 상패를, 뒤쪽을 향한 상패에 새겨진 조각상의 발을 바라본다. 그는 안개 속에서 길을 잃었지만, 스코틀랜드 억양을 사용하는 키 큰 신사가 뒤에서 그를 따라오고 있다. 그의 구원자는 행동하기를 결코 두려워하지 않는 사람이다. 아서 경이 그들—부당하게 기소당한 변호사, 넘어진 마라톤 선수, 길을 잃은 우승자—을 떠난 지금, 그들에게는 무슨 일이 벌어질 것인가?

아직 한 시간이 남아 있었지만 사람들은 앨버트 홀로 모여들기 시작했다. 그래서 그는 나중에 몰려들 사람들을 피하려고 먼저 홀에 들어가 있기로 했다. 그의 입장권에 표시된 좌석은 2층 박스였다. 그는 곧장 뒤쪽 계단으로 향했고, 곡선 형태의 복도를 따라 걸었다. 문이 열리자 좁은 깔때기 형태의 박스가 나타났다. 다섯 개의 좌석이 있었다. 아직까지는 아무도 없었다. 뒤쪽에 한 자리, 양편에 두 자리, 놋쇠 난간 앞에 두 자리. 조지는 잠시 망설이다가 숨을 들이마시고 앞쪽으로 갔다.

금색과 붉은색 천으로 장식된 원형극장의 사방에서 쏟아지는 빛줄기가 눈부시다. 극장은 건물이라기보다는 타원 형태의 계곡처럼 보인다. 그는 맨 앞쪽과 까마득한 아래쪽, 머나먼 옆쪽을 바라본다. 얼마나 많은 인원을 수용할 수 있을까? 팔천 명? 만 명? 그는 어지러움을 느끼며 앞쪽 자리에 앉는다. 모드가 쌍안경을 가지고 가라는 말을 해줘서 다행이다. 그는 무대와 합창단석, 3열로 이루어진 박스들, 무대 뒤쪽의 거대한 파이프오르간, 그리고 더 가파르게 경사진 원형 관람층, 갈색 대리석 기둥으로 떠받친 아치들, 그리고 그 위로, 마치 하늘을 가린 구름처럼 두꺼운 리넨 캐노피가 위로 솟구치듯이 돔 지붕이 시작되는 부분에 걸려 있었다. 그는 아래쪽으로 들어오는 사람들을 관찰했다. 검은 옷을 입은 사람들도 있었지만, 대부분은 자신의 죽음을 애도하지 말라는 아서 경의 뜻에 따른 차림새다. 조지는 무대 쪽으로 쌍안경을 돌린다. 수국으로 짐작되는 꽃들과 일종의 양치식물들이 거대하게 늘어져 있다. 아서 경의 가족들이 앉을 네모난 등받이의 의자가 일렬로 놓여 있다. 가운데 의자 위에는 사각형 카드가 있다. 조지는 의자에 초점을 맞춘다. 카드에는 아서 코난 도일 경이라고 적혀 있다.

홀 안이 사람들로 가득 차기 시작하자 조지는 쌍안경을 케이스에 집어넣는다. 왼쪽에 있는 박스에도 사람들이 들어온다. 그는 혼자 온 유일한 사람인 모양이다. 사람들은 이 상황이 진지하기는 하지만 굳이 격식을 차릴 필요는 없다는 듯 따스한 인사를 건넨다. 그는 자신이 이곳에서 심령주의자가 아닌 유일한 참석자가 아닐까 생각한다. 4인 가족이 그의 박스에 들어온다. 그는 자기 자리를 양보하지만 그들은 사양한다. 그들은 평범한 런던 사람들로 보인다. 부부, 곧 성년이 될 아이들 둘. 아내는 별뜻 없이 그의 옆자리에 앉는다. 삼십대 중반쯤 되었으리라고 그는 생각한다. 남색 옷을 입은 그녀는 넓고 깨끗한 얼굴에 적갈색 머리카락을 늘어뜨리고 있다.

"이 자리에 앉으니 천국으로 한 발 올라간 기분이네요. 아닌가요?" 그녀가 명랑하게 말한다. 그는 예의바르게 고개를 끄덕인다. "어디서 오셨나요?"

처음으로 조지는 정확하게 답변하기로 한다. "그레이트 웨얼리 출신입니다. 스태퍼드셔의 캐녹과 가까운 곳이죠." 그는 그녀가 그린웨이와 스텐트슨처럼 "아뇨, 진짜로 어디 출신이시냐고요"라고 물을 거라고 예상한다. 하지만 그녀는 조지의 말을 기다린다. 아마도 그가 어떤 심령학협회 소속이냐고 물어볼 생각인지도 모른다. 조지는 이렇게 말하고 싶다. "아서 경은 제 친구였어요." 그리고 이렇게 덧붙이고 싶다. "사실 전 그분 결혼식에도 갔었습니다." 그녀가 의심한다면 그는 『회상과 모험』을 증거로 보여줄 생각이다. 하지만 너무 빼기는 태도로 보일지도 모른다. 게다가 그녀는 아서 경의 친구가 어째서 무대와는 너무나 먼 자리에, 앞자리를 차지할 수 있는 행운이 주어지지 않은 평범한 사람들 사이에 앉아 있는지 그 이유를 궁금해할지도 모른다.

사람들이 홀 안을 빈틈없이 메우자 조명이 희미해지더니 공식 참석자들이 무대로 나온다. 조지는 일어서야 하는지, 일어나서 박수도 쳐야 하는지 궁금하다. 교회에서라면 언제 일어서고, 언제 무릎을 꿇고, 언제 앉아야 하는지 알 수 있지만, 지금은 전혀 모르겠다는 생각뿐이다. 그들이 연극을 보러 온 것이라면, 그래서 지금 국가가 연주되고 있다면 이런 문제도 해결될 수 있을 텐데. 그는 모든 사람들이 아서 경에 대한 경의와 미망인에 대한 존중으로 일어서야 한다고 생각한다. 하지만 그러라는 지시도 없고, 사람들은 일어서지 않는다. 레이디 코난 도일은 검은 상복이 아닌 회색 옷을 입고 있다. 키가 큰 그녀의 두 아들, 데니스와 에이드리언은 야회복에 실크해트를 썼다. 다음으로 그들의 여동생 진과 아서 경의 첫 번째 부인이 낳은 아이인 메리가 나온다. 레이디 코난 도일은 빈 의자 왼쪽에 앉는다. 아들 하나는 그녀 옆에, 다른 아들은 빈 의자의 오른쪽에 앉는다. 두 젊은이는 남의 눈을 의식하듯 바닥에 실크해트를 내려놓는다. 그들의 얼굴이 잘 보이지 않는 조지는 쌍안경을 꺼내고 싶어하면서도, 그래도 될지 궁금해한다. 대신 그는 시계를 들여다본다. 정확히 7시다. 그는 시간이 정확하게 지켜지고 있다는 데 깊은 인상을 받는다. 그는 심령주의자들이 시간을 잘 지키지 않을 것 같다는 생각을 하고 있었다.

매릴러본 심령협회의 조지 크레이즈 씨가 오늘 모임의 사회자인 자신을 소개하고 레이디 코난 도일의 연설문을 읽기 시작한다.

저는 남편과 함께 전 세계를 돌아다니며 모든 모임에서 사랑하는 남편의 옆자리를 지켜왔습니다. 그리고 오늘, 남편의 명예를 위해 존중과 애정을 품고 이 자리에 모인 여러분 앞에서도 남편의 의자는 제 옆에 있습니다. 그리고 저는 오늘의 영적 모임을 통해 남편이 제게 가까이 나타날 것임을 압니다. 비록 우리의 평범한 눈으로는 지상을 넘어선 존재를 볼 수 없을지도 모르지만, 여기 신께서 특별한 시력을 부여한 투시자는 우리들 가운데서 그를 볼 수 있을 것입니다.

제 아이들과 저 자신, 그리고 사랑하는 남편의 이름으로 오늘 밤 이곳까지 오신 여러분의 애정에 진심으로 감사드립니다.

홀 안으로 웅성거림이 퍼진다. 조지로서는 미망인을 동정하는 것인지, 아니면 아서 경이 무대 위에서 기적적으로 모습을 드러내지 않을지도 모른다는 데 대한 실망을 표출하는 소리인지 알 수 없다. 크레이즈 씨는 언론에서 멍청하게 떠들어대는 것과는 달리, 마술사들이 쓰는 속임수처럼 아서 경의 물리적인 실체가 현현할 가능성은 없다는 점을 분명히 했다. 심령학에 대해 잘 모르는 사람들, 특히 참석한 기자들을 위해 그는 세상을 떠난 영혼이 가끔 혼란스러운 시기를 겪기도 한다고, 따라서 즉각 모습을 드러내지 않을 수 있다고 설명한다. 그러나 아서 경은 세상을 떠나는 순간을 오랫동안 준비했고, 침착하게 웃으면서 가족들을 떠나 긴 여행을 하게 되겠지만 곧 모두 만나게 되리라고 확신하고 있었다고 말한다. 이런 조건하에서라면 아서 경의 영혼도 금세 제자리를 찾을 것이고, 신속하게 영혼의 능력을 보여줄 수 있을 것이다.

조지는 아서 경의 아들 에이드리언이 〈데일리 헤럴드〉에 했던 말을 떠올린다. 그는 남은 가족들이 가장의 발소리나 그의 물리적인 실체를 그리워할 것이라고 했다. 하지만 그게 다였다. "물론 그립겠지만, 저희에게 아버지는 호주에 가 계신 것이나 마찬가지입니다." 조지는 자신의 영웅이 언젠가 머나먼 호주 대륙에도 간 적이 있다는 걸 알고 있었다. 몇 년 전 도서관에서 『심령주의자의 배회』를 빌려 읽은 적이 있기 때문이었다. 사실 그는 그 책이 신학적 논증을 다루고 있다기보다는 대단히 훌륭한 여행정보를 담고 있다고 생각했다. 하지만 그는 아서 경과 그의 가족, 그리고 피로를 모르고 사는 듯한 우드 씨가 호주에서 심령학을 선전했다는 걸 떠올린다. 그곳 사람들은 그들을 '순례자들'이라고 불렀다. 이제 아서 경은 또 다시 호주에 가 있다고 한다. 적어도 심령학적으로는. 어떻게 그럴 수 있는지는 모르겠지만.

사회자가 올리버 로지 경이 보낸 전보를 낭독한다. "위대한 정신을 지닌 우리의 영웅은 또 다른 세상에서도 한층 드높은 지혜와 지식으로 계속 심령학을 전파할 것입니다. 수르숨 코르다.*" 그후 세인트클레어 스토버트 부인이 고린도서 몇 구절을 낭독하고 스스로를 종종 심령학의 성 베드로로 여겼던 아서 경에게는 성 베드로의 말이 어울린다고 설명한다. 글레이디스 리플리 양은 리들의 독창곡 〈제게로 깃드소서〉를 부른다. G. 베일 오언 목사는 아서 경의 문학작품들을 언급하며 『백의단』의 후속작인 『나이절 경』이 자기가 보기에 가장 뛰어난 작품이라고 했던 아서 경의 말에 동의한다. 그의 생각에 의하면 『나이절 경』에 등장하는 헌신적인 종교적 기사는 아서 경의 초상에도 꼭 들어맞는다는 것이다. 크로버러에서 장례식을 집전했던 C. 드레이턴 토머스 목사는 심령학의 대변자로 나서서 지칠 줄 모르는 노력을 보인 아서 경에게 찬사를 보낸다.

이제 그들은 모두 자리에서 일어나 심령연구가들이 가장 좋아하는 찬가를 부른다. 〈이끄소서, 다정한 빛이여〉. 조지는 이 노래가 알던 것과는 약간 다르다고 생각하지만, 처음에는 어느 부분이 다른지를 알지 못한다. '제 걸음을 인도하소서, 저는 보려고 하지 않나이다/머나먼 그곳, 한 걸음이면 충분하나이다.' 조지는 심령학과는 전혀 어울리지 않는 듯 보이는 가사에 생각을

* Sursum Corda, 마음을 드높이, 주를 향하여.

빼앗긴다. 그가 아는 바에 의하면 심령학의 수호자들은 항상 머나먼 곳을 바라보고, 그곳에 도달하고자 여러 걸음을 걷는 사람들이었다. 그리고 그는 가사보다는 사람들의 태도에 주목하기 시작한다. 그들은 다르게 노래한다. 보통 교회에서 사람들은 몇 달이고 몇 년이고 친숙하게 불러온 노래를 부르듯 찬송가를 부른다. 그들이 증명할 필요도, 생각할 필요도 없는 단단한 진실이 가사에 담겨 있다는 듯이. 그러나 지금 이곳에서 노래하는 사람들의 목소리에는 활기와 생기가 넘친다. 대부분의 목사들이 걱정스러워할 정도로 지나치게 열정적으로 부르는 사람들도 있었다. 노랫말들은 각각 새로운 진실을 담고 있다는 듯, 한시라도 빨리 모든 사람들에게 알려져야 한다는 듯 들렸다. 조지의 귀에 이는 영국적인 것과는 거리가 멀게 들렸다. 그는 조심스럽게 이 편이 더 마음에 든다고 생각한다. '밤이 물러나고/오래전부터 사랑했으나/한동안 잃었던 아침이 오고/천사들이 미소를 보일 때까지.'

노래가 끝나자 그들은 다시 자리에 앉는다. 조지는 이웃에게 보일락 말락 미소를 지어 보인다. 소박한 미소이기는 하지만 교회에서는 절대로 보이지 않을 미소다. 그녀는 얼굴을 환히 빛내는 웃음으로 그의 미소에 답한다. 주제넘어 보이거나, 전도를 하려는 목적을 품은 것 같지 않은 미소다. 자기만족적인 구석도 없다. 그녀의 미소는 다만 이렇게 말하고 있을 뿐이다. 그래요, 이게 확실한 거예요. 옳을뿐더러 즐겁기까지 하죠.

조지는 깊은 인상을 받는 동시에 조금 놀란다. 그는 즐거움을 미심쩍게 여긴다. 그는 살면서 즐거움을 누려본 적이 많지 않다. 어렸을 때는 기쁨이라는 것이 있었다. 기쁨에는 주로 '죄 지은', '은밀한', '불법의'라는 형용사가 따라붙었다. 그들에게 허락된 즐거움이란 '소박한'이라는 형용사로 의미가 중화될 수 있는 기쁨과 동일했다. 기쁨이란 항상 나팔을 불어대는 천사들과 연관돼 있었고, 기쁨이 참되이 자리하는 곳은 지상이 아닌 천국이라고 했다. 즐거움에 제한을 두지 마라. 사람들은 그렇게 말한다. 그러나 조지의 경험에서 즐거움은 항상 제한돼 있었다. 그는 가족에게, 그리고 의뢰인에게, 가끔은 신에게 의무를 다하면서 기쁨을 느꼈고, 맥주를 마시거나 춤추거나 축구와 크리켓을 하며 즐거움을 찾는 사람들과 같은 기쁨을 느낀 적은 한 번도 없었다. 결혼생활의 즐거움을 모르는 것은 당연지사였다. 소녀처럼 팔짝 뛰며 머리를 매만지고 그를 맞으러 달려나오는 여자를 그는 결코 볼 수 없을 것이다. 아서 경이 연설자로 나섰던 첫 번째 심령주의자들의 대회합에서 자랑스럽게도 사회를 맡았던 E. W. 오튼 씨는 용기, 낙관주의, 충실성, 공감, 아량, 진실에의 추구, 신에 대한 헌신이라는 영국적인 덕목을 아서 경보다 더 잘 조화시켰던 사람은 없다고 말한다. 다음으로 해넌 스왜퍼 씨가 나선다. 그는 약 이 주 전쯤, 병든 몸을 이끌고 영매들을 쫓아내려는 그릇된 의도를 지닌 마술법의 폐지를 요구하는 청원서를 제출하러 내무성 계단을 오르던 아서 경을 회상한다. 이는 그의 마지막 의무였으며, 그는 한 번도 망설이지 않고 늘 헌신적으로 의무를 수행했다. 이러한 그의 모습은 인생의 모든 면면에서 여실히 드러나 있다. 많은 사람들은 그를 소설가로, 극작가로, 여행가로, 권투선수로, 위대한 W. G. 그레이스를 굴복시킨 크리켓 선수로 기억한다. 하지만 가장 위대한 아서 경은 불의에 처한 결백한 사람들을 위해 정의를 요구했던 그 사람이었다. 상고법원이 설립될 수 있었던 까닭도 그가 행동에 나섰기 때문이었다. 에들지 사건과 슬레이터 사건에서 영광스러운 승리를 이끌어낸 사람이 바로 아서 경이었다.

그의 이름이 언급되자 조지는 본능적으로 고개를 숙인다. 하지만 이내 자랑스럽게 고개를 들고 슬쩍 옆을 돌아본다. 이처럼 위대한 순간에 이름이 불린 것을 영광스럽게 생각하며 즐거워해야 한다고 그는 생각한다. 모드도 기뻐할 것이다. 그는 좀 더 노골적으로 옆에 앉은 사람들을 돌아본다. 하지만 그의 순간은 이미 지나갔다. 그들은 오로지 아서 경의 또 다른 모습들을 거론하기 시작한 스왜퍼 씨만 바라보고 있다. 아서 경은 정의를 수호한 것보다도 더 위대한 일을 해냈다. 아서 경이 행한 일들 가운데 가장 위대한 일은 절망적인 전쟁의 시기에 이 나라의 여성들에게 사랑하는 아이들이 그냥 죽지 않았다는 위안을 가져다줄 증거를 제시한 것이었다.

이제 사람들은 위대한 영웅에 대한 기억을 떠올리며 2분간 묵념하라는 요청을 받는다. 레이디 코난 도일은 고개를 들어 옆에 놓인 텅 빈 의자를 잠시 내려다보더니, 자리에서 일어나 키 큰 아들과 함께 홀 너머를 응시한다. 육천 명, 팔천 명, 만 명의 사람들이 갤러리에서, 발코니에서, 층층으로 쌓인 박스에서, 커다란 곡선을 그리는 합창단석에서, 그리고 무대 앞자리에서 그들을 응시한다. 교회였다면 세상을 떠난 사람을 기억할 때 눈을 감았을 것이다. 여기서는 그런 자기성찰적인 모습은 보이지 않는다. 사람들은 시선에 솔직한 동정심을 담아 그들을 똑바로 응시한다. 조지에게 이런 침묵은 그가 알던 침묵과는 다른 성질을 지닌 것처럼 보인다. 침묵은 대개 무겁고 진지하며 의도적으로 슬픔을 유발한다. 반면 이 침묵은 활기차고, 열정과 기대로 가득하다. 마치 소란스러움을 억지로 누르는 듯한 침묵이다. 묵념이 끝나자 조지는 아서 경을 거의 잊어버릴 정도로 그 침묵에 이상한 힘이 담겨 있었다는 것을 깨닫는다.

크레이즈 씨가 다시 마이크 앞에 선다. "오늘 밤," 수천 명의 사람들이 다시 착석하는 동안 그가 입을 연다. "우리는 이제 막 다른 세상으로 건너간 지도자가 우리에게 불어넣은 용기를 통해 매우 대담한 실험을 하려고 합니다. 우리의 영매는 이곳에서 그녀가 받은 인상들을 전달하려고 노력할 것입니다. 이토록 많은 사람들이 모인 자리에서 이런 실험을 하는 데 망설일 수밖에 없는 까닭은 영매에게 많은 압박이 가해지기 때문입니다. 추산컨대 만 명의 사람들이 지닌 엄청난 힘이 영매에게로 집중되리라 생각됩니다. 오늘 밤, 로버츠 부인은 다른 세상으로 나아간 몇몇 영혼들을 묘사하려고 노력할 테지만, 이렇게 많은 사람들 앞에서 시도하는 것은 그녀로서도 처음이라고 합니다. 다 같이 다음 노래를 부르면서 떨림을 가라앉히도록 합시다. 〈눈 뜨게 하소서, 그러면 진실이 보일 것입니다〉."

조지는 강령회에 참석해본 적이 없다. 집시에게 손금을 읽어 달라고 한 적도, 유원지에서 2펜스를 주고 수정구 앞에 앉아본 적도 없다. 그런 건 허튼 짓이라고 믿는다. 바보가 아니라면 미개한 부족 사람들이나 손금이나 찻잔 속 찻잎이 무언가를 말해준다고 믿을 것이다. 그는 영혼이 죽음을 뛰어넘는다고 확신한 아서 경을 존중할 의지가 있다. 어떤 상황이라면 아서 경의 믿음대로 영혼이 산 자들과 소통할 수 있을지도 모른다. 그는 아서 경이 자서전에서 묘사한 바 있는 텔레파시 실험이 실제로 가능하다고 인정할 준비도 돼 있다. 하지만 조지가 선을 긋는 지점은 분명히 존재한다. 예를 들어 가구가 둥둥 떠오른다거나, 수수께끼의 종소리가 들려온다거나, 죽은 사람의 푸르스름한 얼굴이 어둠 속에서 나타난다거나, 영혼이 부드러운 밀랍에 손자국을 남긴다거나 하는 말들을 조지는 전혀 믿지 않는다. 그가 생각하기에 이는 분명 마술사들의 속임수에 지나지 않는다. 영혼들과 소통하기 위한 최상의 조건—커튼을 내리고, 불을 끄고, 아무도 자리에서 일어날 수 없도록 옆 사람과 손을 잡고, 그래서 무슨 일이 벌어지는지를 확인할 수 없도록 하는—에서 사기꾼들이 판치지 말라는 법이 어디 있나. 유감스럽지만 그는 아서 경도 잘 속는 사람인지도 모른다고 생각한다. 그는 아서 경이 미국에서 만난 바 있는 마술사 해리 후디니 씨가 자신이 진짜 영매들이라 알려진 사람들이 하는 행위를 똑같이 따라할 수 있다고 주장했다는 이야기를 읽은 적이 있었다. 정직한 사람들이 후디니를 확실하게 꽁꽁 묶었지만, 그는 불이 꺼지자마자 대번에 풀려나 종을 울리고 소음을 발생시키고 가구를 둥둥 뜨게 하고 심령체를 불러낼 수 있었다는 것이었다. 하지만 아서 경은 후디니의 도전을 거부했다. 그는 마술사의 능력을 거부한 게 아니라, 그의 능력에 대한 자기만의 해석을 내렸다. 다시 말해서 후디니 씨는 사실상 영적인 능력을 갖추고 있으며, 이상한 이유에서 자신의 영적 능력을 거부하고 있다는 것이었다.

〈눈 뜨게 하소서〉가 끝나가자 짧고 검은 머리에 흐르는 듯한 검은 새틴 옷을 입은 날씬한 여성이 마이크 앞으로 나온다. 그녀가 바로 아서 경이 가장 선호했던 영매, 에스텔 로버츠 부인이다. 분위기는 이제 2분간 침묵할 때보다 한껏 달아오르고 있다. 로버츠 부인은 약간 떨면서 손을 깍지 끼고 고개를 떨어뜨린다. 그러더니 깍지를 풀고 천천히 팔을 벌린다. 그러는 동안에도 그녀의 몸은 조금씩 떨리고 있다. 마침내 그녀가 입을 연다.

"이곳에는 너무나 많은 영혼들이 있습니다." 그녀가 말한다. "영혼들이 절 뒤에서 마구 떠밀고 있어요."

정말로 그런 것처럼 보인다. 그녀는 마치 사방에서 밀려오는 거대한 압력에도 불구하고 꼿꼿이 서 있으려는 사람처럼 보인다.

보이지 않는 흔들림이 조금 더 거세어진 듯 보이는 걸 제외하고는 잠시 아무 일도 일어나지 않는다. 조지의 오른쪽에 앉은 여자가 속삭인다. "레드 클라우드가 나타나기를 기다리는 거예요."

조지는 고개를 끄덕인다.

"레드 클라우드는 그녀의 영적 지도자죠." 그녀가 덧붙인다.

조지는 무슨 말을 해야 할지 모른다. 그는 이 세계에 대해 전혀 아는 바가 없다.

"많은 지도자들은 인디언들이에요." 여자가 말을 멈추더니 전혀 부끄러운 기색도 없이 미소를 지으며 덧붙인다. "레드 인디언들이요."

침묵할 때와 마찬가지로 기다리는 사람들 사이에서 어떤 활발한 기운이 감지된다. 사람들은 멀리서나마 보이지 않는 영혼들처럼 로버츠 부인을 떠밀고 있는 듯하다. 기다림이 커져가자 여전히 떨고 있던 로버츠 부인은 균형을 잡으려는 듯 발을 조금 넓게 벌린다.

"영혼들이 밀고 있어요. 떠밀고 있어요. 대부분 행복하지 않은 영혼들이군요. 홀, 불빛, 그들이 좋아하는 세계. 젊은이, 뒤로 빗어 넘긴 검은머리, 제복, 샘 브라운 벨트, 메시지가 있다고 하네요. 여자, 어머니, 세 아이, 아이들 중 하나는 세상을 떠나 그녀와 함께 있어요. 머리가 벗어진 초로의 신사, 의사, 여기서 멀지 않은 곳에서 끔찍한 사고로 세상을 떠났군요, 짙은 회색 정장을 입고 있어요. 아기, 작은 소녀, 인플루엔자로 세상을 떠난 그애는 두 오빠를 그리워하고 있어요, 한 사람의 이름은 밥이고 그녀의 부모는— 그만 둬! 그만 둬!" 로버츠 부인이 갑자기 소리치며 뒤로 몰려드는 영혼들을 물리치려는 듯 팔을 마구 뻗는다. "영혼들이 너무 많아요. 목소리가 마구 뒤섞이고 있어요. 짙은 색 외투를 입은 중년의 남성, 아프리카에서 인생 대부분을 보냈다고 하네요, 메시지를 갖고 있어요. 여러분의 불안을 공유하는 백발의 노부인 한 분이 계시네요."

조지는 짧게 이어지는 영혼들에 대한 묘사에 귀를 기울인다. 영혼들 모두 주목받고 싶어하고, 각자 메시지를 전달하겠다고 다투는 모양이다. 조지의 머릿속에 우습지만 논리적인 질문이 하나 생겨난다. 뜻밖에 너무나 강렬한 상황을 지켜보게 되어서일지도 모른다. 이 모든 영혼들이 세상을 떠나기 전에 영국 시민들이었다면 차례대로 줄 서는 법을 이미 알고 있지 않을까? 그들이 더 높은 세계로 나아간 것이라면, 어째서 고작 성가시게 졸라대는 행동밖에 하지 못할까? 하지만 그는 놋쇠 난간을 붙들고 몸을 앞으로 내민 옆자리 사람들과 이런 생각을 나눌 수 있으리라고는 생각하지 않는다.

"25세에서 30세 사이로 여겨지는 더블 브레스티드 정장을 입은 남자에게 메시지가 있습니다. 한 소녀, 아니, 갑자기 세상을 떠난 자매들이군요. 헤트퍼드셔에 사는 칠순이 넘은 한 노신사—"

로버츠 부인은 계속해서 영혼들을 일별하고, 가끔 어디선가 짧은 묘사만 듣고서도 헉 하는 소리를 내는 사람이 있다. 기대감으로 잔뜩 달아오른 사람들은 몹시 긴장한 상태다. 여기에는 모종의 두려움도 있다. 조지는 먼저 세상을 떠난 가족이 수천 명의 사람들 가운데서 자신을 지목할 때의 기분은 과연 어떨지 궁금하다. 그는 대부분의 사람들이 커튼이 드리운 어두운 강령술의 방에서 혼자 이런 일을 겪는 편을 그리 선호하지 않는 건 아닌지 궁금하다. 혹은 아무 일도 일어나지 않기를 바라는 사람들이 있지 않을까 궁금하다.

로버츠 부인이 다시 조용해진다. 그녀의 뒤쪽에서, 양 옆에서 경쟁적으로 나오려던 영혼들도 잠시 가만 있는 것처럼 보인다. 그러더니 영매는 갑자기 오른손을 들어 성가대석 뒤쪽을 가리킨다. "네! 저기에요! 그가 보여요! 젊은 군인처럼 보이는 영혼이 있어요. 누군가를 찾고 있네요. 머리칼이 별로 없는 신사 한 분을 찾고 있어요."

조지는 홀 한구석을 보는 모든 사람들과 마찬가지로 영혼을 볼 수 있을지도 모른다고 반쯤 기대하며, 머리칼이 별로 없는 신사가 누군지 알아보려고 그곳을 뚫어져라 바라본다. 로버츠 부인은 마치 아크등 불빛이 영혼을 볼 수 없게 한다는 듯 손을 들어 눈을 가린다.

"스물네 살 정도로 보여요. 카키색 제복을 입고, 꼿꼿한 자세에 근육질이고, 작은 콧수염이 있네요. 입꼬리 양쪽이 약간 처져 있어요. 최근에 세상을 떠났군요."

로버츠 부인은 말을 멈추고 고개를 숙인다. 마치 사무변호사의 말을 받아 적는 변호인단처럼 보인다.

"1916년에 세상을 떠났다고 하네요. 그는 신사를 '삼촌'이라고 불러요. 네, '프레드 삼촌'이라고 부르네요."

성가대석 뒤쪽에서 머리가 벗어진 한 남자가 일어나 고개를 끄덕이더니, 예법을 벗어난 게 아닌가 싶다는 듯 갑자기 자리에 앉는다.

"그는 찰스 형에 대해 말하고 있어요." 영매가 계속한다. "맞나요? 그는 당신이 릴리언 숙모와 함께 있는지 알고 싶어해요. 무슨 말인지 아시나요?"

이번에는 자리에 앉은 채 남자는 열심히 고개를 끄덕인다.

"기념일이 있었다는군요. 형의 생일이었대요. 집안에 근심이 좀 있군요. 하지만 신경 쓰지 말라고 하네요. 메시지가 계속되고 있어요—" 그러더니 로버츠 부인은 뭔가 뒤에서 난폭하게 떠민 듯 앞으로 갑자기 몸을 숙인다. 그녀는 몸을 돌리며 외친다. "알았어요!" 영혼이 그녀를 떠민 모양이다. "알았다고 말하잖아!"

그러나 다시 관중석을 마주한 그녀가 군인과의 연결이 끊긴 건 분명해 보인다. 영매는 필요한 평정심을 회복하려는 듯 엄지를 귀 밑으로 하여 손으로 얼굴을 감싸고 손끝으로 이마를 누른다. 마침내 그녀는 손을 얼굴에서 떼어내고 팔을 뻗는다.

이번에는 이름이 J로 시작하는 25세에서 30세 사이의 한 여성의 영혼이다. 그녀는 딸을 낳다가 세상을 떠났고, 그때 딸도 같이 세상을 떠났다. 로버츠 부인은 관중석 앞쪽을 훑으며 팔에 아기를 안은 어머니의 영혼이 알려주는 대로 홀로 된 남편을 찾으려 한다. "그래요, 이름이 '준'이라고 하네요. 그리고 R. 네, 리처드를 찾고 있어요." 그때 한 남자가 자리에서 벌떡 일어나 외친다. "그녀는 어디 있습니까! 당신 어디 있소! 준! 준, 내게 말해봐요. 우리 아이를 보여줘요!" 주변에 있던 모든 사람들이 정신이 나간 듯 보이는 남자를 바라본다. 한 노부부가 당황스러운 얼굴로 그를 다시 끌어당겨 앉힌다.

로버츠 부인은 이번에는 방해를 받지 않았다는 듯 영혼의 목소리에 완벽하게 집중하고 있다. 그녀가 말한다. "그녀는 아이와 함께 당신을 굽어보고 있다고, 당신에게 문제가 생기지 않도록 잘 돌보고 있다고 말하네요. 그들은 저 먼 곳에서 당신을 기다리고 있어요. 그들은 행복하다고 합니다. 그리고 다시 만날 때까지 당신도 행복하기를 바란다고 합니다."

영혼들은 질서를 찾은 듯 보인다. 영혼의 정체가 밝혀지고, 메시지가 전달된다. 한 남자가 딸을 찾는다. 그녀는 음악에 흥미가 있다. 그는 펼쳐진 악보를 들고 있다. 머리글자가 나오고, 이름이 나온다. 로버츠 부인은 메시지를 전달한다. 한 위대한 음악가의 영혼이 남자가 딸을 찾는 데 도움을 준다. 그녀가 열심히 음악을 계속하면, 영혼은 도움을 줄 수 있을 것이다.

조지에게 패턴이 눈에 들어온다. 위로든 격려든, 혹은 둘 다든 로버츠 부인이 전달하는 메시지는 일반적인 내용을 담고 있다. 영혼의 정체를 파악하는 것도, 적어도 처음에는 일반적인 방식을 따른다. 하지만 일반적인 내용이 결정적인 세부사항과 연결되면 영매가 시간을 좀 더 들일 때도 있다. 조지는 영혼들이 정말로 존재한다면, 로버츠 부인을 대상으로 맞히기 놀이를 하지 않아도 충분히 신원을 전달할 수 있으리라 생각한다. 드라마를 만들어내려는 의도가 아니라면, 두 세계를 이을 때 반드시 이런 방식을 사용할 수밖에 없는 것일까? 관객들 중 누군가가 고개를 끄덕이거나, 팔을 들거나, 부름을 받은 사람처럼 일어서거나, 아니면 믿을 수 없이 기쁘다는 듯 손으로 얼굴을 감싸쥘 때까지 시간을 질질 끌어 결국 멜로드라마를 연출하려는 것 아닐까?

단지 맞히기 놀이에 불과한 것을 영리하게 꾸며내는지도 모른다. 통계적으로 일치하는 머리글자를 가진 사람이, 나아가서는 일치하는 이름을 가진 사람이 한 명쯤은 있을 수 있다. 따라서 관객들 사이에 동요가 생겨나면 영매는 후보가 될 만한 사람을 영리하게 짚어내는지도 모른다. 아니면 미리 공모자를 심어놓고 관객들에게 깊은 인상을 주거나, 그러잖아도 잘 속는 사람을 완전히 속이는 것인지도 모른다. 세 번째 가능성도 있었다. 관객들 가운데 고개를 끄덕이며 손을 들고 일어나는 사람들은 진짜로 영매가 영혼을 불러냈다는 믿음 때문에 놀라서 그러는 건지도 모른다. 하지만 이는 누군가가 모임에 와 있기 때문일지도 모른다. 어쩌면 냉소적인 사람들에게 심령학에 대한 믿음을 불어넣으려는 열정적인 심령주의자가 주최 측에 사적인 정보들을 이미 넘겨준 것일지도. 아마 그랬을 거야, 조지는 이렇게 결론지었다. 위증하는 사람들처럼 말이야. 거짓과 사실이 영리하게 뒤섞였을 때가 가장 효과적인 법이니까.

"그리고 한 신사가 메시지를 전하고자 합니다. 매우 고상한 분이시네요. 10년 전, 아니, 12년 전에 돌아가신 분입니다. 네, 알았어요. 1918년에 돌아가셨다고 하네요." 아버지가 돌아가신 해로군, 조지는 생각한다. "당시 75세 정도였다고 합니다." 이상하군, 아버지는 76세였는데. 긴 침묵이 이어진다. "매우 종교적인 분이십니다." 이 지점에서 조지는 팔 전체와 몸에 소름이 돋는 것을 느낀다. 아니야, 아니야. 그럴 리가 없어. 그는 의자에서 얼어붙은 기분이다. 어깨가 뻣뻣해진다. 그는 영매의 다음 말을 기다리며 무대에서 시선을 떼지 못한다.

그녀는 고개를 들고 위쪽 박스와 갤러리 사이를 둘러본다.

"초창기에 인도에 계셨다고 합니다."

조지는 경악스럽다. 모드를 빼면 누구도 그가 여기 와 있다는 걸 알지 못한다. 아마도 누군가가 아서 경과 관련된 다양한 사람들이 이 자리에 와 있을지도 모른다고 거칠게—하지만 동시에 정확하고 올바르게—추측했는지도 모른다. 하지만 그렇지 않다. 올리버 로지 경처럼 유명하고 존경받는 대부분의 사람들도 그저 전보만 보냈다. 누가 그를 알아본 걸까? 가능한 일이었다. 하지만 누가 조지의 아버지가 돌아가신 해를 정확히 알고 있단 말인가?

로버츠 부인은 손끝으로 홀 반대편의 위쪽 박스들을 가리킨다. 조지는 마치 쐐기풀 강둑에 벌거벗은 채 내던져진 것처럼 온몸이 떨린다. 그는 생각한다. 견딜 수 없을 거야. 나한테 그런 일이 벌어지면, 난 견딜 수 없을 거야. 로버츠 부인의 시선과 손끝이 같은 높이를 유지하며 천천히 원형계단을 훑는다. 마치 탐색하듯 이 박스에서 저 박스로 옮겨가는 영혼이 보인다는 듯. 그 순간 조지는 이성적으로 생각할 수 없다. 아버지가 말하려고 한다. 그의 아버지가, 영국국교회 사제로 평생을 보낸 그의 아버지가, 이…… 믿을 수 없는 여자를 통해 그에게 말하려고 한다. 대체 무슨 메시지이기에 이토록 급하게 말하려는 것일까? 모드와 관련된 것일까? 믿음을 저버린 아들을 질책하려는 것일까? 그는 어떤 끔찍한 말을 듣게 될까? 까무러치기 직전인 조지는 어머니가 옆에 계시기를 바란다. 그러나 어머니는 벌써 6년 전에 돌아가셨다.

영매는 여전히 손끝으로 같은 층을 가리키며 천천히 고개를 돌리고 있다. 조지는 경찰이 그가 저지르지도 않은 범죄를 들먹이며 언제고 들이닥치리라는 걸 아는 상태로 사무실에 앉아 있을 때와 같은 두려움을 느낀다. 이제 그는 만 명의 목격자들 앞에서 정체가 밝혀지기 직전인 용의자다. 그는 그냥 자리에서 일어나 "우리 아버지예요!"라고 외치고 긴장감을 떨쳐버릴까 생각한다. 하지만 그러다가 기절해서 발코니 아래쪽 성가대석으로 떨어질지도 모른다. 어쩌면 발작을 일으킬지도 모른다.

"그의 이름은…… 그가 이름을 말하고 있네요…… S로 시작합니다……."

영매는 여전히 시선을 돌리며 위쪽 박스에 앉아 있을 누군가가 깜짝 놀라며 자기라고 나설 순간을 기다린다. 조지는 모든 사람들이 자신을 바라보고 있다는 걸 깨닫는다. 그들은 곧 그가 정확히 누구인지 알게 될 것이다. 그러나 아까까지만 해도 누군가가 자기를 알아봐주기를 바랐던 조지는 몸을 움츠린다. 그는 가장 깊은 지하감옥에, 가장 악명 높은 감방에 숨어들고 싶다. 그는 생각한다. 이게 사실일 리 없어, 정말이지 사실일 리 없어. 아버지라면 이런 식으로 행동하지 않으실 거야. 어쩌면 난 옛날 학교에서 돌아오다 그랬던 것처럼 바지를 더럽힐지도 몰라. 아마도 그래서 아버지가 오시려는지도 몰라. 내가 아직 아이라는 걸 알려주시려고. 돌아가신 뒤에도 내게 권위를 행사하실 수 있다는 것을 몸소 보여주시려고. 그래, 아버지라면 그러실 수도 있지.

"이름을 알았어요—" 조지는 비명을 지를 것 같다고 생각한다. 그는 기절하기 직전이다. 그는 아래로 추락해서 바닥에 머리를 — "그의 이름은 스튜어트예요."

그리고 왼쪽으로 몇 야드 떨어진 곳에 있던 조지와 연배가 비슷한 사내가 자리에서 일어나 무대로 신호를 보내면서, 자기 아버지가 인도에서 성장했으며 75세가 되던 1918년에 돌아가셨다고 말한다. 그는 상이라도 받는 사람처럼 보인다. 조지는 죽음의 사자가 자신 위로 그림자를 드리우고 있었던 듯한 느낌이다. 등골이 서늘해진다. 땀이 흐르고, 그는 지친다. 두려워하다가 갑자기 안도한 그는 부끄러움을 느낀다. 동시에 한편으로 감명을 받는다. 호기심이 생긴 그는 두려워하며 궁금해한다.

"그리고 숙녀가 나왔네요. 45세에서 50세 사이로 보입니다. 1913년에 세상을 떠났군요. 그녀는 모펫이라는 마을을 언급하고 있어요. 결혼한 적은 없지만 한 신사에게 메시지가 있다고 합니다." 로버츠 부인은 무대 앞쪽을 내려다본다. "말과 관련된 이야기를 합니다."

그러더니 말을 멈춘다. 로버츠 부인은 다시 고개를 떨구더니 도리질을 하며 영혼의 말에 귀를 기울인다. "이제 이름이 나왔어요. 에밀리, 에밀리 와일딩 데이비슨입니다. 메시지가 있어요. 한 신사에게 메시지를 전달하러 여기 왔다고 합니다. 그녀는 플랑셰트*나 점판으로 그 신사에게 여기 온다고 전했다고 합니다."

무대 근처에서 맨 윗단추를 푼 셔츠를 입은 남자가 자리에서

* 2개의 작은 고리와 연필이 하나 달린 심장 모양의 판으로, 손가락을 얹어 생겨난 모양이나 글자로 잠재의식·심령 현상 등을 읽어내는 데 쓰인다.

일어나, 홀 전체에 목소리를 전달해야 한다는 걸 의식하는 사람처럼 전달력 강한 목소리로 말한다. "맞습니다. 그녀는 오늘 나를 만날 거라고 말했소. 에밀리는 전하의 말 밑에 몸을 던졌다가 부상을 입고 죽은 여성 참정권 운동가입니다. 비록 영혼이지만 난 그녀를 잘 알아볼 수 있습니다."

홀에 있는 사람들이 집단으로 거대한 숨을 들이마시는 듯 보인다. 로버츠 부인이 그녀의 메시지를 전달하기 시작하지만, 조지에게는 거의 들리지 않는다. 갑자기 정신이 번쩍 나는 기분이다. 그의 머릿속에서 다시 이성의 명확한 바람이 불기 시작한다. 그가 항상 의심했던 대로 허튼 짓거리다. 에밀리 데이비슨이라. 창문을 깨고, 돌을 던지고, 우체통에 불을 지르고, 교도소 규율을 거부하고, 강제로 음식을 먹여야 할 때가 많았던 에밀리 데이비슨. 조지가 보기에 히스테리를 부리는 어리석은 여자에 지나지 않았던 그녀는 자기 의견을 관철시키려고 일부러 죽었다. 어떤 사람들은 그녀가 단지 말에 깃발을 꽂으려던 것뿐이었다고, 하지만 말이 얼마나 빠른지를 잘 몰랐던 것 같다고 말하기도 했다. 어느 쪽으로 보든 간에 어리석거나 히스테리컬한 짓이었다. 법을 개선한다는 이유로 법을 어기는 건 말도 안 된다. 필요하다면 청원서로, 논쟁으로, 증명으로, 이성적으로 해야 한다. 투표권을 쟁취하려고 법을 어기는 사람들에게 투표권을 줄 순 없다.

하지만 여기서 중요한 점은 에밀리 데이비슨이 어리석고 히스테리컬한 여성이라거나, 그녀의 행동으로 모두가 투표를 할 수 있게 되었다—조지는 이에 전적으로 찬성한다—는 점이 아니다. 중요한 점은 아서 경이 여성 투표권을 반대했던 사람으로 잘 알려져 있었다는 점이고, 에밀리 데이비슨 같은 사람의 영혼이 아서 경의 추도식에 온 게 부적절하다는 점이다. 어쩌면 비논리적이고 제멋대로인 영혼은 죽어서도 그런 모양이다. 에밀리 데이비슨은 경마대회를 방해했을 때처럼 이 모임도 훼방 놓을 생각인지도 모른다.

그만두자, 조지는 생각한다. 이런 문제를 이성적으로 따지고 들지 말자. 아니, 이 사람들에게 의심하고 말고 할 여지를 주지 말자. 영리하게 꾸민 일들에 기분 나쁜 충격을 받았다고 해서 이성적으로 생각하지 않을 이유는 없다. 정신을 내려놓을 이유도. 하지만 그는 한편으로 이렇게 생각한다. 내가 너무 두려웠다면, 내가 경악했다면, 내가 곧 죽을지도 모른다고 믿었다면, 그렇다면 나보다 마음도 약하고 지적으로도 떨어지는 사람들에게 잠재적으로 어떤 효과가 미칠지 생각해보자. 조지는 마술법—인정하건대 조지로서는 낯선 법안인—이 법령집에 남아 있으면 안 되는 걸까 하고 궁금해한다.

로버츠 부인은 한 시간 반쯤 메시지를 전달했다. 조지의 눈에 자리에서 일어나는 무대 앞쪽 사람들 몇 명이 들어온다. 그들은 잃어버린 친척이나 사랑했던 이의 영혼을 반기려고 일어서는 게 아니다. 그들은 걸어서 홀을 나간다. 에밀리 와일딩 데이비슨의 출현이 그들이 참을 수 있는 한계였던 모양이다. 아서 경의 삶과 작업에 존경을 표하려고 이 자리에 온 그들은 마술사들의 공공연한 눈속임에 더 이상 연루되기를 원치 않는 듯하다. 삼십 명, 사십 명, 오십 명의 사람들이 자리에서 일어나 곧장 출구로 향한다.

"이렇게 사람들이 나갈 때는 계속할 수 없어요." 로버츠 부인이 말한다. 그녀의 목소리는 상처받은 듯 들리지만, 불안하게 느껴지지는 않는다. 그녀가 뒤로 몇 발 물러난다. 누군가가, 어디선가 신호를 보내고, 그 순간 무대 뒤쪽의 거대한 파이프오르간에서 갑자기 날카로운 소리가 난다. 회의주의자들이 퇴장하는 소리를 덮으려는 것일까? 아니면 이 모임이 거의 끝나간다는 걸 알리려는 걸까? 조지는 뭔가 알 수 있지 않을까 싶어 오른쪽 여자를 바라본다. 그녀는 얼굴을 찡그리고 있다. 천박한 사람들 때문에 영매가 방해를 받아 짜증이 난 모양이다. 로버츠 부인 역시 팔로 몸을 감싸고 고개를 숙이고 있다. 마치 영적 세계와 이어진 여리디여린 소통의 끈으로 방해하는 사람들을 물리치려는 듯.

그리고 조지가 전혀 기대하지 않았던 일이 일어난다. 파이프오르간에서 갑자기 소리가 멈춘다. 로버츠 부인이 팔을 활짝 벌리고 자신 있게 마이크 앞으로 걸어와 열정적이고 호소 어린 목소리로 외친다.

"그가 왔어요!" 그리고 한 번 더. "그가 왔어요!"

나가려던 사람들 중 몇몇이 자리로 돌아온다. 그러나 그들을 바라보는 사람들은 없다. 모두 무대로, 로버츠 부인에게로, 도일 가족들에게로, 카드가 놓인 텅 빈 의자로 강렬한 시선을 던진다. 오르간에서 났던 소리는 아마도 이 순간을 위한 서곡으로, 사람들의 주목을 끌려던 것인지도 모른다. 홀 안의 사람들 모두 침묵하며 기다린다.

“난 아까도 그를 봤어요.” 그녀가 말한다. “2분간 묵념하는 동안에요.”

“그는 여기 있었어요. 처음에는 내 뒤에 서 있었어요. 다른 영혼들과는 떨어져 있었죠.”

“그리고 난 무대를 가로질러 텅 빈 의자로 다가가는 그를 봤어요.”

“난 그를 뚜렷하게 봤어요. 그는 야회복을 입고 있었죠.”

“그는 최근 몇 년의 모습대로 보였어요.”

“분명해요. 그는 다른 세상으로 나아가는 순간을 준비하고 있었어요.”

그녀가 말을 끊어가며 극적인 효과를 불어넣는 사이, 조지는 무대에 있는 아서 경의 가족들을 바라본다. 한 사람을 제외한 모든 가족들은 넋을 놓고 로버츠 부인을 바라보고 있다. 레이디 코난 도일만이 고개를 돌리지 않는다. 거리가 멀어 조지에게는 그녀의 표정이 보이지 않지만, 그녀는 무릎에 손을 포개어 얹고, 어깨를 꼿꼿이 펴고, 고개를 당당히 들고, 반듯한 태도를 유지하고 있다. 그녀는 관객들 너머 먼 곳을 응시하고 있다.

“그는 이곳에서나 저 먼 곳에서나 우리의 위대한 영웅입니다.”

“그는 벌써 나타날 준비를 하고 있었어요. 그가 이 세상을 떠나는 순간은 평화로웠어요. 그는 모든 준비를 마친 상태였죠. 그의 영혼에 고통과 혼란은 없습니다. 그는 이미 저 먼 곳에서 우리를 위해 행동할 준비가 돼 있어요.”

"전 2분간의 묵념 동안 처음 그를 보았어요. 그것은 섬광과도 같았죠."

"메시지들을 전달하면서 전 그를 분명하고 또렷하게 보았어요."

"그는 제 뒤에서 메시지들을 전달하는 저를 격려했죠."

"전 다시 그의 분명하고 또렷한 목소리를 들었어요. 착각할 수 없는 목소리였죠. 그는 자신을 신사로 여겼어요. 그는 늘 신사였죠."

"그는 항상 우리와 함께 있어요. 두 세계 사이의 장벽은 일시적인 것이죠."

"세상을 떠날 때 아무것도 두려워할 건 없어요. 그리고 오늘 밤, 우리의 위대한 영웅은 우리 앞에 나타나 이를 증명해 보였죠."

조지의 오른쪽에 있던 여자가 벨벳 팔걸이에 몸을 기대며 속삭인다. "그가 여기 있어요."

이제 몇몇 사람들이 무대를 잘 보려고 자리에서 일어선다. 사람들은 텅 빈 의자와 로버츠 부인, 그리고 도일 가족에게서 시선을 떼지 않는다. 조지는 침묵을 압도하는, 침묵을 초월하는 집단적 분위기에 사로잡힌다. 그는 더 이상 아버지가 온다고 생각했을 때처럼 두려워하지 않는다. 에밀리 데이비슨이 나타났을 때 느꼈던 회의도 느끼지 않는다. 그는 타고난 성격에도 불구하고 조심스러운 경외를 느낀다. 그들이 말하는 아서 경은 결국 조지 편에 서서 기꺼이 탐정의 능력을 발휘했던 사람이고, 조지를 구하려고 자신의 명성에 흠집이 날지도 모를 일을 마다하지 않았으며, 빼앗겼던 삶을 조지에게 돌려준 사람이었다. 누구보다도 고결한 진실함과 지성을 갖추었던 아서 경은 지금 조지가 목격하고 있는 일들을 실제로 믿고 있었다. 그러니 이 순간, 조지가 그의 구원자를 거부한다는 건 불경스러운 일일 수밖에 없다.

조지는 자기가 제정신이 아니라고, 상식을 잃은 것 같다고 생각하지 않는다. 그는 스스로 묻는다. 조금 전까지 그가 판단했던 대로 이 모든 일들이 진실과 거짓의 혼합에 불과하다면? 어떤 부분은 진실이지만 어떤 부분은 거짓이라면? 로버츠 부인이 연극적이기는 하지만 먼 곳의 소식을 진실하게 전달하고 있다면? 아서 경이, 지금 어디서 어떤 모습으로 존재하는지는 모르겠지만 물질세계와 연결될 필요가 있어서, 가끔 사람들을 기만하기도 하는 로버츠 부인을 전달자로 사용하고 있다면? 이렇게 생각할 수는 없는 것일까?

"그가 여기 있어요." 왼쪽에 앉은 여자가 누군가에게 말을 거는 듯한 목소리로 말한다.

그리고 몇 자리 건너에 앉은 남자가 이 말을 받는다.

"그는 여기 있어." 왼쪽의 여자가 정상적으로 대화하는 듯한 목소리로 말한다. "그가 여기 있어요." 그들은 마치 바로 앞 사람에게 말을 걸듯 일상적인 목소리로 세 마디를 말한다. 하지만 이 짧은 몇 마디의 말로도 홀 안의 분위기를 마술적으로 바꿔놓기에는 충분하다.

"그가 여기 있어요." 갤러리에서 누군가가 말한다.

"그가 여기 있어요." 무대 앞쪽에 앉아 있던 여자가 응답한다.

그리고 성가대석 뒤쪽에 있던 남자가 갑자기 종교부흥회에 나선 목사처럼 외친다. "그가 여기 있어요!"

조지는 본능적으로 발 밑에 손을 뻗어 케이스에서 쌍안경을 꺼낸다. 그는 쌍안경으로 안경을 누르며 무대 위로 초점을 맞춘다. 그는 엄지와 검지로 초조하게 다이얼을 돌린다. 마침내 무대 한가운데로 초점이 맞는다. 그는 황홀경에 빠진 영매와 텅 빈 의자, 그리고 도일 가족을 관찰한다. 레이디 코난 도일은 아서 코난 도일 경이 와 있다는 첫 번째 선언을 들은 후부터 똑같은 자세를 유지하고 있다. 그녀는 등을 꼿꼿이 펴고, 어깨를 반듯하게 하고, 고개를 들고, 얼굴에는 희미한 미소—이제 조지는 그녀의 표정을 볼 수 있다—를 띠고 먼 곳을 응시하고 있다. 그와 잠시 만난 적 있는 금발의 발랄한 여성은 이제 중년여성 티를 물씬 풍기고 머리색도 짙어졌다. 그는 늘 아서 경의 옆자리를 지키는 그녀를 보았다. 지금도 여전히 그녀는 아서 경의 옆자리를 지키고 있다. 그는 쌍안경을 앞뒤로 움직이며 의자를, 영매를, 미망인을 바라본다. 그는 가쁜 숨을 몰아쉰다.

누군가가 그의 오른쪽 어깨를 건드린다. 그는 쌍안경을 떨어뜨린다. 여자가 고개를 흔들며 상냥하게 말한다. "그런 식으로는 그를 볼 수 없어요."

그녀는 그를 질책하는 게 아니다. 다만 그렇다고 설명하는 것뿐이다.

"오직 믿음의 눈으로만 볼 수 있을 거예요."

믿음의 눈. 채링 크로스의 그랜드 호텔에서 처음 만났던 날 아서 경이 그에게 가져다준 눈. 그는 조지를 믿었다. 이제 조지도 그를 믿어야 할까? 그의 영웅은 이렇게 말했다. 나는 생각하거나 믿는 게 아닙니다. 나는 압니다. 아서 경은 부러우면서도 안심이 될 만큼 확신이 강한 사람이었다. 그는 알았다. 조지는 무엇을 아는가? 조지는 결국 무엇을 알게 되었나? 그가 54년 동안 획득한 지식의 총량은 어느 정도인가? 인생의 대부분을 그는 누군가가 말해주거나 가르쳐주기를 기다리며 살아왔다. 그에게는 항상 다른 사람의 권위가 중요했다. 그는 자신만의 권위를 지녔는가? 54세의 그는 많은 것을 생각하고, 많은 것을 믿지 않는다. 하지만 그는 과연 무엇을 안다고 말할 수 있는가?

아서 경의 출현을 목격한 사람들의 외침이 잦아들었다. 아마도 무대에서 아무런 대답도 없었기 때문인 듯했다. 이 회합이 시작될 때 낭독되었던 레이디 코난 도일의 메시지는 무엇이었는가? 비록 우리의 평범한 눈으로는 지상을 넘어선 존재를 볼 수 없을지 모르지만, 여기 신께서 특별한 시력을 부여한 투시자는 우리들 가운데서 그를 볼 수 있을 것입니다. 홀 여기저기 일어나 있는 다양한 사람들에게 아서 경이 투시력을 선사할 수 있었다면 그야말로 진정한 기적이었을지 모른다.

그리고 로버츠 부인이 다시 입을 연다.

"아서 경이 당신에게 메시지를 보내고자 합니다."

레이디 코난 도일은 이번에도 고개를 돌리지 않는다.

흐르는 듯한 검정 새틴 옷을 입은 로버츠 부인이 왼쪽으로 향한다. 도일 가족과 빈 의자가 있는 쪽으로. 레이디 코난 도일에게 다가간 로버츠 부인은 그녀의 옆, 약간 뒤쪽에 서서 조지가 앉아 있는 쪽 홀을 바라본다. 거리는 멀지만 조지는 그녀의 목소리를 분명히 들을 수 있다.

"아서 경은 여러분들 중 한 분이 오늘 아침 정자에 왔었다고 말씀하셨습니다." 그녀는 기다린다. 미망인이 대답하지 않자 그녀는 미망인에게로 다가간다. "맞나요?"

"물론이죠." 레이디 코난 도일이 대답한다. "제가 갔었어요."

로버츠 부인은 고개를 끄덕이며 말을 잇는다. "메시지는 이렇습니다. 메리에게—"

그 순간 파이프오르간에서 엄청난 굉음이 터져나온다. 로버츠 부인은 소음을 피해 레이디 코난 도일에게로 가까이 몸을 기울이고 메시지를 전달한다. 레이디 코난 도일은 가끔 고개를 끄덕인다. 그러더니 그녀는 왼쪽에 앉은, 옷을 잘 갖춰 입은 키 큰 아들을 뭔가 묻는 표정으로 돌아본다. 그는 로버츠 부인을 바라본다. 로버츠 부인은 이제 그 둘 모두에게 말하고 있다. 다른 아들이 자리에서 일어나 이에 합류한다. 파이프오르간은 계속해서 굉음을 내고 있다.

조지는 이렇게 메시지를 전달하는 방식이 가족만 들어야 하는 메시지이기 때문인지, 아니면 무대연출의 일부인지 알 수가 없다. 그는 그가 본 것이 진실인지, 거짓말인지, 아니면 진실과 거짓의 혼합물인지 알 수 없다. 오늘 저녁 그를 둘러싼 분명하고도 놀라운, 영국적이라고는 할 수 없는 열정이 믿음의 증거인지, 혹은 기만의 증거인지 알 수 없다. 그리고 믿음이라면, 그것이

거짓된 믿음인지 진실한 믿음인지도.

메시지 전달을 끝낸 로버츠 부인이 크레이즈 씨에게 향한다. 파이프오르간은 아무 말도 덮을 필요가 없는데도 불구하고 계속해서 우레와 같은 소리를 낸다. 도일 가족은 서로를 돌아본다. 이제 어떤 의식이 남았을까. 찬가도 다 불렀고, 헌사도 끝났는데. 대담한 실험이 수행되었고, 아서 경은 그들 사이에 모습을 나타냈으며, 그의 메시지가 전달되었다.

파이프오르간이 계속해서 소리를 낸다. 오르간은 이제 결혼식이나 장례식이 끝나고 모인 사람들을 위한 리듬을 연주하기 시작한 듯 보인다. 다시 일상으로, 우울하고 마법이라고는 찾아볼 수 없는 현세의 세계로 어찌할 길 없이 돌아가야 하는 사람들을 위해. 도일 가족이 무대를 떠난다. 매릴러본 심령협회 회원들과 사회자, 그리고 로버츠 부인이 그들을 따른다. 사람들은 자리에서 일어나고, 여자들은 좌석 아래 놓아두었던 핸드백을 찾고, 야회복을 입은 남자들은 실크해트를 쓰고, 친구나 지인들을 만나 인사하는 소리가 웅얼거리듯 들려온다. 사람들은 서두르지 않고 출구 앞에 침착하게 줄을 선다. 조지 옆에 있던 사람들도 소지품을 챙기고 자리에서 일어나 머리를 끄덕이며 조지에게 환하고 확고한 미소를 지어 보인다. 조지는 그들과는 같지 않은 미소를 짓지만, 자리에서 일어나지 않는다. 그가 앉아 있던 구역이 거의 다 비었을 때, 그는 다시 좌석 밑에 있던 쌍안경을 집어 안경 위에 가져다댄다. 그는 다시 한번 무대로, 수국으로, 일렬로 놓인 빈 의자들로, 그리고 사각형 카드가 놓인 빈 의자로, 아서 경이 아마도 있었을지 모를 공간으로 초점을 맞춘다. 그는 렌즈 너머를, 허공을, 그리고 그 너머를 응시한다.

그는 무엇을 보는가?

그는 무엇을 보았는가?

그는 무엇을 볼 것인가?

작가의 말

아서는 다음 몇 년 동안 전 세계의 강령회에서 꾸준히 모습을 드러냈다. 그러나 그의 가족은 1937년에 있었던 오스본 레너드 부인의 비공개 강신회만을 그가 나타난 강신회로 인정했다. 그곳에서 그는 영국에 '엄청난 변화'가 일어나리라고 경고했다. 몽스 전투에서 오빠를 잃고 열성적인 심령주의자로 변모한 진은 1940년 사망할 때까지 심령학에 대한 신념을 굳건히 유지했다. 아서의 어머니는 1917년에 메이슨길을 떠났다. 손턴 인 론데일 주민들은 '가죽 케이스에 담긴 커다란 야광자판 시계'를 그녀에게 선물했다. 남쪽으로 이사한 뒤에도 그녀는 아들의 집에서 살지 않았다. 그녀는 1920년, 아서가 호주에서 심령학 강연을 하는 동안 웨스트 그린스테드 코티지에서 사망했다. 브라이언 월러는 아서보다 2년을 더 살았다.

윌리 허눙은 1921년 3월 생장드뤼즈에서 사망했다. 그리고 4개월 뒤, 그는 도일 가족들이 참석한 강령회에 나타나 이전까지 심령주의를 의심해서 미안하다고 사과하며 '더는 천식으로 고생

하지 않는다'고 말했다고 한다. 코니는 1924년 암으로 사망했다. 41년간 스태퍼드셔 지서장으로 근무한 조지 어거스터스 앤슨은 1929년 마침내 은퇴했다. 1937년 조지 6세의 대관식에서 기사로 서임된 그는 1947년 배스에서 사망했다. 그의 아내 블랜치는 1941년 적군의 공습으로 사망했다. 샤푸르지가 사망한 뒤 슈롭셔로 돌아간 샬럿 에들지는 1924년 슈루즈베리 인근 에이첨에서 81세를 일기로 사망했다. 그녀는 남편이 묻힌 곳이 아닌 에이첨에 묻히기를 선택했다.

조지 에들지는 그들보다 오래 살았다. 1941년까지 버러 하이 스트리트 79번지에서 일하고 생활했던 그는 1942년에 아가일 스퀘어에 사무실을 얻어 1953년까지 그곳에서 일했다. 그는 1953년 6월 17일, 웰린 가든 시티의 브로켓 클로즈 9번지에서 사망했다. 사인은 관상동맥혈전증이었다. 그가 죽기 전까지 같이 살았던 모드가 장례식을 치렀다. 1962년, 그녀는 마지막으로 그레이트 웨얼리를 찾아가 교회에 아버지와 오빠의 사진을 넘겼다. 그 사진들은 오늘날 세인트 마크 교회의 제의실에 걸려 있다.

아서 코난 도일 경이 사망하고 4년이 지났을 때, 57세의 노동자 이노크 놀즈가 스태퍼드셔 형사법원에 섰다. 37년 전 외설적인 협박편지를 쓴 혐의였다. 놀즈는 1903년부터 '웨얼리 갱단 대장, G. H. 다비'라고 서명한 편지를 보내 사람들을 괴롭혔다고 시인했다. 놀즈가 유죄를 시인한 뒤 조지 에들지는 〈데일리 익스프레스〉에 글을 실었다. 1934년 11월 7일에 실린 이 글은 조지가 마지막으로 사람들 앞에 발표한 글이었다. 여기서 조지는 샤프 형제들에 대한 언급도, 이러한 범죄가 나타나게 된 까닭이 인종적 편견에 기인할지도 모른다는 언급도 하지 않았다. 그는 다음과 같은 결론을 내렸다.

그러나 가장 커다란 수수께끼는 아직 풀리지 않았다. 사람들은 그간 많은 추측을 내놓았다. 한 가지는 그레이트 웨얼리에서 벌어졌던 잔학행위가 강한 충동을 이기지 못해 때때로 광기를 표출하는 자의 소행이라는 것이었다. 다른 한 가지는 웨얼리 교구와 관내 경찰들, 혹은 은퇴한 경찰 몇 사람을 모욕하려고 한 짓이라는 추측이었다. 잔학행위는 사람이 아니라 야생돼지가 한 짓이라고 말하는 스태퍼드셔 주민도 있었다. 그는 돼지를 난폭하게 만드는 어떤 약을 먹여 한밤중에 풀어놓았을 거라고 추측했다. 그런 야생돼지 한 마리를 본 적이 있다고도 했다. 당시 이런 추측은 심각하게 고려하기에는 너무나 터무니없게 여겨졌고, 지금도 마찬가지다.

아서의 장녀 메리 코난 도일은 1976년 사망했다. 그녀는 아버지와 관련된 비밀 하나를 평생 간직했다. 죽어가던 투이는 딸에게 아버지가 재혼할지도 모른다고만 말하지 않았다. 그녀는 아서의 새 신부가 아마도 진 레키 양일 것이라고도 했다.

2005년 1월

줄리언 반스

작품 속에서 인용된 모든 편지는 진이 아서에게 보낸 편지를 제외하고, 서명 유무와는 관계없이 실제로 존재한다. 신문기사, 정부 보고서, 의회 기록, 그리고 아서 코난 도일 경이 쓴 글도 마찬가지다. 스태퍼드셔 지서의 앨런 워커 경사, 버밍엄 중앙도서관 문서보관실, 스태퍼드셔 카운티 토지대장부 열람실, 폴 오클리 목사, 대니얼 스태샤워, 더글러스 존슨, 제프리 로버트슨, 그리고 수마야 파트너에게 감사의 말을 전한다.

옮긴이의 말

이 책의 원제는 『아서와 조지』다. 제목이 나타내는 바대로, 아서와 조지가 이 책의 주인공이다. 아서는 짐작하다시피 아서 코난 도일을 말한다. 그렇다면 조지는 누구일까.

이 이야기에는 아서가 먼저 등장한다. 아직 어린 아이였던 그는 "보고 싶어" 한다. 그가 처음으로 보게 된 것, 그러니까 처음으로 본다는 행위를 인식했던 것은 "희고 창백한 무엇"이다. 할머니의 영혼은 하늘로 올라갔지만, 할머니의 시신은 희고 창백하게 남아 아서의 시선을 붙든다. 그에게는 한 가지 의문이 생겨났을 것이다. 영혼을 볼 수 있을까.

그후 조지가 등장한다. 목사관의 아이로 태어난 조지는 영특한 아이지만, 학교에서는 어려움을 겪는다. 시력이 나쁘기 때문이다. 칠판 글씨가 잘 보이지 않는 그로서는 선생의 질문에 제대로 답변할 수가 없다. 그러나 그가 정말로 학교에서 고난을 겪는 이유는 나중에 밝혀진다. 안경을 써야 해서가 아니라, 그의 외모가 영국인의 그것과 다르기 때문이다. 독자가 시각적 정보를 상상해야 하는, 따라서 작가가 시각적 정보를 숨기면서 드러내는 전략을 사용할 수 있는 소설의 특성으로 인해, 우리는 조지가 이중으로 어려움을 겪고 있음을 후에야 알게 된다. 아니, 어쩌면 삼중의 어려움일지도 모른다. 조지에게는 상상력이 부족하기 때문이다. 신의 대리자인 아버지의 말은 곧 진리다. 조지는 아버지의 말씀에서 어떤 부족함을 느끼지만, 그 빈자리를 상상력으로 채울 수가 없다. 그런 그에게 성경은 점차 법전으로 대체되기 시작한다. 법은 얼마나 명료한가. 법은 얼마나 정확한가. 법은 이 세계를 얼마나 투명하게 보여주는가.

그러나 아서는 남다른 상상력을 갖고 있다. 어머니가 포리지를 젓던 스틱을 들어올리며 마법처럼 들려주던 이야기를 들으며 자라난 아서에게는 자연스레 이야기를 쓰겠다는 욕망과 어머니가 아늑한 인생을 영위할 수 있도록 하겠다는 욕망이 생겨난다. 아서의 풍부한 상상력과 관찰력은 셜록 홈스라는 누구와도 비교 불가능한 인물을 탄생시키고, 수많은 사람들로부터 사건을 해결해달라는 부탁을 받게 된다. 그리고 그들 중에 조지가 있다.

출처를 알 수 없는 비난과 증오의 편지며 물건 들이 목사관으로 날아오고, 조지는 그레이트 웨얼리의 가축들을 도살했다는 혐의를 받고 법정에 섰다. 아서를 만나기 전이다. 촉망 받는 사무변호사로 영국법에 대한 믿음과 자신의 영국인다움에 대한 믿음을, 조지는 영국의 법정에서 배반당했다. 그는 파르시인의 혈통을 지닌 영국인이지만, 다른 사람들에게는 힌두인으로 오인

되고, 심지어는 베추아나인이나 만주인이라는 악의적인 놀림까지 받았다. 오해와 편견으로 물든 사람들의 시선 앞에서 조지는 악마적인 행동을 일삼는 힌두인일 뿐이고, 공명정대하리라 믿었던 법은 오히려 그를 옭죄는 올가미가 된다. 그럼에도 불구하고 조지는 사실과 법, 혹은 법과 사실에 대한 믿음을 잃지 않는다. 다시 사무변호사로 일할 수 있도록 노력하는 와중에 그는 아서에게 편지를 보내고, 조지와 아서는 어느 호텔에서 첫 만남을 가진다. 그때, 우리는 아서가 조지를 먼저 보았다고 생각한다. 아서는 조지를 멀리서 관찰하고 대번에 그의 시력이 대단히 나쁘며, 그런 시력으로는 한밤중에 가축을 도살할 수 없다고 판단한다. 아서는 조지에게 그가 무죄라는 사실을 '안다'고 말한다. 믿음이나 느낌이 아니라 '아는 것', '보는 것'이 곧 '아는 것'이라는 생각이 드러나는 순간이다.

이처럼 '보는 것'은 아서에게서 대단히 중요한 행위다. 안과 의사이자 소설가인 아서가 앤슨 대위의 집에서 보는 것과, 조지의 사건을 조사하는 캠벨 경위가 같은 장소에서 보는 것은 동일하면서도 다르다. 캠벨 경위는 앤슨에게 현관에 있는 기둥의 양식에 대해 묻는다. 앤슨은 분명한 대답을 내놓지 못한다. 그러나 앤슨의 집을 찾아간 아서는 대번에 그 기둥이 이오니아 양식으로 만들어진 것이며, 캠벨은 3층이라 생각했던 집의 구조 역시 실제보다 더 크고 웅장하게 보이려는 목적의 속임수가 적용되었다는 '사실'을 '안다.' 아서는 이처럼 뛰어난 관찰력과 추리력, 그리고 실행력을 동원해 조지의 무죄를 밝히려고 한다. 이 과정에서 아서는 조지와 대개 의견을 같이하지만, 서로 갈라지는 지점이 있다. 아서는 조지가 인종차별에서 비롯된 박해를 받았다고 생각한다. 그러나 조지는 다른 이유가 있으리라고 생각한다. 이 차이는 우리에게 사실은 무엇인가라는 근본적인 질문을 떠올리게 한다. 호텔에서 아서는 조지를 보자마자 그가 무죄라는 것을 '안다'고 단언했다. 그러나 조지는 자신을 관찰하는 아서를 인지하고 있었다. 그러나 위대한 소설가가 자신을 바라보고 있었기 때문에, 수줍어서 먼저 알은체를 하지 못했던 것뿐이다. 아서가 본 대로 조지의 시력은 대단히 나쁘고, 아마도 그래서 범죄와는 관련이 없겠지만, 아서가 본 것은 완전하지 않았다. 그러므로 그가 안다고 생각했던 것에도 부족함이 있었을 것이다.

세간을 떠들썩하게 했던 조지의 사건이 불완전하게나마 일단락되고 나서, 아서와 조지는 이전의 생활로 돌아간다. 투이의 병균을 '보지 못했던' 아서는 그녀가 죽고 진과 결혼하고, 조지는 사무변호사로 다시 일하기 시작한다. 사회적인 영향력을 행사하는 인물이 된 아서는 본격적으로 심령학에 투신한다. 서두에서도 언급했지만 그에게는 영혼의 문제가 남아 있었다. 그는 지식이란 불변하지 않고, 오늘의 확실성은 내일 의혹의 대상이 될 수도 있다는 것을 알고 있었고, 그러므로 계속해서 보아야 한다고 믿었다. 그가 영매의 테이블에서 본 것은 무엇이었을까. 당대의 지성인이자 사회적 거물이었던 그는 무엇을 그토록 확실하게 보았을까.

그리고 아서는 조지보다 먼저 세상을 떠난다. 아서 코난 도일은 셜록 홈스와 함께 불멸의 존재로 남았지만, 1907년 영국 항소법원을 설립한 계기가 되었던 조지 에달지라는 이름은 코난 도일의 자서전 한 대목과 위키피디아의 한 항목만을 차지하고 있을 뿐이다. 그러나 이 소설에서 조지는 아서보다 오래 살아남아 아서의 장례식을 지켜본다. 그리고 동요한다. 그리고 평정심을 되찾는다. 소설의 마지막 문장들처럼, 그는 무엇을 보았던 것일까. 그리고 우리는 무엇을 보는가.

*

잘 짜여진 퍼즐처럼 정교하게 구성된 줄리언 반스의 문장들을 접하면서, 힘에 부치기도 했고 기쁨을 느끼기도 했다. 대부분의 문장들은 단서처럼 느껴졌고, 후에, 때로는 한참 뒤에 앞의 문장과 긴밀하게 연결되는 문장이 나타나는 경우도 많았다. 같은 사건을 두고 아서와 조지를 비롯한 여러 사람들의 시선이 교차되면서 이러한 '차이'를 보게 되는 즐거움이 컸다. 한편 번역자이기 전에 한 사람의 독자로서, 역사 속에서 잊히거나 묻힌 인물이 생생히 되살아나 또 하나의 생을 보여주고 있는 모습에서 희열을 만끽할 수 있었다. 시대가 낳은 가장 근사한 인물이었던 아서 코난 도일과 부침이 많은 생을 살았으나 끝까지 어떤 고결함을 보여주었던 조지 에들지의 이 이야기는 오늘날의 우리에게 선물처럼 다가온다.

이 책을 작업하면서 역자로서도 많은 것을 배울 수 있었다. 부족한 번역을 놀라운 손길로 돌봐주신 박여영 편집자를 비롯한 편집부 여러분께 깊은 감사를 드린다. 독자 여러분도 아서와 조지의 '모험'에 즐겁게 동참하시기를 바란다.

2015년 4월
한유주

옮긴이 **한유주**

홍익대 독문과를 졸업하고, 서울대 미학과 대학원을 수료했다. 2003년 단편소설 「달로」로 『문학과사회』 신인문학상을 수상하며 등단했다. 2009년 단편소설 「막」으로 한국일보문학상을 수상했다. 소설집 『달로』『얼음의 책』『나의 왼손은 왕, 오른손은 왕의 필경사』 등이 있고, 『작가가 작가에게』『교도소 도서관』『눈 여행자』『고양이 테이블』『지속의 순간들』『그러나 아름다운』 등을 우리 말로 옮겼다.

용감한 친구들 2

초판 1쇄 인쇄 2015년 4월 8일
초판 1쇄 발행 2015년 4월 15일

지은이 줄리언 반스
옮긴이 한유주
펴낸이 김선식

경영총괄 김은영
마케팅총괄 최창규
책임편집 김현정 **디자인** 문성미 **책임마케터** 이상혁
콘텐츠개발2팀장 김현정 **콘텐츠개발2팀** 백상웅, 문성미, 이은
마케팅본부 이주화, 이상혁, 최혜령, 박현미, 반여진, 이소연
경영관리팀 송현주, 권송이, 윤이경, 임해랑
외부스태프 교정·교열 박여영

펴낸곳 다산북스 **출판등록** 2005년 12월 23일 제313-2005-00277호
주소 경기도 파주시 회동길 37-14 3, 4층
전화 02-702-1724(기획편집) 02-6217-1726(마케팅) 02-704-1724(경영관리)
팩스 02-703-2219 **이메일** dasanbooks@dasanbooks.com
홈페이지 www.dasanbooks.com **블로그** blog.naver.com/dasan_books
종이 한솔피엔에스 **출력·인쇄** (주)현문 **제본** 신안

ISBN 979-11-306-0506-7 (04840)
(세트) 979-11-306-0504-3

- 책값은 뒤표지에 있습니다.
- 파본은 구입하신 서점에서 교환해드립니다.

- 이 도서의 국립중앙도서관 출판시도서목록(CIP)은 서지정보유통지원시스템 홈페이지(http://seoji.nl.go.kr)와 국가자료공동목록시스템(http://www.nl.go.kr/kolisnet)에서 이용하실 수 있습니다. (CIP제어번호 : CIP2015010320)